L'affaire Véra Dévinovitch

Du même auteur

Mljet ou la Haute Mer, Poèmes - 1976 - P-J. OSWALD, épuisé
Fous les Soleils, Poèmes - 1979 - Francis DESWARTHE Editeur, épuisé
Tous les jardins grenade, Nouvelles - 2012 - JS EDITEUR
Danser sur le satin de l'eau, Roman - 2014 - JS EDITEUR
Chemins Rebelles, Poèmes - 2015 - JS EDITEUR
Tiger ou les heures miracles, Roman - 2017 - JS EDITEUR

5, rue Henri Thirard
94240 L'HAY-LES-ROSES
Mail : quietude@free.fr

Couverture : Image Istock
ISBN 978-2-9542942-5-4
Imprimé en France chez SEPEC Numérique - 01960 Péronnas
N09112220199 - Dépôt légal : 1er trimestre 2022
Achevé d'imprimer : 1er trimestre 2022

IMPRIM'VERT®

PEFC™ 10-31-3532 / Certifié PEFC / Ce produit est issu de forêts gérées durablement et de sources contrôlées. / pefc-france.org

Cécilia Jules-Burth

L'affaire Véra Dévinovitch

Roman

Sur l'Auteur

Cécilia JULES-BURTH naît au Maroc. Elle fait des études de lettres et de droit à Paris où elle obtient une maîtrise en droit privé, puis elle ouvre un Cabinet d'Avocat à Lyon qu'elle dirige jusqu'à sa retraite. Intéressée par le développement personnel, elle se forme ensuite à différentes techniques, organise et anime des stages dans ce domaine. Aujourd'hui installée dans la région parisienne, elle se consacre à l'écriture.

Elle ne se demanda pas pourquoi, sur le champ, elle n'avait rien dit. Elle aurait pu leur adresser un sourire, un mot, un « Bonjour ». Elle ne savait pas qui ils étaient, elle n'en avait aucune idée. Elle ne savait ni s'ils étaient de la famille de Véra, ni ce qu'ils attendaient devant cette porte, la porte de chez Véra. Ils s'étaient retournés sur son passage et, des deux, c'était la femme qui avait surtout attiré l'attention de Marie. D'emblée sans raison particulière, peut-être avait-t-elle fait un geste ou lancé un regard ou peut-être pas. Aujourd'hui, Marie ne s'en souvenait plus. Mais sur le champ elle avait ressenti la présence de cette femme de manière singulière. Il lui avait semblé qu'elles se connaissaient, et cela depuis longtemps déjà.

Marie accéléra le pas. Les pavés scintillaient sous la lumière des réverbères. Des lueurs blanches, de-ci de-là, se transformaient en fantômes vacillants. C'était un crépuscule humide et froid et le mois de novembre touchait à sa fin. Elle marchait. Le vent se nouait dans ses cheveux, s'y emmêlait. « Rentrer ? » pensait-elle. « Non ! Pas tout de suite, plus tard ». Ou ne jamais rentrer, ce soir, plus encore que les autres soirs ! Elle allait continuer à faire le tour de ce pâté de maisons jusqu'à ce que le jour se lève. Ou bien sortir son portable du sac et regarder l'heure qu'il était. Ou bien encore échouer dans un bar et y passer la nuit. Il ne faisait pas si froid dehors ! Pas plus humide non plus que dans son « trou à rats », comme elle l'appelait, cette chambre que Véra lui louait sous les toits, une malheureuse pièce sordide et triste. Pas vraiment l'endroit dont elle avait rêvé lorsqu'elle avait quitté Ben. En fait, tout était parti de là, elle en était consciente, l'erreur avait été Ben. Les choses n'avaient vraiment mal tourné que du jour où il avait croisé sa route, du jour où elle avait rendu à Camille les clés de l'appartement qu'elles occupaient ensemble. Erreur fatale ! Pourtant, Marie, il y avait bien longtemps qu'elle avait passé l'âge de croire au Père Noël ! Et Ben n'avait rien du Père Noël ! Dans sa hotte, ne se trouvaient que bouteilles vides et… flémingite aigüe. Après cette rupture, un grand vide s'était installé. Et le souffle qui balaye parfois votre vie au moment où vous vous y attendez le moins, ce souffle avait éloigné Camille, quelques autres de ses amis, et avait surtout mis fin à ce boulot chez un huissier qui allait à Marie comme un gant. Merci Ben pour tous ces cadeaux !

La nuit était tombée maintenant, une nuit sans lune. Marie peinait à avancer, elle n'était pas au mieux de sa forme. L'obscurité n'arrangeait rien. Pour elle, pour elle seule, tout à coup, les néons se mirent à flasher mais cela ne dura pas. Doucement, tout doucement, tout en continuant à marcher, elle ferma les yeux et la lumière s'envola, elle se sentit emportée hors d'elle-même, seule sur terre. Puis un déclic eut lieu et tout rentra dans l'ordre. Elle prit une profonde inspiration.

Elle avait entamé une avenue qu'elle connaissait, elle passa devant la devanture de magasins, là un fleuriste, une pâtisserie, un bar. Elle savait à présent vers où elle se dirigeait. Il lui sembla que des cloches se mettaient à sonner tout près, ou bien c'était comme si elles avaient sonné. A chaque gong, des noms lui revenaient, lourds comme le tintement de la cloche, des noms et des visages surgissaient, apparaissaient puis disparaissaient : ceux de Frida, de Jack, celui de Leandro, celui de Camille...

La ville comme elle l'aimait. La nuit aussi, peuplée de tous ces corps, animée de ces voix qui lui semblaient familières. Un peu plus loin, peut-être des pas, quelqu'un marchait derrière elle. Marie se sentait toujours suivie quand elle marchait la nuit. Mais non. Personne.

Ce matin, lorsqu'elle était arrivée au travail, le découragement l'avait envahie. Chloé, la secrétaire qui venait tout juste d'être engagée, lui avait transmis par erreur des appels téléphoniques qui ne lui étaient pas destinés. Le reste du temps, Marie l'avait passé à scanner les pièces d'un vieux carton poussiéreux qu'il avait fallu sélectionner puis classer. Elle avait les mains sèches et les paupières lourdes. Elle s'en voulait d'avoir accepté ce nouveau job. Et brusquement, alors qu'elle ouvrait grand la bouche dans un bâillement qui n'en finissait plus, elle avait ressenti une étincelle de joie : le visage de Camille lui était apparu : de grands yeux, des yeux gris avec quelques pointes d'or dedans qui se posaient sur vous, vous questionnaient, vous souriaient. Voilà ce qui lui traversait l'esprit à la seconde où elle posait le doigt sur le bouton de la sonnette de l'appartement de Camille.

Chez Camille : un appartement ancien, cinquième étage sans ascenseur.

- Qui t'es toi ? demanda-t-on quand on lui ouvrit la porte.

- Je suis Marie.

Voix embuée, joues écarlates : « Marie ? Quelle Marie ? »

Il y avait du monde chez Camille, une jungle humaine, musique, éclats de voix, mais les mêmes fauteuils, la même table, la même télé qu'avant, lorsque Marie y habitait et, sur le balcon - de loin Marie l'apercevait - l'herbe qui poussait en abondance, une belle herbe cultivée avec amour qui chantait pour Camille tout bas et dont elle se réservait un usage exclusif.

Et Camille était là.

- Viens, disait-elle.

Elle entraîna Marie dans la cuisine, prit un verre, le lui tendit.

- Alors, une revenante ? Je suis heureuse de te revoir ! Qu'est-ce que tu es devenue ?

Un frisson parcourut Marie.

- Et Ben ? C'est terminé ?

- Oui, dit Marie.

- Tu le regrettes ?

- Non, oh non, dit encore Marie. Ben n'était qu'une erreur. J'ai eu tort, voilà tout !

- Je le savais. Quelques fois l'histoire commence bien, presqu'aussi merveilleuse qu'un conte de fées. Et ensuite...

Un garçon passa :

- Whisky ? Soda ?

Marie sourit, fit « non » de la tête. Elle demanda :

- Quelle heure est-il ?

Il y avait une grosse montre noire sur le mur blanc de la cuisine. Elle s'alarma :

- Il faut que je rentre, il n'y aura plus de métro.

- Quoi, déjà ? Rien ne presse, tu viens d'arriver ! Tu peux dormir ici si tu veux, dit Camille. Attends-moi, je reviens.

Depuis la nuit, les lumières de la ville frappaient à la fenêtre. Dans le salon, on se bousculait, on s'apostrophait. Et pourtant tous paraissaient joyeux. Les amis de Camille étaient toujours joyeux. Comment faisaient-ils ? Il y avait trop longtemps que

Marie s'était isolée. Demain ou un autre jour, elle passerait un coup de fil à Camille pour qu'elles se fassent une toile ou un resto. Peut-être que Camille appellerait la première. Une amitié, c'est quelque chose. Il faut l'entretenir sinon, si vous l'avez laissée, abandonnée, d'y repenser, ça vous tuera. Oui, Marie appellerait demain. Elle se faufila, bouscula, sortit et se jeta dans l'escalier, dévalant les marches deux à deux, laissant la porte cochère se rabattre derrière elle dans un bruit lourd qui résonna à l'infini. Plus loin, devant des étalages de sandwichs et de hot-dogs... une odeur de frites, de graille... mais elle n'avait pas faim, elle ne s'arrêta pas. Un homme derrière son étalage : cache-nez, mitaines, regard de braise la dévisagea de manière insistante. Elle détala, il fallait faire vite, attraper le dernier métro. Elle marcha, courut. Cette ville grouillait dans la nuit sucrée, poisseuse - une ruche à miel pour la racaille, les truands, leurs victimes - une ville inconnue sur une autre planète. Voyage... et ribambelles de pétarades sur fond de bleu pétrole. La station de métro était encore ouverte... un mendiant fait de toute sa misère, un violoniste fait de tout son espoir, de chansons et de rien, des paires de gants qui s'agitaient dans la nuit, des sacs en bandoulière, des baskets heurtant les pavés et grinçant.

La nuit s'achevait maintenant et Marie était sortie de la station de métro. Elle marcha encore et arriva enfin. Entrer sous la couette et dormir ! Collé à la façade d'une maison haute, un escalier en colimaçon montait, montait jusque sous les étoiles. Ce « trou à rats » où elle avait posé ses valises après avoir quitté Ben, c'était tout ce qu'elle avait trouvé, une chambre sous les toits dans une grande maison en banlieue sud de Paris, la maison que Véra occupait seule. Véra était une femme fortunée, à l'allure d'une vieille actrice de cinéma muet, belles toilettes et bijoux clinquants. Quelqu'un qui avait sans doute connu étonnamment de choses, de gens, qui avait dû rouler sa bosse. Une vie remplie. C'était une amie de la mère de Marie dont elle n'avait jamais entendu parler et qu'elle n'aurait jamais approchée sans ce besoin d'être logée. Quand Véra avait tendu à Marie les clés de cette chambre de bonne, là-haut, en rejetant d'un geste théâtral sa longue chevelure bouclée, Marie s'était confondue en remerciements. Et elle avait reçu en échange un sourire à peine complaisant, sans doute parce que Véra se doutait que Marie n'allait pas rester longtemps. Qui donc pourrait rester dans ce genre de taudis ?

Marie empoigna la rampe qui s'enroulait autour de l'escalier et l'escalier fila jusqu'à lui donner le vertige. D'en haut, on avait une vue d'ensemble de ce qui s'étendait au loin, presque comme si on se trouvait sur un sommet enneigé. Une perspective glaciale de ce quartier pavillonnaire, silencieux, une rue qui filait jusqu'au centre ville, des maisons alignées de part et d'autre de la rue, des arbres dénudés aux branches qui s'élevaient en direction du ciel comme des bras implorants, et, plus loin, trop loin pour qu'on les puisse les apercevoir, il y avait les immeubles, les commerces, les cités, tout ce qui faisait la vie de cette ville là. Ici, n'était que l'autre face du miroir, un monde rêvé, le calme et le silence. Tiens, une voiture, la seule dans toute la rue, garée pas loin et noire dans la nuit noire. On ne la distinguait que parce qu'un réverbère clignotait juste au-dessus. C'est ce qui avait attiré l'attention de Marie, la lumière de ce réverbère qui tremblotait dans le silence.

Puis Marie tourna la clé dans la serrure, poussa la porte et alluma, et l'odeur de moisi la prit tout de suite à la gorge. Elle posa son sac, son manteau, ôta ses chaussures. Ces quatre murs ne l'acceptaient pas, ne l'accepteraient jamais. Leur hostilité était criante. Ils ne voulaient pas de Marie et Marie non plus ne voulait pas d'eux. Elle l'avait su dès le premier jour et, de cela, d'avoir été obligée de s'y résoudre, elle ne se remettait pas encore. Si Camille était venue là, elle aurait sans doute attrapé un fou rire. La chose la plus raisonnable à faire dans un endroit pareil !

Marie se dirigea vers le lavabo, jeta un coup d'œil dans la glace et s'aspergea le visage d'eau. Elle était fourbue. Il fallait qu'elle se couche et qu'elle dorme. Mais, à l'instant précis où elle se laissa tomber sur le lit, quelque chose de terrible la glaça jusqu'aux os. Un appel, une sorte de grognement suivi d'un silence angoissant. Puis, de nouveau des grognements répétés. Etrange ! Comme elle l'expliquerait plus tard au Lieutenant de police qui la questionnerait : « Des grognements oui une sorte de râle, un son indéfinissable, d'assez horrible en fait ! » Des fêtards qui passaient ? se demanda-t-elle d'abord. Non, ce qu'on entendait, c'était tout autre chose. Une voix, une seule, languissante, geignarde, affolée. Un cri ? Non, pas vraiment un cri. Quintessence peut-être ? Quintessence était la chienne de Véra. Mais la chienne de Véra ne s'exprimait pas de cette manière là ! C'était une petite chose sensible, affectueuse, au pelage roux, aux yeux vairons, un amour d'animal docile et doux qui ne hurlait que dans un cas, un seul : lorsque le téléphone se mettait à sonner. « Ce qu'on entendait, demanderait le Lieutenant, cela aurait pu être un appel étouffé ? »

Et Marie se mit à trembler. Est-ce que cela venait d'en bas ? « Sais pas ! » Mais si cela venait d'en bas, comment Marie pouvait-elle l'entendre ? Ah, la porte de sa chambre était restée ouverte, elle avait oublié de la repousser et ce cri avait été, comment dire... si subit, si total, comme définitif ! « Non, je n'ai pas peur, pensa Marie. Je n'en ai rien à faire. Je vais me coucher et dormir. » S'endormir ? Arrêtez ! L'épouvante ! Marie se sent si seule tout à coup. Alors, courir ? Prendre ses jambes à son cou ou bien attendre ? Attendre quoi ? Chercher à comprendre ce qui s'est passé ? Oui, comprendre.. et dans ce but ... aller voir !

Le bruit venait de chez Véra, il n'y avait aucun doute sur ce point et à présent tout était silencieux, et ce silence était aussi pesant qu'une présence humaine. Marie ne pourrait jamais l'oublier. Ou alors, fermer sa porte, se déshabiller et se couler sous la couette. Ne plus y penser. Mais, non, elle ne pourrait pas trouver le sommeil. Ne donner aucune suite à ce cri, c'était comme lui consacrer encore plus d'attention, le figer dans un espace de temps qu'elle ne pourrait effacer de sa mémoire. Pour ne plus sentir son cœur battre si fort, son esprit être accaparé pour toujours par cet instant là, il n'y avait qu'une chose à faire : elle devait aller voir. Il le fallait... Elle ne pourrait pas dormir autrement, elle devait aller VOIR.

Et Marie était ressortie, avait repris l'escalier en s'agrippant bien à la rampe. Un petit jour devait se lever, plus pâle que le visage d'un mort, mais il y avait du brouillard et on n'y voyait pas grand-chose. Les escaliers étaient glissants. L'étaient-ils déjà quand elle était montée, et quand était-elle montée ? Aujourd'hui ou hier ? Tout se mélangeait dans son esprit à présent. Engourdie par le froid, les escaliers lui collaient aux pieds. Elle s'était déchaussée quand elle était entrée là haut, et peut-être avait elle oublié de remettre ses bottes. Ou bien était-elle en train de rêver. Elle ne savait plus, ne savait plus rien. Non, reprends-toi, Marie ! Ne pas paniquer, garder son calme, coûte que coûte !

Tu viens d'arriver, tu te souviens ? … Camille... ah oui d'accord ! L'air glacé réveilla sa conscience. Elle se rappelait maintenant : Camille, oui ... le métro et la nuit. Retour ici et ce cri ! Tenant la rampe, elle descendait lentement… Au bas des escaliers, une poubelle près du mur dont les ordures débordaient. Plus que quelques pas, et il ferait chaud chez Véra, il ferait bon, peut-être que Véra lui offrirait un café. Il était excellent le café de Véra. Voilà, la porte était là, une belle porte en bois blanc, et Marie s'apprêta à sonner mais il n'y avait pas de sonnette. « C'est vrai » pensa Marie, Véra l'avait faite supprimer pour que Quintessence ne s'excite pas chaque fois que quelqu'un lui rendait visite. Alors Marie tapa. Elle tapa, tapa encore. Et quand elle tapa plus fort sur la porte, celle-ci s'ouvrit comme par enchantement. Marie poussa la porte et appela : « Véra ? »

Le rez-de-chaussée chez Véra était somptueux. A chacune de ses visites, Marie se disait la même chose : une harmonie, un gout exquis. Véra était une artiste.

Marie avança à petits pas. Elle dit encore une fois à voix basse : « Véra ? ». Mais personne ne répondit. Elle pénétra dans la salle de séjour, une vaste pièce très bien éclairée avec, tout au fond à droite, un escalier d'ébène qui conduisait, majestueux, à l'étage. Et tous ces tableaux accrochés aux murs, tant et tant qu'on ne distinguait plus la couleur des murs dessous et qu'il semblait que tous se disputaient l'espace, faisaient la course à qui arriverait le plus vite au plafond ! D'ordinaire, Marie venait chez Véra pour payer son loyer. Elle faisait vite, tendait l'enveloppe et repartait. Elle n'osait pas s'attarder. Quelques fois Véra la retenait, mais rarement. Elle proposait un café. Et là, dans le silence de ce petit jour tout neuf, c'était bien la première fois que Marie se sentait libre de regarder à sa guise toutes ces toiles, de s'en imprégner. Elle aimait tant la peinture ! Et le plus beau, dans cette pièce, c'était le haut plafond qui permettait aux tableaux de prendre tout leur sens. Ils représentaient tous des lieux, des lieux que Marie ne connaissait pas, dont elle n'avait jamais vu de représentations aussi surprenantes : de multiples forêts touffues, barbouillées de multiples verts, des campagnes aux lignes épurées, éclairées de soleils couchants, allumées d'or et de vermeil, de multiples villages aux multiples clochers et des gens, des gens d'hier et d'aujourd'hui aux multiples regards. Un monde qui tournoyait autour de vous, vous entraînait, une sorte de musée privé, réservé à Véra, et uniquement à elle. Pour ce qui était du mobilier, par contre, Marie ne l'appréciait pas. Un mobilier d'époque, lourd et passé de mode. Et ces chaises ! Jamais Marie n'avait osé s'y assoir. Et maintenant qu'elle était là, elle ne savait que faire. Son malaise s'était envolé. Elle se sentait presque bien. L'absence de Véra la mettait en confiance. Mais où était Véra ? Pourquoi sa porte était-elle restée ouverte ? L'avait-t-on forcée ? Et si c'était un cambriolage ? Rien ne paraissait avoir été dérangé, pourtant. Les cambrioleurs étaient peut-être encore dans les lieux. La maison était grande, il y avait un tas d'endroits où ils auraient pu se cacher. A l'étage, par exemple ! Marie tendit l'oreille. Rien, pas un bruit. On n'entendait pas non plus la chienne. Peut-être dormait-elle sur un lit ? Soudain, Marie se dit qu'elle n'avait rien à faire dans cette maison, que si Véra entrait, là, maintenant, elle serait bien surprise en voyant Marie, pieds nus, tenant à peine sur ses jambes, en train d'aller et venir partout comme si elle était chez elle. Que faisait-elle ? Que cherchait-elle ? Elle avait complètement perdu la tête ! Elle devait s'en aller tout de suite et tant pis pour les cris. Elle devait fuir ces lieux, fuir aussi sa chambre sous les toits. Il y avait quelque chose de malsain dans ces lieux.

Dans un coin du séjour où se trouvait une haute glace, Marie vit son visage qui se reflétait. Elle avait vraiment l'air d'une vagabonde, le rouge aux joues parce qu'il faisait froid dehors et ici bien trop chaud, des yeux noirs comme du charbon avec de longs cils, des cheveux blonds, un nez mutin. « Good, good », avait dit Timoty, la première fois qu'il l'avait croisée au bureau.

- Et ton nom c'est « *Mairry* » ? avait-il demandé.

Il avait prononcé Marie avec l'accent anglais et un sourire en coin, « Mairry », c'était chaud, c'était doux. Et lorsqu'ils se croisaient dans les couloirs du Cabinet, Timoty lui souriait de cette manière là, et Marie ne savait pas vraiment ce qu'il y avait derrière ce sourire mais il lui plaisait. Et d'y avoir pensé - juste ce moment de diversion - cela lui fit du bien.

« Véra ? », appela-t-elle encore une fois. Elle sentait la laine du tapis lui caresser la plante des pieds. « Véra ? » Puis, brusquement, quelque chose se passa, quelque chose s'abattit sur elle, la prit et la bouscula. La peur, la peur, d'un seul bloc comme un coup de vent ou comme une gifle. Bon Dieu, elle est était entrée chez Véra parce que la porte était ouverte, elle avait appelé Véra qui n'avait pas répondu. Que s'était-il passé ? Ces cris ! Et maintenant plus rien ! Que le silence ! Mais c'était pire encore. Un silence qui occupait absolument tout l'espace aussi fort qu'une présence, une présence monstrueuse, et Marie se dit que oui, si cette présence n'était pas la marque du silence, il y avait quelqu'un ici, à n'en pas douter. Elle chercha quelque chose pour se rassurer… fébrilement. « Mais attends, se dit-elle, si Véra n'est pas là, c'est peut-être qu'elle est sortie, voilà tout. Ou peut-être est-elle au lit en train de dormir tranquillement. Si la porte est restée ouverte, c'est peut-être… Peut-être quoi ? Vous laissez votre porte ouverte, vous, à l'heure du petit déjeuner ? Et n'importe quand, vous laissez toutes les lumières allumées quand il fait déjà jour ? Vous passez vos nuits à crier horriblement ? Et Quintessence ? Où était Quintessence, cette petite chose qui se précipitait toujours dans vos jambes, dès que vous arriviez, quémandant une caresse ?

- Quintessence ? appela Marie.

Mais Marie n'obtint pas plus de réponse de la chienne qu'elle n'en avait de sa maîtresse ! Le silence ! Toujours ce silence. Et l'effroi glaça de nouveau Marie de la tête aux pieds. Son cœur s'était mis à battre la chamade, il allait exploser. Courir, courir, prendre ses jambes à son cou. « Sors de là, tire-toi ! Tire-toi vite ! » Mais Marie était clouée au sol. Elle n'aurait jamais dû pénétrer chez Véra. Elle n'aurait jamais dû descendre de là-haut. Elle n'aurait jamais dû partir de chez Camille ? Il fallait rester dormir là-bas. A présent, elle ne pouvait que finir ici ce qu'elle avait commencé. La seule chose qui pourrait la calmer, c'était de lever le mystère, trouver ce qui s'était passé. Aller dans la cuisine. Oui. Et dans la chambre de Véra, et dans la bibliothèque. Partout ! Elle ne repartirait que quand elle aurait fait le tour complet de la maison. Pour savoir, en avoir le cœur net ! Elle fit d'abord un détour jusqu'à la bibliothèque, passa ensuite à la cuisine avant de monter dans les chambres. Les chambres... s'armer de courage, celle de Véra surtout... Et si Véra était... Non, non, c'était impossible ! Emprunter ce long couloir sinistre, étroit et sombre, qui conduisait à la bibliothèque et après la bibliothèque, revenir sur ses pas. Et monter l'escalier. Non ! Elle avait encore le temps de détaler, c'était la seule chose raisonnable à faire. Détaler, partir avant qu'on ne lui tombe dessus, qu'on ne lui tranche la gorge ! Folle qu'elle était de se promener comme ça tranquillement, alors qu'elle sentait bien que quelque chose de terrible s'était passé ici ... Mais elle finit par monter dans les chambres. Personne dans les chambres, non plus ! Le lit de Véra pas même ouvert. Rien ! Il ne lui restait plus qu'à s'en aller, et pour s'en aller, traverser le salon en courant et se précipiter sur la porte. Vas-y ! Allez Marie ! Elle longea le salon qu'elle n'aurait jamais cru si grand, elle atteint le canapé, le canapé dont elle n'avait vu que le dos, tout à l'heure, en entrant.

Et là... Non ! Ahhhh... Les jambes de Marie se dérobèrent sous elle. Il y avait quelqu'un sur le canapé. Quelqu'un immobile qui était en train de la regarder. Ahhhh ! Marie hurla. « Véra ! » C'était Véra ! Allongée de tout son long sur le canapé, elle était là, une jambe pendante, son bras droit étendu vers le sol, et un verre qui avait dû lui glisser des mains, tombé dans une flaque noire sur le tapis persan. Et le plus atroce, c'était que Véra ne dormait pas. Elle avait les yeux ouverts ! Et aussi la bouche grande ouverte, et de la bave lui coulait d'un coin des lèvres. La grimace qui lui tordait la bouche était si terrifiante que Marie recula, se cogna à la table basse, trébucha, empoignant l'accoudoir du canapé, et atterrit, la tête la première sur le tapis, à quelques centimètres du genou de Véra !

Elle se redressa d'un bond. Véra était là sur le canapé, raide dans ce mouvement, le dernier qu'elle avait dû faire, celui qui lui avait ôté le verre de la main ! Horreur. Stupéfaction ! Au même moment, une respiration dans la pièce, s'éleva, forte, saccadée. Il y avait quelqu'un derrière elle ! Marie se retourna d'un coup, écarquilla les yeux. Mais non, il n'y avait personne ! Immobile, Marie était comme tétanisée. Ce souffle à ses oreilles, n'était que le sien, son propre halètement de peur !

Les volets étaient ouverts. Il faisait jour, mais de là où se trouvait Marie, on ne voyait pas la rue. Les haies adossées à la clôture de la maison étaient comme un rempart infranchissable. On entendait juste le ronflement du camion des poubelles qui passait dans cette rue. Ca cognait, ça roulait, ça cognait à nouveau, et le camion reprenait sa marche et le silence retombait dans la pièce. Un grand froid saisit Marie. Peut-être s'était-t-il mis à neiger. Elle avait les tempes serrées quand il neigeait, comme maintenant. Mais non, il ne neigeait pas. C'était l'effroi qui la glaçait toute entière. Il fallait qu'elle se bouge, qu'elle sorte de là et vite ! Prévenir les flics ? Non, non… ce n'était pas envisageable. Quelqu'un la trouverait bien à temps, Véra ! Sa femme de ménage, le facteur, les voisins... Quintessence allait réapparaître, se mettre à aboyer. Mais où était Quintessence ?

Le plus urgent pour Marie, c'était de quitter la maison. Elle commença à remuer, faire de petits pas en direction de la porte d'entrée, surtout ne rien toucher, ne pas mettre la main sur la porte. Appeler les flics. Elle devait retourner là-haut prendre son portable. Non ! Non, elle avait dit qu'elle n'appellerait pas la police. Elle ne voulait pas être mêlée à ça, qu'on commence à la questionner pour finir par la soupçonner ! Marie ne savait rien, n'avait rien vu, rien entendu.

Dehors, enfin ! Remonter deux à deux l'escalier en colimaçon, respiration hachée, jambes coupées. S'arrêter, reprendre son souffle. Non, il ne neigeait pas, il faisait seulement si froid que Marie en tremblait. Ses pieds mouillés glissaient sur les marches. Dans la rue, il y avait un gars qui passait à vélo, emmitouflé. La voiture garée sur le trottoir d'en face, n'était plus là. Lentement, un véhicule longea le trottoir, comme dans un film au ralenti. Allait-il s'arrêter ? Mais Marie ne pouvait plus le voir, elle était déjà entrée dans sa chambre.

Il lui fallait promptement ramasser ses affaires. Non, elle allait d'abord prendre une douche ! Une douche brûlante pour se réchauffer. Ensuite, elle entasserait pêle-mêle ses vêtements dans la valise, elle sortirait, refermerait sa porte à clé, traverserait la rue pour atteindre le parc. Une valise pleine à craquer à bout de bras, au bout de l'autre, l'ordinateur dans sa pochette, le sac à l'épaule, avec des gants troués qui n'empêcheraient pas la poignée de la valise de lui scier la main. Elle franchirait le parc sans regarder personne, elle irait droit devant, jusqu'à l'autre extrémité du parc et ensuite, elle prendrait un taxi pour une gare ou une autre, elle prendrait un billet elle ne savait pas pour où ... mais seulement courir, fouler la pelouse du parc, détaler, détaler !

Non. Marie, pas question, tu ne peux t'enfuir comme ça ! Tu es une femme responsable. Tu n'as pas le droit. Tu dois faire ce qu'il faut... fouiller dans ton sac, sortir le portable, appeler la police.

La mort pour les badauds, c'est comme ce nectar sucré qui attire les abeilles. Dès que le véhicule de police, un véhicule banalisé, était arrivé devant la maison de Véra, des passants s'étaient arrêtés : quelques uns, tout d'abord, qui avaient ralenti le pas, jeté un coup d'œil, puis passé leur chemin. D'autres étaient arrivé ensuite, n'étaient pas repartis. Certains s'étaient même risqués à avancer jusqu'au perron, mais ils avaient vite été repoussés.

De loin, par la porte ouverte, on ne voyait que le hall d'entrée, ce qui aiguisait encore plus la curiosité. Pendant un moment, tous étaient restés à regarder, attendant que quelque chose se passe, alors que l'avertisseur lumineux de la voiture de police continuait à tourner, mais, à l'exception de ce point lumineux, à première vue, il n'y avait rien de croustillant à se mettre sous la dent. Nul ne savait que la mort avait frappé dans cette maison. Mais lorsqu'une autre voiture de police suivie d'une ambulance, était arrivée, il y avait eu un large mouvement de foule. Les deux véhicules s'étaient garés en file derrière celui qui était arrivé le premier et plusieurs policiers étaient descendus et avaient commencé à aller et venir sur le trottoir. Puis certains d'entre eux s'étaient dirigés vers l'ambulance, ils avaient sorti la civière et l'avaient portée jusqu'à la maison et ils étaient ressortis quelques instants après avec Véra sur la civière, dissimulée sous un linge sombre : un corps de plus, en route pour l'institut médico-légal ! Pauvre Véra !

Après avoir appelé la police, Marie avait commencé à descendre l'escalier cahin-caha en tentant, tant bien que mal, de tirer derrière elle sa lourde et encombrante valise. Mais au milieu de l'escalier, elle s'était arrêtée, elle avait laissé son bagage en équilibre instable sur une marche pour remonter fermer la porte à double tour. Avant de tirer la porte, elle avait regardé une dernière fois cette pièce où elle ne devait plus jamais remettre les pieds. Du vasistas, entrait la lumière du jour. Elle avait détesté ce vasistas d'où on ne pouvait rien voir d'autre que le ciel à moins de grimper sur une chaise à s'en rompre les os. Pendant de longs week-ends gris et ennuyeux à mourir, pour se distraire, elle avait tenté d'apercevoir par ce vasistas ce qui se passait dans la rue, mais en vain. Ce matin, on entendait du bruit du côté du toit, comme si quelqu'un y marchait avec précaution. Elle avait souvent entendu des chuchotements quand le vasistas était ouvert et elle en avait parlé à Véra, mais Véra ne l'avait pas crue. Cela se produisait surtout la nuit, lorsqu'elle était allongée sur son lit à regarder les étoiles. Marie n'avait pas eu peur alors, mais en y repensant aujourd'hui…

Ensuite, elle était redescendue, laissant sa valise dans l'escalier, et elle s'était postée de l'autre côté de la rue, suffisamment loin pour qu'on ne puisse pas la voir depuis le trottoir d'en face. Il faisait bien jour maintenant. Le ciel était d'un bleu pâle, hésitant, chargé à l'ouest de nuages, ce qui n'augurait rien de bon. Les policiers étaient arrivés une vingtaine de minutes plus tard, quatre policiers, qui étaient entrés dans la maison et avaient laissé la porte grande ouverte derrière eux. Marie avait d'abord suivi la scène de loin. Dès qu'il y avait eu plus de curieux, elle avait traversé la rue et elle s'était mêlée à la foule. Elle s'était assurée de pouvoir, de là où elle était, distinguer la porte d'entrée jusqu'à la fin de l'intervention. Un policier était sorti de la maison, avait emprunté l'escalier en colimaçon, avait actionné, mais en vain, la poignée de la porte et il était redescendu rejoindre les autres à l'intérieur de la maison. Quand l'ambulance avait quitté les lieux, suivie des voitures de police, la foule s'était dispersée, et Marie était montée chercher la valise et le reste de ses affaires. Au moment précis où elle s'apprêtait à quitter les lieux, son portable avait sonné. Machinalement elle avait pris l'appel, C'était sa mère qui était au bout du fil, et Marie n'avait pas pu s'empêcher de l'informer : « Oh, Maman, tu ne pourras pas le croire ! C'est horrible ! Véra a été empoisonnée ! » Puis aussitôt après, elle avait regretté. « Comment ? Ce n'est pas possible, Quelle horreur ! Mais où es-tu, Marie ?... Tu es encore là-bas ? Non, non, n'y reste pas, va-t-en tout de suite, ma chérie, je t'en prie viens ici, viens à la maison... » ... plus moyen d'interrompre le flot de conseils maternels ! Marie avait enfin raccroché et, ce faisant, elle avait réalisé que le temps avait passé : le portable affichait douze heures dix ! Il lui fallait à tout prix rejoindre le bureau.

Arriver en retard au bureau, cela ne s'était produit qu'une seule fois depuis qu'elle avait obtenu cette place et le patron l'avait prévenue que cela ne devait en aucun cas se reproduire. C'était ce matin-là où elle avait croisé une femme et un homme devant la porte de Véra. La toute première fois. Elle ne les avait jamais vus auparavant - six mois maintenant qu'elle habitait chez Véra - et pourtant, au premier abord, Marie avait eu la certitude que la femme ne lui était pas inconnue. Qui était-elle et pourquoi cette femme l'avait-elle regardée de cette manière insistante, de sorte que ce regard n'avait plus quitté Marie et, cela, durant des jours et des jours. Elle n'en savait rien. Parfois, il se produit ainsi, lorsque deux destinées se croisent, des sortes de courts-circuits qui touchent les êtres à jamais. Et aujourd'hui encore, rien qu'à l'évoquer, le phénomène se reproduisait, c'était exactement comme si cette femme se trouvait là, près de Marie, et la regardait de la même manière... Par la suite, Marie les avait croisés à nouveau, ce dimanche soir où Véra avait été assassinée. Mais à chaque fois, il n'y avait pas eu de mots échangés entre eux. Aucun. Ni de Marie, ni de l'un d'eux. Mais le regard de cette femme, Marie ne l'avait pas oublié. L'intensité, la lumière, la force de ce regard… Marie n'avait jamais été touchée aussi intensément. Des yeux d'une couleur indéfinissable, comme si vous plongiez directement dans l'océan, une étendue profonde et calme. Ce soir là, Marie avait été fascinée, envoûtée. Oui, c'était exactement ce qu'elle avait ressenti. Cette femme l'avait envoutée et, aujourd'hui, lorsque son image lui revenait en mémoire, tout l'espace qui se trouvait autour d'elle prenait étrangement une autre dimension.

Mais, la fatigue et le contrecoup de ce à quoi elle venait d'assister emprisonnèrent tout à coup Marie dans une sorte de brouillard. Chacun de ses gestes lui coûtait un effort. Elle avait l'impression de se mouvoir au ralenti, de lutter contre une force invisible qui l'empêchait d'avancer. Elle informa le Cabinet qu'elle ne pourrait pas être là avant quatorze heures. La standardiste lui demanda si elle voulait parler au patron, mais Marie raccrocha sans répondre. Puis, elle appela un taxi. On lui annonçait un bon quart d'heure d'attente alors, valise et ordinateur à bout de bras, le portable coincé entre l'épaule et le menton, elle entreprit de traverser la rue et d'atteindre l'entrée du parc. Elle tenait à peine sur ses jambes. Le taxi fort heureusement arriva plus rapidement que prévu, et le chauffeur descendit de son véhicule pour mettre la valise de Marie dans le coffre. Elle se laissa tomber sur la banquette. Pendant qu'elle donnait au chauffeur l'adresse du Cabinet, elle essayait de se rappeler si oui ou non elle avait refermé sa porte à clé. Ses pensées étaient confuses. Aussitôt après, elle fut prise d'un vertige et s'enfonça sur son siège en s'agrippant à la portière. Le taxi roulait comme un fou. Marie descendit la vitre et respira l'air glacial. Le chauffeur, qui la regardait dans son rétroviseur, ralentit et demanda « Madame, ça n'a pas l'air d'aller. Voulez-vous que je m'arrête ? ». « Non, non, répondit Marie, tout va bien, continuez ! » Elle tombait d'inanition, elle avait fait l'impasse sur le dîner de la veille et sur le petit déjeuner, elle n'avait pas dormi de la nuit, et l'image de Véra sur son canapé lui donnait la nausée. Avant de monter au bureau, elle allait prendre un bon encas, un café, et tout rentrerait dans l'ordre.

Lorsque Marie arriva au bureau, il était quatorze heures précises. Elle se sentait un peu mieux. Elle alla déposer ses affaires dans la pièce qui servait de débarras et de cuisine pour le personnel, puis elle revint vers Chloé qui l'avertit que tout le monde était en réunion et que le patron était d'une humeur exécrable. « Comme d'habitude, marmonna Marie ». On entendait les discussions animées depuis le hall. Marie se dit qu'elle pourrait faire demi-tour sur le champ et ne plus jamais remettre les pieds ici, comme elle avait résolu de le faire pour la maison de Véra. Tirer un trait sur ce boulot ne serait pas difficile. Il s'agissait d'une voie de garage, une sorte de mise en attente, qualifiée de « stage » par le patron, qui consistait à classer dans une armoire de son bureau toute une série de documents entassés depuis des années, à prendre supposément en sténo, alors qu'elle n'avait jamais appris la sténo, des pages et des pages d'élucubrations destinées à des articles tous plus improbables les uns que les autres, le soir de préférence, alors que les autres membres du personnel avaient tous quitté les lieux, à écouter patiemment le patron développer ses projets pour une future organisation du Cabinet. Et tout cela parce que le patron avait cru faire une fleur à des amis de la famille en donnant à Marie une chance d'intégrer la structure. « Une chance, avait-il dit ! Avec un peu de patience, vous verrez, vous ferez votre place ici. » Le précédent emploi qu'elle avait eu chez cet huissier était beaucoup moins ennuyeux ! Marie n'aurait jamais imaginé, quand elle avait obtenu sa maîtrise, qu'elle devrait en passer par là ! Le patron était un homme odieux. La première chose qu'il faisait quand elle entrait dans son bureau, c'était de se frotter énergiquement la braguette. A part cette saleté de tic, pendant qu'il parlait, il s'acharnait, de l'ongle de son index, à s'arracher la peau du pouce, ce qui avait un résultat désastreux : une vilaine plaie qu'il réactivait continuellement, et Marie redoutait ces « entretiens » plus que tout.

Mais, le peu d'intérêt qu'avait Marie pour son travail ne l'empêchait pas d'avoir la gorge nouée. Son retard n'allait pas être apprécié. Chloé, qui la regardait étonnée, lui sourit et Marie lui rendit son sourire. Si le patron pouvait sourire ainsi, de temps à autre, quel bonheur, ce serait ! Peut-être que les patrons ne savaient tout bonnement pas sourire, peut-être que si elle aidait le sien à ouvrir sa braguette…

Marie pénétra dans la salle de réunion et jeta un regard circulaire. Elle n'avait pas frappé. Elle ne salua pas non plus, elle tira une chaise et s'assit. Le patron était debout, il ne cilla pas, poursuivit son speech. Il expliquait qu'un bureau secondaire allait être ouvert à l'autre bout de Paris et la quantité de détails qu'il fournissait rendait le discours fastidieux. On pouvait voir à leurs mines à tous qu'ils n'en avaient strictement rien à faire. Certains faisaient tournoyer leur stylo entre le majeur et l'index, d'autres avaient la tête baissée, d'autres encore regardaient Marie sans la voir, ou la grande vitre de la salle de réunion, ou encore leur voisin le plus proche avec un détachement exagéré. Alors que le patron semblait prendre une courte pause, Marie leva la main. Elle ne savait pas encore ce qu'elle allait dire, elle avait levé la main automatiquement. Tous ces gens disciplinés, soumis, l'odeur de la poussière et de la sueur, cela lui rappelait le collège, son prof d'arts plastiques qui parlait toujours pour ne rien dire, si ce n'était qu'ici, elle devait trouver une explication plausible à son intervention à la place de « Je peux aller aux toilettes ? ». Le patron tourna la tête vers elle. Il attendait qu'elle s'exprimât. Mais Marie n'avait rien à dire, elle voulait seulement trouver un endroit où s'allonger et dormir. Et comme s'il avait compris son silence, il déclara : « Oui, vous pouvez y aller, Marie. Je vous vois dès que j'ai fini ». Et elle en resta médusée !

Une bonne heure plus tard, une fois dans le bureau du patron, Marie était restée debout, les bras ballants, totalement déboussolée. Le patron avait allumé une cigarette - il n'y avait que lui qui avait le droit de fumer à l'intérieur des locaux - et il lui avait annoncé, avec un regard sombre, qu'elle ne ferait pas partie du Cabinet secondaire. Marie resta figée. Puis, il avait changé de ton. Non, elle ne partirait pas là-bas, elle resterait ici, au siège. L'associé, qui allait intégrer la structure, prendrait en charge le siège et lui le Cabinet secondaire. Et il continua, en se passant la main dans les cheveux, qu'il avait attendu cet évènement pour confier à Marie un poste qui correspondait à ses compétences : le service juridique du Cabinet. Il était convaincu qu'elle était faite pour ce poste. Son associé lui donnerait tous les éléments dont elle allait avoir besoin. Elle aurait un bureau pour elle, bientôt une assistante. Elle devrait se déplacer chez les clients pour les signatures d'actes, mais elle n'avait pas à se préoccuper de ce détail, elle serait couverte par l'assurance du Cabinet. « Vous avez bien un véhicule ? avait-il demandé » « Non ? Aucun problème, on vous en trouvera un. » En conclusion, il fallait seulement qu'elle respecte ces objectifs : il lui tendait une feuille avec des colonnes remplies de noms de sociétés, de chiffres et de dates.

Marie n'ayant pas changé de posture - ses bras pendaient toujours le long de son corps - il avait fini par écraser sa cigarette, s'était dirigé vers la porte, l'avait ouverte, et lui avait tendu la main de manière engageante. Sa bouche s'étirait en une ligne horizontale, une simple ligne, comme un trait de crayon jeté sur une feuille par un dessinateur novice. Marie n'en crut pas ses yeux. C'était la première fois qu'elle le voyait tentant d'esquisser un sourire !

- Bienvenue parmi nous, avait-il conclu. A partir d'aujourd'hui vous faites réellement partie du personnel, Mademoiselle Nolan !

Et Marie avait franchi la porte comme dans un film au ralenti, croyant rêver, abasourdie.

Ou alors c'était le ciel qui l'avait voulu. Pour Marie, la chance semblait avoir tourné dans le bon sens. Après sa promotion au Cabinet, elle avait aussi résolu son problème de logement. L'épisode « Camille » ayant été relégué aux oubliettes, elle était retournée voir Ben et il avait accepté de l'héberger en attendant qu'elle touche sa première paye. Ben n'était pas facile à vivre, d'accord, mais pour quelques temps, elle s'en accommoderait. Il le fallait. Au lieu de squatter le canapé pourri, elle n'avait qu'à accepter de dormir avec lui et tout ce qui s'en suivait, de fermer les yeux sur la colonie de cafards un peu trop bien organisée qui squattait l'appartement, et de s'abstenir de faire des réflexions désobligeantes comme : « Si tu continues à t'imbiber de cette manière là, tu vas finir à l'asile ! ». Elle n'avait qu'à se taire. Et se taire, elle savait faire.

Au Cabinet, elle était enchantée de ses rapports avec le nouveau « patron ». C'était un homme pas tout jeune, presque squelettique, au visage émacié, aux joues creuses, mais, s'il ne souriait pas plus que l'autre, il y avait une certaine chaleur qui émanait de lui. En quelques mots, d'une voix profonde et chaude, il vous donnait l'impression que vous étiez indispensable au bon fonctionnement du Cabinet et, finalement, indispensable à la marche du monde. Il portait des costumes trois pièces tirés à quatre épingles, des chaussures pointues cirées, et les ongles longs vernis, à l'exception de l'annulaire et de l'auriculaire droits qui, eux, étaient coupés ras. Marie s'était questionnée un moment sur l'étrange usage qu'il devait faire de ces deux doigts là, puis elle était très vite passée à plus urgent : les rendez-vous à fixer aux clients - ceux dont elle faisait connaissance jour après jour -, la constitution des dossiers juridiques, la commande d'armoires pour le classement, la collecte des éléments nécessaires à la mise en place d'une bibliothèque d'actes, les tâches à répartir aux deux secrétaires du Cabinet... Elle avait fini par ne plus penser à l'énigme des deux doigts aux ongles coupés ras !

En raison de cette charge de travail et des responsabilités qu'elle avait dû endosser en l'espace de quelques jours, elle avait eu du mal à dégager du temps pour répondre à la convocation du Lieutenant de police chargé de « l'affaire Véra Dévinovitch ».

Assise sur le fauteuil qui faisait face au canapé où quelques jours en arrière était allongée Véra morte, Marie se taisait. Elle aurait donné n'importe quoi pour savoir de quelle manière la police s'y était prise pour retrouver sa trace. Dans la chambre qu'elle avait abandonnée avec tant de hâte, elle n'avait pas laissé la plus infime trace de son passage. Son portable était en appel masqué le soir où elle avait appelé les flics. Lorsqu'au bout du fil, ces derniers lui avaient demandé de décliner son identité, elle avait raccroché. Elle n'avait dit à personne que c'était elle qui avait appelé la police, ni à sa mère, ni à Ben ni à Camille, ni à aucune de ses connaissances, puisque depuis ce fameux soir, elle n'avait revu personne, ni communiqué avec aucun d'entre eux. Mais la vie est ainsi faite. Elle n'en avait pas fini avec la famille Dévinovitch. Bien qu'elle n'ait rien eu à voir dans l'assassinat de Véra, il était peut-être écrit quelque part qu'elle devait revenir ici, dans cette pièce, qu'elle devait rester assise, muette, devant ce canapé vide, avec, devant les yeux, l'image de l'atroce grimace que Véra avait esquissée avant de mourir, et cela suffisamment de temps pour pouvoir aller de l'avant en paix ! Cette première expérience qui lui avait fait voir la mort de près devait avoir été inscrite quelque part dans le grand livre de son histoire personnelle. Le Lieutenant de police l'avait convoquée en l'appelant à son travail, il ne lui avait donné aucune information, et c'était une jeune flic, après l'avoir conduite à l'intérieur de la maison, qui lui avait demandé de s'asseoir et d'attendre.

Donc, après une bonne demi-heure d'attente, le Lieutenant, un certain Rogieri, finit par débarquer dans la maison et, sans préambule aucun, commença à questionner Marie.

- Ah, Mademoiselle Nolan, vous voilà. Quand Madame Dévinovitch a été assassinée, c'est bien vous qui avez appelé la police n'est-ce pas ?

Mieux valait parler que se taire, mieux valait ne pas mentir.

- Oui, c'est moi, répondit Marie.

- Et pour quelle raison n'étiez-vous pas présente lorsque nous sommes arrivés sur les lieux ?

- Je devais me rendre à mon travail.

- Ah bon ? Pourtant vous avez demandé votre matinée à votre employeur. Nous avons vérifié. Pouvez-vous me dire ce que vous avez fait entre le moment où vous avez appelé et celui où vous vous êtes rendue à votre travail.

- Après vous avoir appelés, je suis remontée me préparer et boucler mes bagages. Je ne voulais plus rester dans ce lieu... Il fallait que je quitte cet endroit et... je suis allée voir une personne que je connais pour lui demander de m'héberger... Bien entendu, j'ai prévenu à mon travail que je ne viendrais que l'après-midi. Il fallait que je retrouve mon calme, vous comprenez. Avoir vu Véra, Madame Dévinovitch, ainsi m'avait bouleversée, Lieutenant !

- Hun, hun...

Le Lieutenant avait penché la tête et regardait Marie par dessus ses lunettes. Après l'avoir observée sans rien dire durant un temps qui parut une éternité à Marie, il tourna enfin la tête et jeta un regard circulaire dans la pièce où il régnait un grand désordre dû au passage des policiers qui avaient déjà tout mis sens dessus dessous. Mis à part les tableaux qui n'avaient pas quitté les murs, le salon avait été transformé en un véritable capharnaüm ! Le Lieutenant fit quelques pas en direction du fond de la pièce, puis il revint vers Marie et la fixa à nouveau.

- Bien, nous éclaircirons ce point ultérieurement, dit-il.

Que voulait-il dire ? Qu'y avait-t-il donc à éclaircir ?

- Mademoiselle Nolan expliquez-moi comment vous avez connu la victime ? Ah oui, j'oubliais. Il faudra que vous déposiez votre portable entre les mains de ma collègue quand vous sortirez. Ne craigniez rien, nous vous le rendrons très vite.

Son portable ? Il n'était pas question ! Elle se leva d'un bond.

- Mademoiselle Nolan ?

- Oui.

- Où allez-vous ?

- Je ne vais nulle part, Lieutenant, j'ai seulement besoin de me dégourdir les jambes !

- Très bien. Alors, reprenons. Je vous ai demandé comment vous aviez connu la victime ?

- Véra me louait l'appartement du dessus.

- Oui, ça je le sais. Et depuis quand ?

- Quelques mois... Véra est une amie de ma mère.

- Hun, hun... la victime était une amie de votre mère... Et quelles étaient vos relations ?

- Nos relations ? Nous n'en avions pratiquement pas. Je ne la voyais qu'une fois par mois quand je venais lui régler le loyer.

- Et pour quelle raison vous êtes-vous rendue chez elle, ce soir là.

- Eh bien, c'est à cause des bruits. De drôles de bruits ! Je me suis demandée ce qui pouvait bien se passer et je suis descendue voir.

- Des bruits, dites-vous ? Quel genre de bruits ? Pouvez-vous être plus précise, s'il-vous-plait !

- Ce n'est pas facile à décrire. Comment dire... enfin... un peu comme des grognements...

- Des grognements, voilà qui est curieux ! Et quel genre de grognements, des râles, des râles humains ? Les grognements d'un animal peut-être ?

- Non, non, cela ne venait pas d'un animal. D'ailleurs Quintessence ne grognait pas, elle aboyait !

- Quintessence ?

- Oui, Quintessence est la chienne de Véra. Elle, quand elle aboie, c'est aigu, continu, elle n'arrête pas pendant des heures et des heures et ... c'est assez insupportable, en fait.

- Et là, ces « grognements », comme vous dites, c'était plutôt agréable ?

- Non, pas du tout ! Ce n'était pas agréable du tout mais il s'agissait d'une voix humaine, ça j'en suis sûre.

- Bien ! Mais revenons à ce chien. Madame Dévinovitch possédait donc un chien. Et où est cet animal aujourd'hui ?

- Je n'en ai aucune idée !

- Vous ne l'avez pas entendu aboyer ce soir là, vous ne l'avez pas vu quand vous avez pénétré dans l'appartement ?

- Non. Je ne pense pas qu'elle y était. En général, Quintessence est plutôt « accueillante » en quelque sorte. Dès qu'elle vous aperçoit, elle vous saute après. Mais, cela n'a pas été le cas, ce soir là. D'ailleurs, c'est étrange ! Elle ne quittait jamais Véra d'une semelle. Peut-être s'est-elle enfuie par la porte qui était ouverte.

- Bon, c'est assez sur ce sujet, Mademoiselle Nolan, je vous remercie, dit le Lieutenant.

Il se tut quelques instants, semblant réfléchir et le silence s'installa dans la pièce. Marie n'en pouvait plus de se trouver face à ce canapé. Elle regarda sa montre et constata que le temps avait passé. Elle chercha une excuse quelconque pour demander si elle pouvait se retirer. Le Lieutenant se tenait le menton et arpentait la pièce de long en large. A l'instant où Marie allait pour se diriger vers l'entrée, il revint se planter devant elle et se mit à la fixer d'une manière si singulière, cette fois, qu'elle dût faire un effort pour soutenir son regard.

- Bon, reprenons, finit-il par déclarer en poussant un profond soupir. Et quand vous vous êtes trouvée devant la porte, vous avez sonné pour entrer ? Vous aviez les clés ? Expliquez-moi.

- Lieutenant, je n'ai fait que pousser la porte, la porte était ouverte, je vous l'ai dit ! Je suis entrée, j'ai appelé Véra, et elle ne répondait pas… J'ai appelé plusieurs fois, je suis allée dans la cuisine... (elle se ravisa et se retint de dire qu'elle avait fait le tour de la maison)... et ensuite, je l'ai vue. Elle était là...

Marie montrait le canapé.

- Oh, c'était affreux… dit-elle, la gorge nouée.

Cette grimace qui lui tordait la bouche, montrait à quel point Véra avait dû souffrir... Quelle horreur ! Marie sentit monter en elle un désir irrépressible de quitter la pièce et de laisser là ce stupide Lieutenant avec ses stupides questions !

- Hun, hun, fit le Lieutenant. Oui, ce n'était pas beau à voir, je vous l'accorde ! Savez-vous que Madame Dévinovitch a été empoisonnée ?

- Si je le sais ? Et comment aurais pu le savoir ?

Marie n'avait aucune envie de poursuivre. Elle ne voyait pas où voulait en venir le Lieutenant, ce qu'il tentait d'obtenir d'elle. Merde ! Allait-il enfin la laisser tranquille, oui ou non ! Et comme s'il lisait dans ses pensées, le Lieutenant enchaîna :

- Bon, d'accord ! Reprenons. Vous avez constaté que Madame Dévinovitch était morte, et ensuite qu'est-ce que vous avez fait ?

- Je suis ressortie de la maison. J'étais affolée, je n'avais jamais rien vu d'aussi… effrayant. J'ai appelé tout de suite la police.

- Vous avez appelé la police sur le champ, dites-vous ?

Il regardait à nouveau Marie par-dessus ses lunettes.

- Oui, répondit Marie, je suis seulement remontée, et ensuite je vous ai appelés.

- Ah, bien ! Quand vous êtes sortie de la maison, vous n'avez rien remarqué de particulier ? Quelqu'un qui passait sur le trottoir, un véhicule garé devant la porte ou un peu plus loin ? Essayez de vous souvenir. N'importe quelle information peut nous être utile.

- Non, je regrette, je ne me souviens de rien.

- Et des bruits quand vous étiez dans la maison, vous n'avez pas entendu de bruits ?

- Des bruits ? Ah, oui, j'avais oublié de vous en parler. Quand je suis remontée dans ma chambre, j'ai entendu comme quelqu'un qui marchait sur le toit.

- Hun, hun. Sur le toit ? Il se redressa et bomba le torse. Voilà qui est intéressant... et singulier à la fois ! Sur le toit, dites-vous ?

- Oui. Et ce n'était pas la première fois que cela se produisait. J'en avais parlé à Véra, mais...

- Un instant, l'interrompit le Lieutenant qui regardait l'heure à sa montre. Je reviens vers vous tout de suite.

Il se dirigea vers l'entrée.

- Jasmine ! appela-t-il.

- Oui Lieutenant, répondit la jeune flic qui arrivait à grands pas.

- Les Dévinovitch ont bien été convoqués, n'est-ce pas ?

- Ah, je ne sais pas.

- Bon. Retournez à votre poste.

Le Lieutenant sortit son portable et composa un numéro. Tout en reportant son regard sur Marie, il attendait, le portable à l'oreille, se balançant d'un pied sur l'autre. Son expression avait changé. Il n'y avait plus sur son visage cette sorte de satisfaction méticuleuse qui accompagnait chacune des réponses de Marie. Il avait les sourcils froncés et une moue dubitative sur ses lèvres. Marie le trouva non seulement peu soigné avec sa mèche qui ne tenait pas en place, mais encore assez peu sympathique.

Comme on avait dû décrocher à l'autre bout du fil :

- Dis-moi Trudeau, se mit-il à hurler, tu as bien convoqué les Dévinovitch, comme je te l'ai dit... Oui, chez la victime, c'est ça... Attends, je n'ai pas compris ! Pourquoi je te le demande ? Et pourquoi crois-tu que je te le demande ? Parce qu'ils ne sont pas encore là, nom de Dieu ! Ah, ça a été fait, tu en es sûr. Alors qu'est-ce qu'ils foutent ? Je ne vais tout de même pas passer ma journée à les attendre !… tu en es sûr ? Bon Dieu, tu ne pouvais pas le dire plus tôt Trudeau ! Bon d'accord… Oui, c'est entendu. Je finis avec eux et je passe au Commissariat. Ne pars pas avant que j'arrive, hein !

Une fois le portable à nouveau dans sa poche, le Lieutenant parut se détendre. Il revint à Marie avec un sourire de satisfaction sur les lèvres.

- Voilà, il n'y en a plus pour très longtemps, Mademoiselle Nolan. J'ai omis de vous prévenir. Je vous ai réunis ici, avec la famille de Madame Véra Dévinovitch, pour que vous me détailliez tous, une fois pour toutes, les évènements qui ont précédé son décès, ou qui se sont produits immédiatement après. Je viens d'en avoir confirmation, ces gens seront là d'une minute à l'autre. Ensuite, vous pourrez y aller. Il se peut cependant que vous receviez, dans les jours qui viennent, une autre convocation. Vous devrez vous rendre au Commissariat pour faire votre déposition et la signer, déposer vos empreintes et ensuite …

Marie soupira. Qu'est-ce qu'elle avait à voir dans tout cela ?

De la porte ouverte, par vagues entrait un air glacial, et Marie frissonna. En fait, elle pouvait très bien prendre congé sur le champ, elle le savait, le Lieutenant ne disposait d'aucun argument pour la contraindre à rester. Il n'avait rien contre elle,

elle n'avait même pas été convoquée officiellement. On l'avait juste appelée chez son employeur et on lui avait demandé de passer. Pendant que le Lieutenant notait quelque chose sur un petit carnet, Marie se leva et se dirigea vers l'entrée, bien décidée à quitter les lieux. Mais à l'instant où elle allait pour franchir le pas de la porte, une silhouette se dessina sur le trottoir, une silhouette que Marie reconnut sans peine et elle s'immobilisa. Derrière cette silhouette, s'en tenait une autre, celle d'un homme. Il y avait une sorte de brouillard givrant qui faisait que l'on distinguait mal les formes à quelques mètres seulement. Lorsqu'ils s'approchèrent tous les deux, Marie eut la confirmation qu'il s'agissait bien des personnes qu'elle avait déjà croisées devant la porte de chez Véra, cette femme curieuse et cet homme... Lui tenait les poings serrés. Il était jeune, il était beau, un de ces êtres étonnants qui attirent irrésistiblement la beauté à eux, et il avait quelque chose de la femme, oui, il lui ressemblait, mais avec une sorte de nonchalance en plus et son regard à lui n'avait pas l'intensité de celui de la femme. Son regard était triste. La femme portait un long manteau de cachemire grège, dont le col laissait entrevoir les motifs bariolés d'une écharpe en soie. Le Lieutenant qui les accueillit lui tendit la main, et la femme tendit négligemment la sienne qui était gantée, puis se retourna vers Marie. Elle aussi était belle. Une soixantaine d'années, une peau très blanche, des pommettes saillantes et ces yeux étonnants. Marie hésita, recula et lui adressa un sourire.

- Mais, nous nous connaissons, dit la femme à Marie. Nous nous sommes croisées ici même… enfin devant la porte de cette malheureuse Véra ! Vous vous en souvenez, n'est-ce-pas ?

Le Lieutenant recula d'un pas et les fixa toutes les deux. En se raclant bruyamment la gorge, il leur demanda d'entrer, de sorte qu'un mouvement se produisit dans le vestibule, et bientôt tout le monde se retrouva au centre du salon. Mais le portable du Lieutenant sonna à nouveau. Il décrocha et se mit à l'écart du groupe. La femme se retourna alors de Marie et reposa la question :

- Vous vous souvenez, n'est-ce pas, que nous nous sommes vues, ici même ?

- Oui, je m'en souviens, répondit Marie.

- Vous habitez là-haut, n'est-ce pas ?

- J'y habitais, dit Marie, mais je n'y suis plus.

- Ah, vous n'y êtes plus ? Parfait, parfait. Puis se retournant vers l'homme : « Richard, c'est la personne à qui Véra louait la pièce du haut ! ». « En fait, voyez-vous, reprit-elle, cela nous arrange vraiment que vous laissiez la chambre libre. Nous n'avons pas du tout l'intention de garder cette maison. »

Le Lieutenant revenait et, s'approchant de la femme, il demanda :

- Excusez-moi Madame, vous avez dit quoi ? Vous ne souhaitez pas garder cette maison ? Vous pensez donc que vous allez hériter de Madame Dévinovitch ?

Marie regarda la femme qui regardait l'officier de police. Durant quelques minutes, un silence se fit, puis la femme lança brusquement un rire cristallin et s'exclama :

- Oh, Lieutenant Rogieri, ne me dites pas cela ! Vous n'êtes pas en train de penser que nous n'attendions que la mort de Véra, mon fils et moi, pour hériter ?

- Excusez-moi, Madame, répondit sèchement Rogieri, je n'ai fait que vous poser une question.

- Eh bien, dans ce cas, je vous en pose une autre, Lieutenant. Joséphine, notre gouvernante ne va pas tarder. Je lui ai demandé de mettre un peu d'ordre ici, dit-elle, en décrivant le salon d'un large cercle de la main. Vous n'y voyez pas d'inconvénient ? Il y a un tel désordre ! Vous avez fait du beau travail ! Le salon ne ressemble plus à rien. Et nous devons faire passer incessamment un négociateur immobilier...

- Tsss..., l'interrompit le Lieutenant, je regrette Madame, mais vous ne ferez passer personne ! Ce lieu est et restera une scène de crime tant que nous n'aurons pas terminé nos investigations, et cela risque de prendre un certain temps, croyez-moi ! Lorsqu'il vous sera possible d'y pénétrer, je ne manquerai pas de vous le faire savoir. Maintenant, veuillez me suivre, s'il-vous-plait.

Et Rogieri emmena la petite troupe devant l'escalier qui faisait face au fameux canapé. Marie se positionna à gauche de l'escalier, la femme et l'homme à droite, et le Lieutenant resta face à eux. Il s'immobilisa et garda le silence quelques minutes qui semblèrent encore une éternité à Marie. Où voulait-il en venir ? Il avait la mine tendue de quelqu'un qui a oublié quelque chose et qui cherche à se le rappeler. Il tenait son menton entre ses doigts et semblait hésiter. La femme posa un instant son regard sur le canapé, l'homme s'éloigna d'elle. Puis la femme se déplaça lentement et se dirigea vers la cuisine. De là, elle regarda successivement l'homme, le Lieutenant et Marie, et son regard revint vers le canapé. Marie qui suivait des yeux la silhouette élancée de la femme pensa qu'elle avait exactement la même démarche que Véra, le même port de tête. De dos, on aurait pu s'y tromper. De face, la ressemblance tenait aussi dans la façon qu'avait cette femme de regarder l'autre, comme Véra, avec une certaine hauteur légèrement teintée de mépris.

- Lieutenant, allez-vous enfin nous expliquer la raison de toutes ces simagrées ? finit par demander la femme.

- Vos empreintes ont été relevées un peu partout dans cette pièce, Madame, vous le savez ?

- Ah oui, comme c'est étrange ! Celles de mon fils et... celles de Mademoiselle aussi, je suppose ?

- Veuillez ne pas m'interrompre Madame. Non, celles de votre fils, n'ont pas été relevées. Et celles de Mademoiselle Nolan... nous devons encore le vérifier.

- Et pourquoi donc ?

- Il s'agit d'un simple retard dans la procédure qui sera réparé pas plus tard que dans les jours qui viennent...

Le Lieutenant se retourna vers Marie :

- Nous en parlions avant votre arrivée.

- Cela est tout à fait étrange. Pourquoi donc avons-nous, mon fils et moi été obligés de passer au Commissariat de toute urgence, alors que Mademoiselle...

- Enfin Madame, qu'est-ce que cela signifie ? Allez-vous me laisser faire mon travail ! Grand Dieu ! Est-ce vous qui êtes en charge de cette affaire, ou bien moi, voulez-vous me le dire ?

- J'entends bien, j'entends bien, Lieutenant. Je me renseigne c'est tout. D'ailleurs, j'ai une question toute simple : pourquoi envisagez-vous un meurtre et non pas un suicide ? Il y a quantité de gens qui se suicident en avalant n'importe quoi, non ?

- C'est à vous de me le dire, Madame. Lorsque vous avez

vu votre tante ces derniers temps, montrait-elle des signes de dépression ? Vous semblait-elle stressée ? Etait-elle sous anxiolytiques ?

- Non, absolument pas, répondit la femme.

L'homme faisait non de la tête.

- Eh bien, dans ce cas, vous avez répondu vous-même à votre question, Madame !

- Mais, Lieutenant, dites-moi. Qu'est-ce qui vous a fait penser d'emblée à un crime ? reprit la femme.

- Il n'y a aucun doute possible. La porte d'entrée était restée ouverte, selon les dires de Mademoiselle. C'est bien ce que vous nous avez déclaré, n'est-ce pas ?

- Oui, c'est cela.

- Il n'y avait aucune raison pour que Madame Dévinovitch omette de refermer sa porte en entrant chez elle. De même il était impossible qu'elle omette de le faire ensuite, quand elle s'est mise à l'aise pour se servir à boire et s'allonger sur son canapé afin de passer une soirée... tranquille ! Sans doute, le meurtrier est-il sorti précipitamment, voilà le seul motif qui explique cette porte ouverte. Mais il ne fait aucun doute non plus que Madame Véra Dévinovitch connaissait son assassin et que c'est elle qui lui a ouvert.

- Eh bien, me voilà rassurée Lieutenant ! Je suis heureuse que vous soyez en charge de l'enquête ! Je constate que vous ne perdez pas de temps ! Vous comprenez, Véra était ma tante, et je tiens à ce que vous trouviez qui a fait cette horrible chose au plus vite. Je sais que vous ferez tout ce qui est en votre pouvoir, mais comprenez-moi, il faut que ma tante soit vengée ! Pauvre femme ! Quel triste sort ! Et juste une question encore, Lieutenant, si vous le permettez. Je souhaite connaître la raison qui vous a conduit à nous convoquer Richard, moi et Mademoiselle en même temps. J'avoue que je ne comprends pas.

- Un peu de patience, Madame. J'y venais, j'y venais !

Le Lieutenant quitta la place où il se trouvait, fit quelques pas et se retourna brusquement pour faire face à ses interlocuteurs :

- C'est bien mercredi, m'avez-vous dit Madame, que vous avez vu Madame Dévinovitch pour la dernière fois ?

- Oui, mercredi, répondit la femme. C'est ce que je vous ai dit au Commissariat.

- Quelques jours donc avant son assassinat.

- Oui.

- Et vous, Mademoiselle, vous avez trouvé son corps dimanche soir, donc...

- C'est cela, répondit Marie, dimanche. Et j'avais vu Véra mercredi aussi parce que je devais lui payer le loyer.

- Hun hun, marmonna Rogieri. Et voulez-vous me rappeler à quelle occasion vous vous êtes vus tous les trois devant la porte, comme vous le disiez tout à l'heure ?

- Quand ? répondit la femme. Je ne sais plus moi ! Une précédente fois que nous venions voir Véra. Tu t'en souviens toi, Richard ?

Richard ne répondit pas.

- Pouvez-vous être plus précise, Madame, s'il-vous-plait ? Ou bien vous, Monsieur, ou vous, Mademoiselle...

Richard se déplaça alors, quittant l'espace où Rogieri les avait conduits tous les trois, sans aucun motif apparent semblait-il, c'est-à-dire devant l'escalier. Il sortit son paquet de cigarettes, en alluma une et il en expira rapidement la première bouffée.

C'est alors que Marie intervint :

- Je m'en souviens, oui. Nous nous sommes vus le jour où je venais payer mon loyer, mercredi, dit-elle.

- Ah, très bien ! Voilà une chose de réglée, conclut le Lieutenant en sortant son carnet pour prendre des notes.

Mais Marie avait le cœur qui battait. Elle baissa les yeux, détourna le regard. Elle venait de se souvenir qu'elle avait bien vu Madame Dévinotvitch, la nièce de Véra, et son fils, en venant payer son loyer, mais elle les avait aussi revus dimanche après-midi, ce fameux dimanche, sur le pas de la porte de Véra, au moment où elle partait de chez elle pour se rendre chez Camille... Pourquoi ne pas avoir réfléchi avant d'ouvrir la bouche ? Omission involontaire ? Marie ne jugea pas utile d'en dire davantage et elle se tut. Parler de leur deuxième rencontre impliquait automatiquement le fait que la nièce et son fils avaient été présents chez Véra le jour même du crime. Et le Lieutenant recommencerait aussitôt à les questionner tous les trois. Il allait les passer à la moulinette. Marie avait-elle le droit de « dénoncer » en quelque sorte ces gens ? Non, il ne fallait pas en dire davantage. Elle se tut donc. Au moment où la femme allait reprendre la parole, le portable du Lieutenant sonna une nouvelle fois. Il regarda la femme, il vit son hésitation, il plissa les yeux, éteignit son portable, et se planta bien droit devant elle en écartant les jambes :

- Oui, Madame Dévinovitch, vous vouliez dire quelque chose ? Allez-y, je vous écoute.

- C'est que Mademoiselle Nolan ne vous a pas tout dit, Lieutenant. L'émotion, je suppose, n'est-ce pas, dit-elle en se tournant vers Marie... Nous nous sommes rencontrées un mercredi, il est vrai, mais aussi le jour où Véra est... est partie. Nous avions rendu visite à Véra, cet après-midi là, hein Richard ? Nous venions justement lui parler de la vente de sa maison. Elle nous avait demandé de nous en occuper, elle voulait se rapprocher de nous. En raison de son âge, elle ne supportait plus de vivre seule, voyez-vous. Et à cette occasion, d'ailleurs, Richard avait récupéré sa chienne parce que l'entretien de l'animal causait trop de tracas à Véra. Tu t'en souviens, Richard ? C'était bien un dimanche, il y a deux semaines, maintenant ?

Quoi de plus étonnant que la facilité avec laquelle les évènements se présentaient à présent ! On eut dit qu'un mécanisme grippé, se remettait à fonctionner normalement.

Marie gravit les quelques marches qui conduisaient à la porte de l'hôtel. Elle était transie. La neige n'avait pas cessé de tomber pendant l'après-midi, une petite neige aérienne et silencieuse, mais continue, de sorte qu'ayant fondu par endroits, elle s'était transformée en flaques où Marie avait pataugé depuis qu'elle était sortie de la station de métro. La nuit était totale. Il y avait peu de lumières. C'était une nuit sans lune, glaciale et cotonneuse.

Dans le grand hall de l'hôtel, un tapis rouge absorbait le bruit des pas. Marie avait tout de suite aimé ce tapis, aimé cet hôtel. Pas la classe, non, pas de confort, mais elle y était bien, elle se sentait en sécurité entre ces murs où elle venait tout juste de se réfugier, la nuit au cours de laquelle Ben avait dépassé les bornes. Après la fameuse nuit où Marie s'était enfuie de chez Véra, elle avait appelé Ben et lui avait demandé de l'héberger pour un laps de temps très court. Il avait accepté et elle s'était installée chez lui. Les tout premiers jours, il n'y avait eu aucun incident. Elle avait mis les choses au point : il ne s'agissait que d'un service qu'il lui rendait et s'était à charge de revanche. Il n'y aurait rien d'autre entre eux. Et Ben avait encore dit oui. Après l'interrogatoire chez Véra en compagnie des Dévinovitch, Marie était repassée au Cabinet pour prendre connaissance de quelques messages urgents, elle avait rappelé plusieurs clients, cela avait traîné en longueur, puis elle avait fini par rentrer à l'appartement. Il devait être près de vingt heures. Habituellement, Ben ne se trouvait pas chez lui à cette heure là. Il traînait dans les bars jusqu'à tard le soir, et parfois même il ne rentrait pas du tout, ou alors il revenait avec une fille et commençait à faire un raffut de tous les diables, si bien que Marie finissait sa nuit à compter les heures jusqu'au petit matin, sans pouvoir dormir. Mais ce soir là, Ben était chez lui. Il avait accueilli Marie en la traitant de tous les noms, en lui disant qu'elle n'avait pas à sortir sans lui dire où elle allait, et qu'il ne supportait pas qu'elle se conduise de cette manière là. Marie avait eu l'habitude de ce genre de scène lorsqu'ils étaient ensemble, aussi, sur le coup, elle n'avait pas relevé. Elle venait de passer une journée épuisante. Elle n'avait aucune envie de se justifier, de lui faire un café pour qu'il se détende, ou de l'écouter patiemment vociférer jusqu'à ce qu'il se calme. Elle n'avait pas dit un mot, s'en était allée dans la chambre pour se mettre à l'aise, et avait fermé la porte à double tour. Mais Ben, qui l'avait suivie, s'était mis à tambouriner contre la porte, à la marteler de ses poings et, hurlant de rage, il avait fini par enfoncer la porte qui s'était rabattue violemment contre le mur. Le choc avait ébranlé la pièce et la lampe était tombée de la table de nuit. Il s'était alors rué sur Marie, les deux bras tendus. Son visage était congestionné, il fulminait. Mais Marie s'était dérobée juste avant qu'il ne referme les mains sur son cou. Alors, il avait saisi une bouteille qui se trouvait sur la table de nuit et l'avait brandie en titubant. Marie ne lui en voulait pas. Dans ces cas là, elle le savait que ce n'était pas elle qui était visée. Il la prenait pour une autre, ou lui-même se prenait pour un autre. Il était dans ses délires. Ce genre de scène s'était reproduit plusieurs fois par le passé, et c'était la principale raison qui avait poussé Marie à le quitter. Par la suite, quand il avait dessaoulé, qu'il avait retrouvé ses esprits, il se confondait en excuses, il la suppliait de lui pardonner, il lui jurait qu'il ne recommencerait plus jamais. Et Marie acceptait de rester.

Mais ce soir là, alors qu'il l'avait attrapée par les cheveux et l'avait forcée à se rapprocher du lit, Marie s'était débattue et l'avait repoussé, puis elle l'avait giflé, et avait commencé à lui taper dessus avec le plat de sa chaussure jusqu'à ce qu'il recule. Les coups ne lui avaient fait aucun mal mais ils l'avaient surpris, et, enragé, il s'était emparé de la bouteille dans le but de la lui assommer sur le crâne, mais il avait trébuché, il avait effectué une jolie pirouette et s'était finalement écrasé à plat ventre sur le sol de la chambre, et la bouteille lui était tombé dessus et l'avait étourdi. Ensuite, il ne restait plus à Marie qu'à prendre le large. Elle avait ramassé ses affaires et elle était partie, et elle avait échoué dans ce petit hôtel, le premier qu'elle avait trouvé sur son chemin, une fois sortie de la station de métro qui la ramenait vers son ancien quartier.

Marie traversa le hall en direction du standard, mais, la standardiste qu'elle aimait bien n'était pas là. Elle alla donc décrocher sa clé à la réception et attendit l'ascenseur. Cet engin tombait régulièrement en panne et il ne semblait jamais calé quand il s'arrêtait, toujours un peu trop haut ou un peu trop bas. C'était un de ces vieux machins munis de portes en fer à deux battants qui grinçaient avec un bruit de casserole. Mais Marie lui trouvait un charme désuet, et cet hôtel était le seul où elle avait pu trouver à la hâte une chambre à un prix raisonnable. Et pendant la lente ascension de l'ascenseur vers le dernier étage, les pensées de Marie se bousculaient pêle-mêle. La fatigue s'était emparée d'elle.

Elle abordait en fait cette étape de vie avec une attitude différente de celle qu'elle avait adoptée pour les précédentes. Quelque chose avait changé du tout au tout. Elle ressentait plus de sérénité, plus de confiance en elle. En premier lieu, cette promotion soudaine dans son travail lui apportait une sorte de consécration. Pas aux yeux des autres. De cela, elle s'en moquait. Mais à ses propres yeux. Et puis, la mort de Véra ! Qui pouvait s'attendre à vivre ce genre de chose ? Qui pouvait sortir indemne d'un tel drame ? Certes, Marie savait que la vie vous gratifiait d'un tas de surprises qui n'étaient pas toujours merveilleuses. Mais cette surprise là, elle aurait préféré s'en passer. Elle l'avait traumatisée. Marie n'aurait jamais cru que, malgré le choc, elle serait parvenue à surmonter l'horreur de cette vision de la mort. Il était vrai que jamais, plus jamais, elle ne serait libérée de Véra. Son image resterait toujours là, tapie, dans un coin de sa mémoire, prête à ressurgir comme un diable de sa boîte. Elle alimenterait ses cauchemars, elle reviendrait souvent la hanter avant qu'elle ne parvienne réellement à la reléguer aux oubliettes. Et il lui fallait s'armer de courage, rassembler ses forces, car elle sentait confusément qu'il y aurait une suite à ce drame. Elle ne savait pas pourquoi, mais elle le sentait. Cependant, en même temps que l'angoisse s'emparait d'elle, particulièrement le soir quand elle s'apprêtait à sombrer dans le sommeil, il y avait dans le fond de son cœur une excitation nouvelle dont elle avait du mal à identifier la cause. Les deux émotions étaient étroitement mêlées. Elles étaient sans aucun doute issues des mêmes évènements. Mais en quoi les suites de l'assassinat de Véra pouvaient-elles lui procurer cette joie sourde qui parfois la prenait au détour de la page d'un dossier, ou bien en raccrochant le téléphone après un échange quelconque avec un client. En tentant de comprendre, elle avait fini par relier cette sorte d'attente euphorique à la nièce de Véra, car le phénomène était né en fait tout de suite après leur rencontre. Cette femme l'intriguait. Elle semblait ne craindre personne, elle avait tenu tête au Lieutenant avec un aplomb certain. Elle paraissait désirer ardemment que l'on retrouvât l'assassin de sa tante, mais en même temps, elle n'attendait qu'une chose, c'était de pouvoir jouir de son héritage ! Et Marie savait qu'elle ne tarderait pas à la revoir, il ne s'agissait que d'une question de jours. Le Lieutenant, lui, ne les lâchait ni l'une, ni l'autre. Il ne cessait de revenir à la charge, d'autant que Marie n'avait pas déposé son portable, prétextant avoir oublié et s'engageant à le faire incessamment. Marie ne comprenait pas en quoi son portable pouvait intéresser cet homme, ni pourquoi il s'acharnait après elle qui n'avait aucun motif d'assassiner Véra. Il allait falloir qu'il se résigne. Bien sûr, Marie n'avait pas apprécié particulièrement Véra. Mais cela, le Lieutenant ne le savait pas, et, de plus, s'il fallait supprimer de ce monde toutes les personnes que vous n'appréciez pas ! Les empreintes de Marie n'avaient été relevées que sur la porte d'entrée. C'était évident ! Elle avait poussé cette porte en entrant chez Véra, mais cela ne pouvait constituer un indice. Et le Lieutenant n'avait rien de rien contre elle. C'était elle qui avait averti la police, point barre. Certes, en ce qui concernait la nièce de

Véra, il en était autrement. Avec elle, le Lieutenant avait quelque chose de tangible sous la main. Elle jouait sur la franchise et le culot, mais cela ne signifiait rien. Cela n'induisait pas qu'ils étaient innocents, ni elle, ni son fils. Et la manière dont elle avait complété la déclaration de Marie, avouant de ce fait qu'ils étaient présents tous les deux juste avant le crime, était pour le moins surprenante. Marie n'y avait rien compris. Cette femme cherchait depuis à joindre Marie. Elle avait appelé par deux fois au Cabinet. Marie s'était d'abord étonnée. Que cachait cette insistance ? Puis elle en était venue à attendre un nouvel appel !

Ben, lui aussi était revenu à la charge. Il lui avait laissé un message enflammé, s'excusant mille fois de son attitude et il s'était engagé à faire une cure de désintoxication. Pareil que quand elle l'avait quitté la première fois ! Il y a des gens, comme ça, avait pensé Marie, qui répètent inlassablement les mêmes erreurs de sorte que leur vie ressemble à un manège où ils repassent mille et mille fois devant les mêmes personnes jusqu'à ce que ces personnes finissent par disparaître un jour sans qu'ils n'aient pu comprendre quoi que ce soit au film !

Marie atteignit son étage, perdue dans ses pensées. Un couloir sur la gauche en sortant de l'ascenseur la menait à sa chambre. De la chambre voisine parvenait le gloussement de plaisir de la jeune étudiante qui s'amusait encore avec le maître d'hôtel du restaurant d'à côté. Marie alluma, posa son sac de courses sur la table, sa mallette et son manteau sur le lit, et saisit le téléphone pour appeler le standard.

La pièce était assez vaste pour un hôtel de cette catégorie, avec un haut plafond, des murs peints d'une couleur vert pomme un peu à la Hopper, un lit étroit, une table en bois qui servait à Marie et de bureau, et de table sur laquelle elle prenait son petit déjeuner et son repas du soir. Sur la droite en entrant, il y avait un lavabo fendu et un bidet portatif dissimulé dessous. Une douche et des WC communs à tout l'étage se trouvaient dans le couloir.

Après que la standardiste lui ait confirmé que personne ne lui avait laissé de message, Marie se déshabilla rapidement, se rafraîchit au lavabo en regardant son visage dans la glace. Il fallait absolument qu'elle trouve un moment pour aller chez le coiffeur... samedi peut-être, si le rendez-vous avec l'Entreprise Croiset n'était pas confirmé. Le miroir lui renvoya une expression à laquelle elle ne s'attendait pas. Il était tard. Certes ses traits étaient tirés, mais un demi-sourire était posé sur ses lèvres. Le souvenir de la nièce de Véra venait d'effleurer sa mémoire. Elle détourna rapidement les yeux du miroir et commença à se mettre à l'aise, ôta ses vêtements et enfila son pyjama. Elle ouvrit son sac à provisions et en sortit une demi-baguette, du jambon et une compote à boire. Puis elle se leva et alla à la fenêtre. De la vitre, on apercevait les immeubles alentours – de multiples points lumineux – et pour les appartements qui se trouvaient tout près, sur les balcons, la masse sombre des bacs garnis de fleurs. En bas dans la rue, les réverbères, les devantures illuminées, toutes les lumières de la ville semblaient vibrer au rythme de la nuit. Marie contempla quelques instants ce spectacle, cette ville qui flambait encore de mille feux, alors que la neige, apparue comme sous le coup d'une baguette magique, commençait à s'accrocher aux toits. Elle ouvrit la fenêtre, mais referma aussitôt. La température avait chuté et un froid humide avait en quelques minutes, envahi la chambre. Puis elle vint s'assoir à la table. Et ce fut à l'instant où elle commençait à fendre la baguette en deux, que le téléphone sonna.

Elle le savait. Depuis les appels au Cabinet, elle s'y attendait. Cette femme était stupéfiante ! Comment avait-elle pu se procurer les coordonnées de Marie à son travail et maintenant ici, à l'hôtel ? Pratiquement personne ne connaissait sa nouvelle adresse. Même la propre mère de Marie n'était pas encore au courant.

- Eh bien, j'arrive enfin à vous joindre ! s'exclamait-elle. Vous êtes insaisissable, ma chère !

- Bonsoir, dit Marie.

- Bonsoir Mademoiselle Nolan ! Je vous ai appelée à votre travail, mais vous n'étiez pas là.

- Je suis au courant, répondit Marie. On m'a fait la commission.

- Ah, parfait ! Il est vrai que je n'ai pas laissé mon numéro pour que vous puissiez me rappeler.

- C'est exact, remarqua Marie.

- Je suis désolée. Je ne vous dérange pas au moins ?

- Non. Je n'ai pas commencé à dîner...

- J'arrive à temps alors ! Je dois vous parler d'urgence. Voulez-vous dîner avec moi. Je vous invite !

Marie ne répondit pas. Sans savoir pourquoi, il lui sembla que cette conversation, elle l'avait avec une personne qu'elle connaissait de longue date. Une amie. Le mystère s'amplifiait. Marie s'était attendue à quelque chose de semblable. Son intuition ne l'avait pas trompée.

- Vous êtes toujours là, demandait-on à l'autre bout du fil ?

- Oui, oui, je suis là.

- Etes-vous d'accord pour venir dîner avec moi ?

- Oui, c'est possible, répondit Marie.

- Fantastique !

Le rire de la femme retentit à l'oreille de Marie.

- Où dois-je vous rejoindre ?

- Vous n'aurez pas à aller bien loin, ma chère. Je vous attends dans ma voiture. Je suis au coin de la rue.

Le restaurant était charmant, petit mais chaleureux, une pizzeria comme tant d'autres, peu de tables, des nappes à carreaux, des tomettes au sol, des lustres en formes de bougeoirs, et un comptoir derrière lequel se trouvait le four à pizzas. Un jeune homme à moustaches et cheveux frisés, qui portait un grand tablier blanc, allait d'une table à l'autre. Il était seul pour tout faire, prendre les commandes, confectionner et enfourner les pizzas, préparer les salades et autres entrées derrière le comptoir, servir et desservir. Quelques clients étaient perchés sur des tabourets, devant le comptoir, ils discutaient, et buvaient, et pendant ce temps, le pizzaiolo s'affairait avec des gestes précis. Dans la salle, se répandait une odeur de fromage cuit qui vous chatouillait agréablement les narines. Mais la pizza qui fut servie à Marie ne lui plut pas. De petits piments épicés gâchaient tout le plaisir ! Elle était en train de les repousser délicatement sur le bord de l'assiette quand elle surprit le regard amusé de la femme. Marie, gênée, se confondit en excuses, mais la femme l'arrêta d'un geste.

- Faites donc, ma chère ! Il y a un tant de choses que je ne supporte pas moi-même dans la nourriture, si vous saviez !

Et elle porta son verre à ses lèvres en continuant à sourire avec condescendance, ce qui eut pour effet de mettre Marie mal à l'aise. La femme avait déjà terminé sa pizza. Elle reprit :

- Vous êtes bien installée dans cet hôtel ? Sinon, j'aurais pu vous proposer de vous dépanner. Ma maison est grande et vous pourriez disposer d'une chambre sans problème durant tout le temps qu'il vous faudrait. De plus, je suis très souvent en déplacements. Quant à Richard, il passe le plus clair de son temps, enfermé dans son atelier !

Marie leva les yeux.

- C'est tout de même regrettable, enchaînait la femme, qu'avec la disparition de Véra ... enfin, à cause de ce malheureux évènement, vous ayez été contrainte de vous retrouver à l'hôtel ! Véra aurait été heureuse que je m'occupe de vous, vous savez !

Marie se taisait.

- Il est vrai que le studio que vous louait Véra n'avait rien de bien confortable ! Je le sais. J'y ai passé moi-même quelques temps, il y a bien longtemps. Sachez que notre maison a tant de pièces que j'ai été obligée d'en fermer certaines. Joséphine, notre gouvernante, ne pouvait plus faire face. Et je serais heureuse de vous rendre service.

- Je vous remercie, répondit Marie, c'est très aimable à vous. Mais je ne resterai pas longtemps là où je suis. J'ai un autre projet. Il ne s'agit que d'une installation provisoire.

La femme la regardait à présent avec une attention soutenue et Marie insista :

- Je vous assure, je n'ai besoin de rien !

- Bien, bien, je n'insisterai pas, n'ayez crainte. Mais une chambre dans cet hôtel n'est pas digne de vous, ma chère ! Est-ce que cela vous dérange si je fume ?

- Moi non. Mais n'est-il pas interdit de fumer ici ?

- Oui, c'est interdit comme partout ailleurs, bien évidemment, dit la femme en se rapprochant de Marie comme pour lui confier un secret. Je connais bien Julio, il ne dira rien. C'est un ange ! N'a-t-il pas tout d'un ange ? Regardez-le attentivement.

Marie sourit. La femme sortit son paquet de cigarettes qu'elle déposa sur la table. Elle fit craquer son briquet et elle rejeta la tête en arrière pour exhaler la première bouffée.

Vous ne fumez pas, n'est-ce pas ? demanda-t-elle.

- Non, dit Marie.

La femme saisit la bouteille de vin et remplit les verres. Ses yeux rencontrèrent ceux de Marie lorsqu'elle se pencha en avant et Marie se dit une fois de plus que leur couleur était extrêmement troublante. L'intensité du regard et ce qu'il exprimait l'étaient aussi. De plus, il y avait là, sur le champ, comme de l'indiscrétion dans ce regard, et Marie se sentit pénétrée jusqu'au plus profond d'elle-même. Elle commença par l'affronter, lutta contre quelques secondes, puis, doucement, doucement, elle ne résista plus, elle laissa faire.

- Je peux vous poser une question ? demanda alors la femme.

- Oui, dit Marie.

- Quel est votre prénom ?

- Je m'appelle Marie.

- C'est bien joli Marie. Moi c'est Daisy. Ma mère, qui était mariée au frère de Véra, est partie vivre en Amérique avec mon père et... elle n'a pas pu s'empêcher de m'affubler de ce prénom là !

- Je trouve qu'il vous va bien, dit Marie.

Daisy sourit.

- Vous êtes gentille, dit-elle. J'ai toujours eu le sentiment que ce prénom ne me nommait pas moi, mais une personne qui n'avait que mon apparence ! Vous allez trouver cela curieux ! Mais avec le temps, j'ai fini par m'y habituer.

Marie avait fini sa pizza. Daisy leva la main et fit signe au serveur.

- Vous prendrez bien un dessert ?

- Je veux bien dit Marie.

- Je vous conseille le tiramisu. Il est excellent ici. C'est mon dessert favori.

La commande passée, Daisy ne reprit pas la parole. Elle

fumait avec grâce, sa longue chevelure blonde évoluant gracieusement autour d'un visage aux lignes pures. Elle ne devait pas être si jeune, puisque son fils, lui, paraissait bien la trentaine. Pourtant sa peau était lisse, tendue, parfaite. Elle ne regardait plus en direction de Marie, elle semblait détendue, son regard était perdu, attiré par on ne savait quoi dans le fond de la salle. Il était moins clair, on n'y distinguait plus la touche bleue. On aurait dit que la nuit était aussi tombée sur l'univers enflammé des pensées de Daisy.

- Puis-je à mon tour vous poser une question ? demanda Marie.

- Faites, ma chère.

- Comment avez-vous eu le numéro de mon bureau et celui de l'hôtel ? C'est un véritable mystère pour moi.

La salle était pleine à présent. Un bruit de fond s'était installé, conversations ponctuées de rires, musique entraînante, une animation moins propice à un échange suivi.

- Dieu, il est près de onze heures, que le temps a passé ! s'exclama Daisy, ne répondant pas à la question de Marie. Ma chère, j'avais tant de choses à vous dire !

Puis elle ajouta « Une œuvre d'art ! » désignant d'un geste, le dessert posé devant elle par Julio. Elle commença à le déguster par petites cuillères. Et Marie fit de même. Alors Daisy reprit :

- Nous n'avons plus beaucoup de temps. Vous ne souhaitez pas rentrer trop tard, je suppose.

Et sans attendre la réponse de Marie, elle enchaîna. « En fait, je tiens à savoir une chose capitale pour moi : dans cette malheureuse affaire, puis-je compter sur vous ?

Stupéfaite, Marie interrompit sa dégustation :

- Compter sur moi ? A quel sujet ?

- Eh bien, en premier lieu, avez-vous été recontactée par le Lieutenant ?

- Oui, je suis passée au Commissariat. Il voulait que je dépose mon portable.

- Ecoutez, je dois vous poser une question embarrassante, ne le prenez pas mal, surtout. Il est vrai, comme a dit le Lieutenant, que ce n'est pas à moi de résoudre cette affaire. Mais, Véra comptait beaucoup pour moi. C'était un peu comme une mère. A l'âge de dix sept ans, j'ai perdu mes parents dans un accident d'avion. Nous vivions aux Etats-Unis. Véra m'a alors proposé de la rejoindre en France, et je dois dire que c'est en grande partie grâce à son soutien que je suis devenue ce que je suis aujourd'hui. C'est la raison pour laquelle je ne peux me résoudre à ne faire confiance qu'à la police pour découvrir qui l'a si lâchement assassinée. Il y a tant de lenteur, et, il faut bien le dire, tant d'erreurs commises dans le travail de la police. J'y ai beaucoup pensé ces jours-ci. Je voudrais pouvoir compter sur votre collaboration. Il faut bien que les choses soient dites. En tout état de cause, sachez que, quelle que soit votre réponse, cela n'entrera pas en ligne de compte dans nos relations. Et, à ce propos, je dois vous dire que ce qui m'a intriguée, c'est la version que vous avez donnée à la police, enfin, ce que vous avez déclaré concernant notre première rencontre.

- Ce que j'ai déclaré ? fit Marie étonnée.

- Je vous le répète, ma chère. Vous pouvez avoir entièrement confiance en moi. Tout ce que vous pourrez me confier restera strictement entre nous.

- Je ne vois pas de quoi vous voulez parler. Ce que j'ai dit au Lieutenant ? Mais à quel moment ? demanda Marie.

- Vous avez bien engagé le Lieutenant sur une fausse piste lorsque vous avez omis de lui préciser que vous nous aviez vus, mon fils et moi, le soir même de l'assassinat de Véra.

- Sur une fausse piste ? Pas du tout ! Cet interrogatoire m'avait épuisée. Toutes ces questions m'avaient brouillé l'esprit. J'ai dit au Lieutenant Rogieri ce qui m'est venu à l'esprit sur le moment... Je ne me souvenais plus...

- Ok. Très bien. Je vous remercie de votre franchise. Si nous devons cheminer côte à côte pour arriver à un résultat, il est préférable que les choses soient claires entre nous. Ne trouvez-vous pas ?

- Oui, mais...

- Et ce que je voulais savoir aussi, c'est comment vous avez connu Véra.

Marie marqua un temps. Les questions de Daisy commençaient à ressembler à un interrogatoire. Où voulait-elle en venir ?

- Je croyais vous l'avoir dit. C'est ma mère qui nous a mises en contact. Comme je cherchais une chambre à louer...

- Oui, mais cette chambre n'était pas digne de vous, ma chère !

- Je ne l'ai louée que pour quelques temps. J'attendais confirmation de mon essai pour savoir si je pouvais, avec une bonne paye, m'adresser à une Agence.

- Apparemment, vous n'avez pas encore obtenu cette confirmation !

Marie regarda Daisy, contrariée. Elle allait trop loin ! Et le regard de Daisy, sur le champ enveloppa Marie de douceur.

- Excusez-moi, dit-elle, je suis indiscrète. Je suis désolée. Cela ne me regarde absolument pas... Et vous étiez en bons termes avec Véra ?

- Je ne la voyais que quand je venais lui remettre le loyer.

- Etait-elle aimable avec vous ?

- Oui, nous prenions le thé ensemble quelques fois. Une fois, elle m'a parlé de sa vie professionnelle, lorsqu'elle était en activité.

- C'était une femme exceptionnelle, vous savez... elle avait une adoration pour les peintres et pour la peinture. Elle a commencé au plus bas échelon, l'achat de quelques pépites, alors que ces toiles ne valaient rien à l'époque. Et, à force de persévérance et grâce à son flair, elle a fini par monter une galerie qui est aujourd'hui connue à l'international. Quand elle a voulu se retirer, elle m'a demandé de prendre la suite. Mais mes intérêts étaient ailleurs.

Daisy fit une pause, puis elle reprit :

- Elle ne vous a jamais emmenée dîner, comme nous le faisons ce soir.

- Non, jamais.

- C'est bien dommage. Véra connaissait un nombre incalculable de restaurants et de bars huppés. Nous y allions souvent toutes les deux. Et elle aimait aussi sortir le soir. Cela faisait partie de son quotidien jusqu'au moment où elle a commencé à tomber dans la dépression.

- Ah oui ? demanda Marie.

- C'est la raison pour laquelle je lui ai offert la petite chienne.

- Quintessence ?

- Oui, c'est elle qui lui a donné ce nom. Initialement, nous l'avions appelée Nina. En fait, c'était la chienne de mon fils Richard que vous avez vu l'autre soir avec moi. Il y tenait beaucoup, mais il a accepté de s'en séparer pour aider Véra. Véra ne vous en a pas parlé ?

- Non, dit Marie.

- Heureusement que nous avons un grand jardin. J'ai dû la lui reprendre. La chienne ne supportait pas de rester enfermée toute la journée.

- Elle est chez vous maintenant ?

- Oui.

- Ah, dit Marie, je ne savais pas.

- Voilà qui est fait ! Pour aborder un autre sujet qui me tient à cœur, acceptez-vous de vous joindre à moi pour mener à bout cette enquête ?

- Moi ? Mais pour quelle raison ? demanda Marie, déroutée.

- J'ai besoin de vous, ma chère. Je ne crois pas au hasard. Le destin nous a fait nous croiser et cela n'est certainement pas pour rien. Vous êtes avocate, si je ne me trompe.

- Non, Je suis juriste, précisa Marie. Je suis spécialisée en droit commercial et en droit des sociétés. Je n'ai aucune compétence en matière pénale.

- Cela n'a aucune importance. Un juriste sait ce qu'il faut faire pour se défendre correctement, n'est-ce-pas ?

- Me défendre ? De quoi voulez-vous parler ? En fait, je dois vous dire que je ne vois pas où vous voulez en venir. Je suis désolée, mais je ne vois pas non plus en quoi je peux vous être utile.

- Je vous agace, concéda Daisy, je le vois bien. Pardonnez-moi. La conduite du Lieutenant est tout bonnement insupportable. Je ne voudrais pas qu'il vous tracasse aussi. Mais cessons de parler de tout cela. Il est tard. Peut-être avez-vous hâte de rentrer ?

Daisy avait posé sa main sur le poignet de Marie et elle paraissait soudain sérieuse et attentive.

- Oui, je veux bien, répondit Marie, soulagée.

Daisy fit glisser son paquet de cigarettes dans son sac

et se leva. Elles se dirigèrent toutes les deux vers la sortie et regagnèrent la voiture de Daisy. Elles se turent pendant le trajet jusqu'à l'hôtel. Marie voyait défiler les rangées d'arbres de part et d'autre de l'avenue, la chaussée était noire et luisante, les devantures illuminées, et cette ville lui sembla étrangère, ces lieux, des lieux inconnus. La nuit était bien avancée. Marie avait froid. Daisy était à côté d'elle, silencieuse, les yeux rivés sur le pare-brise, les mains aux ongles vernis posées de chaque côté du volant. Marie se dit que, oui, c'était bien avec cette femme qu'elle ne connaissait pas qu'elle venait de dîner. Et elle lui avait paru envahissante. Que voulait-elle de Marie au juste ? Elle n'était pas parvenue à le savoir vraiment. Et si Daisy s'était déjà informée sur Marie, Marie en revanche ne savait pratiquement rien d'elle. Marie sentit que le sommeil la prenait. Si elles roulaient ainsi toute la nuit, Marie resterait à regarder défiler des rues et des rues par les vitres de cette voiture et elle s'endormirait. Daisy, toute à sa conduite, lui sembla tout à coup lointaine, hors d'atteinte. Marie pensa que si elle lui adressait la parole, elle ne répondrait pas. Daisy lui sembla lointaine, peut-être même n'existait-t-elle pas. Peut-être que Marie n'avait fait que rêver. Elle descendit la vitre, respira une bouffée d'air froid, et se secoua. Demain allait être une journée longue et laborieuse. Demain ou tout à l'heure ? Et quand Daisy l'aurait déposée, elle se demanderait si elle allait la revoir. Elle n'en dirait rien. Elle ne voulait pas donner à Daisy l'occasion de croire qu'elle menait le jeu. Oui, la relation avec cette femme semblait un jeu. Pendant le dîner, Marie s'était laissée dirigée. Daisy avait obtenu de Marie les réponses aux questions qu'elle avait posées. Peut-être, d'ailleurs, qu'elle ne l'avait invitée que dans ce but. Elle devait être satisfaite à présent. Pourquoi aurait-elle cherché à voir Marie si ce n'était pour cela ? Marie allait devoir se méfier. Pourtant, après le dîner, Daisy avait dit tout simplement en souriant « Je vous remercie pour ce moment agréable ». Elle avait parlé comme l'aurait fait une amie, c'est ce que Marie avait ressenti.

Daisy tourna alors la tête vers Marie, sourit à nouveau. Un sourire comme une lumière qui s'allume, comme si elle avait entendu les pensées de Marie.

La voiture ralentit, stoppa devant l'hôtel. Marie remercia pour le dîner, descendit du véhicule et rabattit la portière. Curieuse femme ! Marie allait-elle seulement la revoir ? Oui, elle pensa que oui. En poussant la porte de l'hôtel, elle savait que demain ou un jour prochain, elle décrocherait le téléphone et elle entendrait sa voix.

Et cette nuit là, c'était à prévoir, Marie rêva de Véra. Celle-ci marchait, pieds nus, sur l'herbe verte d'une prairie. Elle portait une robe longue, avec de jolies broderies, des bracelets aux poignets et ses cheveux roux étaient caressés par un vent léger. Sa robe était en dentelle d'un rose très pâle, parsemée de fleurs des champs. Tableau bucolique, apaisant. Quelques mouvements animaient la scène : la démarche lente du personnage, la fuite des nuages dans le ciel, ce vent qui agitait le bas de la robe de Véra. En marchant, Véra s'élevait parfois au-dessus du sol, une herbe drue piquée de fleurs des champs. Elle regardait droit devant elle et son visage était radieux. Puis, le personnage s'approcha lentement et lorsqu'elle parvint à la hauteur de Marie, brusquement, l'herbe sur le sol disparut et le ciel devint obscur. Véra ne souriait plus, elle regardait Marie fixement, mais ses yeux étaient les yeux de Daisy. Et, pétrifié par ce regard, Marie avait suffoqué comme si quelqu'un appliquait un coussin sur son visage. Elle s'était débattue un temps qui lui avait paru sans fin, jusqu'au moment où elle avait accepté le fait qu'elle allait mourir. C'était ce qui devait arriver. Puis soudain, le décor changea, elle se vit dans son trou à rat, descendant l'escalier, se retrouvant devant la porte d'entrée de la maison de Véra, y pénétrant. Sur les murs, les tableaux étaient de guingois, et Véra était là. C'était la première fois que la scène lui revenait dans son entier, aussi réelle que si, depuis le meurtre, le temps avait été suspendu. Et dans son sommeil, Marie sentit les larmes lui monter aux yeux. Elle aurait voulu se laisser aller, mais les larmes ne coulaient pas, ou bien, si elles coulaient, c'était à l'intérieur d'elle-même, et elle se sentait submergée, elle se sentit couler. Elle tenta de se réveiller. Ce n'était qu'un rêve, elle le savait. Mais dans ce rêve, Véra n'était pas morte, elle était là, comme le premier jour où elle l'avait rencontrée, assise sur son canapé, affable et volubile. Et quand Marie s'éveilla enfin, le visage de Véra était toujours devant ses yeux, elle entendait sa voix, elle l'entendait ! Elle dut se lever, allumer, aller se passer le visage sous l'eau froide. Elle mit longtemps à retrouver son calme. Elle regarda l'heure. Il était cinq heures du matin. Elle se recoucha et attendit que le sommeil revînt.

Lorsqu'elle se réveilla, deux heures plus tard, un léger bruit mat et continu tapait à la fenêtre. Bien heureusement, elle avait pu se rendormir et, si elle se souvenait qu'elle avait rêvé de Véra, que Véra était bien vivante dans son rêve, qu'elle avait pleuré en dormant, toutes les images de son rêve s'effacèrent. A présent le matin était là. C'était vendredi et il pleuvait. Non, pas une pluie abondante, dont les gouttes rebondissent comme des petits ballons brillants tant elles sont lourdes et volumineuses, mais une pluie sans teint, transparente et ininterrompue, de sorte qu'on aurait pu aussi bien la prendre pour un fin voile de lin tendu devant la fenêtre. Marie se leva, tira la couette jusqu'au bas du lit et ouvrit grands les carreaux. Pendant la nuit la neige s'était transformée en pluie, et il ne faisait pas aussi froid que la veille. Elle ouvrit la porte de sa chambre et entama le couloir en direction des toilettes de l'étage. Depuis la minuscule fenêtre des toilettes, le jour formait un cadre gris, insipide et triste. Puis elle revint vers la chambre, jeta un coup d'œil dans le couloir avant de refermer la porte, et se fit un café. Elle se souvint des mots de Daisy, hier pendant le dîner « Une chambre dans cet hôtel n'est pas digne de vous, ma chère », et Marie pensa qu'elle n'avait pas tout à fait tort. Finalement elle n'était pas mécontente de la soirée de la veille qui les avait rapprochées toutes les deux mais en se préparant, elle se remémora également leur conversation et la multitude de questions que Daisy lui avait posées, et une légère contrariété vint assombrir le plaisir qu'elle avait eu à passer du temps avec cette femme.

Une fois rendue au bureau, un des clients que Marie reçut en tout début de matinée était un homme déjà bedonnant, d'une quarantaine d'années, exagérément jovial, pour qui tout semblait se produire dans la vie exactement comme il l'avait décidé. Il y a des gens qui ont ce physique et qui sont fascinants parce qu'ils semblent avoir un pouvoir magique ou être nés sous une bonne étoile et savent ce que c'est que l'humilité. Ceux-là sont des gens sincères et rares. Le cheminement d'autres, au contraire, est différent. Derrière une apparente bonhommie, se cache un profond mépris pour le genre humain, et pour vous en particulier qu'il range d'emblée dans une classe inférieure. Le client en question était plutôt de ce genre là. Marie, aujourd'hui, n'avait pas beaucoup de temps à lui consacrer, parce qu'il était arrivé une bonne demi-heure en retard et qu'elle devait mener les débats d'une assemblée générale extraordinaire dont la séance s'annonçait houleuse. Mais le client, qui n'avait pas pris le temps de s'excuser pour son retard, se lança dans un exposé alambiqué de sa situation. Il tenta de provoquer la compassion de Marie parce qu'il se séparait de sa compagne, et qu'il en était affecté. Ensuite, il lui demanda de recevoir cette dernière dans le seul but de lui faire accepter la cession des parts qu'elle possédait dans la société pour le franc symbolique. Marie ne connaissait pas la compagne de cet homme, c'était lui le client du Cabinet. Elle allait donc devoir obtenir le résultat escompté : convaincre cette femme de se laisser proprement évincer. Marie n'apprécia pas. Elle se leva, contourna le bureau, lui expliqua qu'elle n'était pas en mesure ce matin de lui consacrer plus de temps, et l'assura qu'elle ferait de son mieux. Puis elle le raccompagna jusqu'à la porte du Cabinet, et serra la main humide qu'il lui tendait. A peine Marie était-elle retournée dans son bureau que le téléphone sonna : « les associés sont tous là, lui annonçait Chloé. Ils vous attendent dans la salle de réunion. » Marie dit qu'elle arrivait. Elle attrapa son dossier et, à l'accueil, la secrétaire lui chuchota : « Madame Dévinovitch vous demande au téléphone. Elle dit que c'est urgent ». « Madame Dévinovitch attendra » répondit Marie.

En se dirigeant vers la salle de réunion, Marie apprécia une nouvelle fois de pouvoir ainsi s'adapter sans délai à n'importe quelle situation. Que d'efforts, de bleus et de bosses cela lui avait coûté, elle qui rêvait, gamine, d'explorer les continents, totalement libre de toutes obligations et le cœur plein d'espoir ! Mais elle y était parvenue. Et à chaque épisode de sa vie d'aujourd'hui, lorsqu'elle devait faire preuve de réactivité, de rigueur, elle se souvenait de l'époque, pas si lointaine, où elle avait abordé les pires difficultés. Et un frisson la parcourut. La place qu'elle occupait à présent dans ce Cabinet venait de changer le cours de son existence. Techniquement, humainement, ce poste allait lui apporter la considération, des satisfactions intellectuelles, des échanges humains, une position matérielle confortable. Elle ne pouvait que s'en réjouir. Lorsqu'elle pénétra dans la salle de réunion, Timoty était là. La société dont l'assemblée se tenait ce matin était aussi sa cliente. C'était lui qui en tenait la comptabilité. Les associés étaient assis autour de la grande table et ils discutaient : une dizaine d'hommes, mais pas une femme. Le gérant était jeune, peut-être une trentaine d'années, et Marie l'avait reçu plusieurs fois au Cabinet. Il venait de succéder à son père qui n'était pas présent aujourd'hui. C'était la première assemblée générale qu'il dirigeait en qualité de chef d'entreprise. Marie fit un rapide tour de table, serra les mains, souriante, à l'aise, puis elle s'installa devant l'ordinateur et donna la parole au gérant pour l'ouverture de la séance. Ce dernier, plutôt que de lire son rapport comme il aurait dû le faire, se lança alors dans une longue démonstration de l'évolution de l'affaire telle qu'il la voyait. La société était une petite entreprise que son père avait créée et dirigée pendant près d'un demi-siècle, et qui avait pour activité l'installation de portes blindées, de rideaux métalliques sécurisés, grilles et autres installations motorisées. Elle avait une bonne réputation, une clientèle fidèle, mais il était temps d'y apporter un souffle nouveau, disait-il, dépoussiérer, transformer, attirer les investisseurs ! Il avait de l'ambition. Il faudrait emprunter pour ouvrir un autre établissement dans le Sud de la France, affirma-t-il. Pendant qu'il brossait ainsi le tableau d'un avenir prospère, les pensées de Marie la ramenèrent à Daisy et à son coup de fil. Que voulait-elle encore ? Elle pensait s'être assurée de la collaboration de Marie. Mais si Marie acceptait de la suivre, cela n'engendrait pas une disponibilité permanente.

Malgré la fascination qu'exerçait cette femme sur elle, Marie se méfiait.

- Qu'en pensez-vous, Marie, demandait le gérant ?

Prise au dépourvu, Marie trouva une échappatoire :

- Votre père est absent, répondit-elle, son adhésion vous sera indispensable.

A partir de là, le ton monta. Le clan des progressistes se mit à affronter celui des pantouflards. De toute évidence, la partie n'était pas gagnée pour le gérant, et Marie n'avait fait que verser de l'huile sur le feu. Le fait était qu'il n'avait pas la majorité dans le capital et que son père était encore porteur de parts... Marie jeta un coup d'œil à sa montre. Les débats commençaient seulement ! Il fallut attendre une heure de l'après-midi pour que les comptes fussent enfin adoptés, les résolutions votées, et la séance levée. Après avoir signé le procès-verbal de l'assemblée, les participants repoussèrent leurs sièges et s'apprêtèrent à aller déjeuner. Le gérant proposa à Marie de se joindre à eux. Proposition ou injonction ? Comment refuser ? Plusieurs fois déjà, lorsqu'elle l'avait reçu en rendez-vous, elle avait prétexté une indisposition passagère, une réunion urgente au Cabinet, quoi d'autre encore ? Le gérant attendait sa réponse, la tête légèrement penchée sur le côté, un sourire aux lèvres. Cette jeune femme nouvellement nommée à ce poste, semblait prendre bien à la légère ses invitations ! Timoty, lui, avait déjà accepté. Oui, elle irait déjeuner avec eux. Oui, il y aurait encore deux bonnes heures de gâchées ! « Ne te plains pas, Marie, se dit-elle. La table de cette brasserie est excellente. La conversation du gérant n'est pas si déplaisante, après tout ! Il est élégant. Il a un certain charme. Et en outre, il m'apprend absolument tout ce qu'il faut savoir pour que l'on se sente entièrement en sécurité chez soi. Grâce à qui ? Grâce à l'Entreprise RMD ! La plus sûre, la plus avantageuse, celle qui propose les meilleurs tarifs sur le marché ! »

Le déjeuner traîna en longueur et Marie ne fut libérée que sur le coup des seize heures ! Timoty et elle regagnèrent ensemble le bureau. Il ne restait plus beaucoup de temps à Marie pour ouvrir un dossier épineux : elle devait rendre un rapport le lendemain matin. Mais elle n'avait pas la tête à ça. Ce Méjean, le jeune et fougueux gérant, lui avait demandé quand il pourrait la revoir. Il avait pris sa main et l'avait gardée entre les siennes un peu plus que nécessaire. Tout à l'heure, elle avait rendez-vous avec une agence immobilière et peut-être que l'appartement qu'elle allait visiter serait le bon. Mais une idée, et une seule, revenait sans cesse, une putain d'idée qui ne l'avait pas lâchée depuis le début de l'assemblée : Eh bien ! Elle allait le faire, elle allait rappeler Daisy ! Qu'est-ce qui motivait son appel, cette fois ? L'enquête sur l'assassinat de Véra se poursuivait certainement, mais Marie n'avait aucune nouvelle. Le Lieutenant ne l'avait pas recontactée, et Marie n'avait d'ailleurs qu'un souhait, c'était de ne plus jamais en entendre parler. Mais la curiosité l'emporta. Daisy restait le seul maillon qui la rattachait à cette histoire... Et Marie composa le numéro fixe de Daisy directement depuis son bureau.

La voix qu'elle entendit fut celle d'un homme.

- Non, répondit-on, je regrette, ma mère n'est pas là, elle s'est absentée. Et je ne sais pas du tout où elle peut-être.

- Vous êtes Richard ? demanda Marie.

- Oui.

- Ah...Votre mère m'a appelée dans l'après-midi. Elle disait que c'était urgent. Mais j'étais en réunion, je n'ai pas pu la prendre.

- Je suis désolé, je ne peux rien vous dire de plus. En réalité, je suis moi-même inquiet. Nous devions aller faire des courses ensemble dans l'après-midi... Et en général quand ma mère s'absente, elle m'avertit.

- Ah... dit encore Marie. Puis-je vous demander de lui dire que j'ai appelé ?

- Oui, bien entendu, répondit Richard. Et, de votre côté, si elle reprend contact avec vous, avertissez-moi, s'il vous plait.

- Je le ferai, dit Marie, n'ayez crainte.

Voilà encore autre chose ! Richard s'était adressé à Marie comme si Daisy et elle étaient en contact permanent. Décidément, dès qu'elle se rapprochait de cette famille, elle se sentait comme prise dans un engrenage.

Il était plus de dix-neuf heures quand Marie repassa au bureau. Elle venait de visiter un deux pièces qui semblait parfait, le loyer acceptable, le quartier idéal, à deux stations à peine du Cabinet. Elle avait déposé ses documents mais elle n'aurait de réponse que d'ici huit jours. Marie pénétra dans l'immeuble d'assez bonne humeur. Dans l'ascenseur, elle jeta un coup d'œil à son image et passa machinalement les doigts dans ses cheveux. Si la nouvelle secrétaire qui devait seconder Chloé n'avait pas encore quitté le bureau, elle aurait le temps de discuter un peu avec elle. Il était trop tard pour contacter le garage et demander où en était la réparation de la voiture qu'on avait mise à sa disposition. Il fallait ... Mais Marie n'arrivait pas à se concentrer. La conversation qu'elle avait échangée avec le fils de Daisy lui revenait en mémoire. Il semblait inquiet. Il avait mis un certain mystère autour de l'absence de sa mère. C'était étrange. Ce garçon devait bien avoir dans les trente ans. Habitait-t-il en permanence chez Daisy ? Que faisait-il dans cet « atelier » dont avait parlé Daisy ? Est-ce qu'il travaillait ? N'avait-t-il aucune attache, une compagne, des enfants ? La seule fois où Marie l'avait vu, elle l'avait senti en proie à une tristesse qui semblait l'accabler. Quelle en était la cause ? En fin de compte, il y avait pas mal de mystères autour de chacun des membres de cette famille. Il suffisait de les approcher pour le sentir. Et chacun, à sa manière, semblait porter sur ses épaules le poids du monde. C'était peut-être ce qui les rendait attachants. Cette conclusion calma une partie des doutes de Marie et, sur le moment, elle se promit d'essayer d'en savoir plus, à sa prochaine rencontre avec Daisy.

Richard allait et venait dans cette grande pièce dont la baie vitrée donnait sur une pelouse que l'on distinguait à peine à cette heure. La nuit tombait. L'humidité pénétrait par la baie grande ouverte et se répandait imperceptiblement à l'intérieur. Seul l'escalier de marbre blanc, qui faisait face à la baie, apportait une touche de lumière. Richard n'avait pas encore allumé. Il aimait voir tomber la nuit de cette manière là, et sentir cette atmosphère poisseuse s'insinuer lentement dans la pièce. Avant de refermer la baie, il resta encore un instant à regarder la couleur particulière que prenait le ciel dans cette fin de jour. La piscine devant la terrasse on ne la voyait déjà plus. Cette maison, il la fuirait bien s'il savait où aller. La fuir pour vivre enfin sa vie, tout faire par lui-même, ne pas avoir de comptes à rendre. Mais cette maison était belle et il y était attaché. C'était une demeure de rêve. De style hollywoodien, Daisy en avait conçu les plans, dirigé toutes les étapes de la conception à la réalisation, sans ménager sa peine. Elle était à son image, un lieu noble et superbe. La décoration avait été choisie avec minutie et le goût du détail. Et tous ceux qui y pénétraient étaient pris sous le charme. Ils étaient aussitôt plongés dans le monde du luxe et de la perfection. Il n'y avait pas ici pléthore de tableaux aux murs, comme chez Véra, la simplicité y était la règle. Les murs étaient d'un blanc mat, l'éclairage indirect, le mobilier avait des lignes épurées, un mobilier design. Dans le fond de la pièce, un demi-queue témoignait de l'amour de Daisy pour la musique.

Richard actionna l'éclairage et une lumière tamisée se répandit, chassant la pénombre. La pièce apparut alors plus vaste encore grâce aux points lumineux savamment répartis jusqu'à la salle à manger qui faisait suite au séjour. C'était l'escalier maintenant qui était plongé dans l'obscurité. On le devinait plutôt qu'on ne le voyait. Richard alluma une cigarette et vint s'asseoir sur le divan, le portable dans la main. Une énième fois, il composa le numéro de Daisy, mais en vain. Après plusieurs sonneries, d'un geste nerveux, il jeta le portable sur le divan. Il était de plus en plus inquiet. Où diable pouvait être sa mère ? Quel était ce nouveau jeu qu'elle avait entamé dont il ne connaissait pas les règles ? Déjà, la disparition de Véra l'avait totalement bouleversé. Véra était comme sa grand-mère. C'était une femme exceptionnelle. Il la chérissait au plus haut point, il aimait la tendresse qu'elle lui portait et il l'aimait pour ce qu'elle était, pour son parcours, pour ce quelle représentait à ses yeux. Si Daisy, elle, acceptait difficilement leur complicité - elle en était jalouse - elle avait aussi une certaine estime pour sa tante. Daisy était partie en Amérique avec le père de Richard qui, initialement basé en France, avait été promu à l'étranger. Ils avaient vécu plusieurs années là-bas, puis le couple avait explosé. Daisy avait alors quitté cet homme, elle avait fait le voyage de Floride en France, accompagnée de Richard, alors âgé d'une dizaine d'années, et elle avait tout de suite demandé asile à Véra. Elle sortait de ce mariage bafouée, démolie. Et Véra l'avait accueillie, non sans lui conseiller de repartir au plus vite aux Etats-Unis où elle avait construit sa vie, où sa mère et la plupart de ses amis vivaient, et où elle bénéficiait d'une situation confortable. Mais Daisy avait refusé et décidé de s'installer définitivement en France. Et, depuis, Richard n'avait plus revu son père qui n'avait, de son côté, pas cherché à le revoir.

Richard quitta le divan et se mit à arpenter la pièce de long en large. Il tenta d'appeler Léna, une amie de Daisy qui résidait en Floride pour savoir si sa mère n'avait pas décidé tout à coup de quitter la France. Mais l'appel n'aboutit pas. Il alla même jusqu'à penser appeler son père. Mais c'était une idée stupide. Enfin, il revint à Marie. Il composa son numéro qui était resté affiché sur son portable. Il semblait que Marie était la dernière personne qu'avait contactée Daisy. Mais Marie ne répondit pas non plus. Alors il se dirigea vers l'escalier dans le but de trouver dans son atelier un peu de réconfort. Cette pièce aux dimensions conséquentes, particulièrement bien éclairée par une double fenêtre qui donnait sur une petite terrasse, avait également été conçue par Daisy pour lui permettre de recevoir des modèles, de monter ses expos, de donner des interviews... Elle était complétée par une autre pièce, une pièce aveugle, plus petite, son laboratoire de développement. Richard était passionné par la photographie. Il en avait fait son métier. Bien que ne s'étant pas taillé encore une place dans la profession, il avait déjà participé à plusieurs expositions et les critiques étaient encourageantes.

Lorsqu'il pénétra dans le labo, des photos de Daisy pendaient encore à une corde tendue d'un mur à l'autre de la pièce. Pinces, bidons, éprouvettes graduées, gants, papier photos étaient entassés sur la grande table, au centre de laquelle se trouvait la cuve. Aux murs étaient épinglées d'autres photos de Daisy, plus anciennes. Il y avait aussi quelques clichés de rues de Paris, des clichés d'enfants, à la manière de Doisneau, qu'il appréciait par-dessus tout, des portraits d'Owen, l'un d'eux le représentant en train de jouer du piano. Il y avait aussi un portrait de Véra allongée sur son canapé, en train de fumer, qui avait été pris le soir même de sa mort. Richard hésita. Se mesurer ainsi à ces visages suspendus dans le vide, souvent emprisonnés par l'objectif à leur insu, des représentations si vivantes, et par-dessus tout celle de Véra, était au-dessus de ses forces. Sa gorge se serra, l'angoisse le submergea et il tourna les talons, empruntant en toute hâte le couloir qui menait à sa chambre.

Là, il se jeta sur son lit. Brusquement des larmes lui montèrent aux yeux. Il se mit à hoqueter et sa poitrine fut secouée de spasmes. Que se passait-t-il ? Quelle malédiction s'abattait soudain sur les siens ? Véra, puis maintenant sa mère ! Il eut peur. Où était Daisy ? Pourquoi n'appelait-elle pas ? Lui était-il arrivé quelque chose ? Il se mit à trembler de tout le corps. Peut-être avait-elle attendu que l'enterrement de Véra eut lieu pour s'échapper. Mais pour aller où ? Et pourquoi n'avoir rien dit ? Ce silence ne lui ressemblait pas. Il se leva, essuyant ses larmes avec rage, et se dirigea vers la chambre de sa mère. Il alluma et se mit à fouiller partout. Le sac à mains que Daisy portait ces derniers jours n'était pas là. De traces d'elle, il n'y avait guère qu'une paire de collants sur une chaise. La pièce entière était dans un ordre parfait. Il eut le sentiment que Daisy avait tout rangé pour partir en voyage, tranquille. Ne sachant plus où regarder, il se pencha et jeta un coup d'œil sous le lit, il entra dans le dressing, retourna les poches des manteaux, des vestes, saisit les sacs, les vida de leur contenu, tira les fermetures éclairs. Il finit par remarquer qu'une valise de sa mère avait disparu. Puis il revint dans la chambre. Il ouvrit les tiroirs, fouilla, fouilla. Que cherchait-il ? Il ne savait même pas, un mot peut-être, une lettre, quelque chose d'insolite qui pourrait le rassurer. Il se rendit dans le bureau de Daisy, Son passeport ? Son passeport était-il là ? Le petit tiroir du secrétaire était fermé à clé. Où était la clé ? Il ne savait pas où Daisy la cachait. Dans son répertoire, il trouva le numéro de Philippe, un ami de sa mère. Il redescendit, attrapa son portable et appela.

- Non, non, dit Philippe, Daisy devait me rappeler, mais elle ne l'a pas fait... Non, je n'en ai aucune idée. Je ne sais pas où elle est. Mais pourquoi Richard, que se passe-t-il ? Ah bon ! Tu en es sûr ? Ecoute, si elle a disparu, il faut le signaler. Ne tarde pas. Fais-le tout de suite... Oui, bien entendu. Tu sais que je suis là et Roseline aussi. Elle est là, près de moi, elle t'embrasse. Alors, demain, à la première heure... Si tu as besoin de quelque chose, n'hésite pas. Veux-tu que je t'accompagne au Commissariat ?

Richard répondit que non, il irait seul, il remercia Philippe et raccrocha. A quoi cela servirait-il de signaler ce soir la disparition de sa mère ? « Il est trop tôt, dirait la police ». Il irait demain s'il n'avait toujours aucune nouvelle d'elle. Il se laissa tomber sur le divan. Rien, pas un appel, pas un signe ! Maintenant, il n'avait plus aucun doute, il était arrivé quelque chose à sa mère. Il se leva, il fit glisser la baie vitrée, et baissa l'intensité lumineuse. Il s'assit sur une chaise dans la salle à manger, la gorge serrée, prit sa tête entre ses mains, les coudes posés sur la table, et il resta dans cette position un long moment. Quintessence, arrivée d'on ne savait où, dandinant du postérieur, vint vers lui, mais il ne la vit pas. Elle se rapprocha, se rapprocha et soudain lança un aboiement strident, un seul, qui le fit sursauter.

- Reste tranquille, Quintessence, ce n'est pas le moment, tu sais !

Mais l'animal s'entêta, elle chouinait, chouinait, vint mettre son museau sur les genoux de Richard, attendant une caresse, espérant qu'il allait poser la main sur sa tête, rien que ça, pour qu'elle se sente autorisée à lui sauter au visage et lui appliquer consciencieusement sa bave sur le visage. Mais Richard ne réagit pas. Et soudain, Quintessence l'ayant fait repenser à Véra, il lui vint une idée : et si Daisy était chez Véra ? Pourquoi pas ? Oui, c'était la seule chose à laquelle il n'avait pas pensé. Mais que serait-elle donc allée y faire ? L'idée était stupide ! Mais pourtant...

D'un bond, suivi de près par Quintessence, il se précipita sur la porte d'entrée, sortit de la maison, contourna le jardin, regarda si le portail du garage était fermé. Oui, il l'était. Il retourna lentement vers la maison. Sur le perron, éclairé par la lampe située au dessus de la porte d'entrée, la statue d'albâtre, drapée dans sa robe plissée, le regardait avec condescendance. Il rentra, referma la porte derrière lui, actionna l'alarme, et fit le tour du rez-de-chaussée pour vérifier que les ouvertures étaient toutes sécurisées. Puis, il se rendit dans la cuisine, ouvrit la porte qui menait au garage. La voiture de Daisy, bien évidemment, n'y était pas. Alors, il regagna le séjour. Une fois encore, il fit une tentative. Il composa le numéro de Véra. Une sonnerie, deux sonneries... « Décroche, dit-il, mais décroche donc ! »

Le mercredi soir, Marie rentra tôt chez elle. Elle voulait, à tête reposée, avancer dans la recherche d'un appartement et contacter quelques agences. Depuis qu'elle avait commencé à le faire, elle avait toujours obtenu la même réponse : son dossier ne passerait jamais. Elle n'avait pas été retenue pour le premier appartement qu'elle avait visité. Elle était encore en période d'essai et ne réunissait pas les garanties requises. Elle s'était bien douté que cela n'allait pas être facile, mais la négociatrice de la première agence l'ayant encouragée : « Les propriétaires sont pressés de louer en ce moment » lui avait-elle affirmé. Quant à demander à sa mère, ou à Jack et Frida, ses amis les plus fidèles, de se porter cautions pour elle, elle ne voulait pas le faire. Il ne lui restait plus qu'à trouver un particulier qui veuille bien lui faire confiance, ou bien attendre encore quelques mois pour que soit confirmé son engagement au Cabinet. Mais cette situation commençait à lui peser. Vivre à l'hôtel ne lui apportait que des problèmes. Son courrier disparaissait, elle s'était disputée avec la nouvelle standardiste, du coup ses appels n'étaient plus notés, et même lorsqu'elle était présente, la jeune fille omettait de passer la communication. Quand elle sortait, qu'elle se faisait raccompagner, elle demandait qu'on la dépose plus loin, n'importe où, et elle accomplissait à pieds la distance qui la séparait de l'hôtel, plutôt que de donner sa véritable adresse. Une fois dissipé le charme de cet hôtel vieillot et mal entretenu, elle se rendait compte que cela ne pouvait durer. Après avoir supporté le studio de Véra, puis les humeurs de Ben, jamais elle n'aurait cru devoir remettre ça une fois encore. Elle repensait souvent à la proposition de Daisy et à présent elle regrettait de n'avoir pas accepté : « Quelques jours, avait dit Daisy, le temps de... »

Quant au véhicule mis à sa disposition par le Cabinet, il y avait tant de pièces à changer que le garagiste lui avait conseillé d'en demander un autre. Mais par bonheur, du côté du travail au moins, les choses marchaient bien. Une réunion avait eu lieu en début de semaine avec les deux patrons, et ils s'étaient montrés satisfaits de son travail. Dans l'ensemble, le retour des clients était positif. Marie se donnait à fond, dormait peu. Elle avait passé une partie de ses dernières nuits à chercher la meilleure formule à introduire dans l'acte de vente de fonds de commerce qu'elle était en train de finaliser, et l'autre partie, quelques heures de sommeil à peine, à faire des cauchemars où le visage de Véra continuait de la hanter. Son amie Laurie, qui était psy, lui avait affirmé que c'était normal, qu'il fallait du temps pour se remettre d'un tel traumatisme. Elle lui avait aussi conseillé de ne pas se rendre à l'enterrement de Véra et Marie l'avait écoutée. En tout état de cause, cette promotion providentielle au Cabinet lui avait permis d'occuper son esprit et lui avait été profitable en tous points.

Dans la soirée, elle devait encore ressortir. Elle avait rendez-vous avec Romain Méjean, le gérant de la société RMT dont elle avait dirigé récemment l'assemblée. Elle devait s'y préparer. Méjean lui tournait autour, il l'appelait pour un oui pour un non, il semblait ne plus pouvoir se passer d'elle ! Au début, elle avait cru que son empressement n'avait pas de caractère professionnel. Mais au fur et à mesure de ses confidences, elle s'est rendue compte qu'il ne s'agissait pas de harcèlement, même si cela en avait l'air. Il y avait autre chose. Ce soir, il avait prétexté avoir besoin de la voir pour discuter d'une éventualité de passer en société anonyme. Le beau prétexte ! Bien entendu, Marie avait accepté. Ce petit manège l'amusait. Il n'était pas bien méchant, il se présentait comme un homme équilibré, sûr de lui, mais il ressortait de toute l'agitation qu'il provoquait autour de sa personne, un manque certain de confiance en lui. En fait, aujourd'hui, Marie était au courant d'à peu près tout sur sa vie d'adulte. Il n'y avait guère que l'aspect affectif de son existence qu'il n'avait pas encore abordé avec elle. Elle était bien consciente de la mésentente qui existait entre son père et lui, mais elle n'avait pas fait le rapprochement entre la conduite de Méjean et l'intérêt qu'avait cet homme à mettre Marie dans sa manche. Pour attirer Marie, en lui demandant de venir dîner chez lui, il lui avait fait comprendre qu'il avait une nouvelle étonnante à lui annoncer. Marie était curieuse de savoir ce qu'il avait encore inventé. Elle s'attendait à tout.

Quant à Daisy, elle n'avait plus donné signe de vie. Le dimanche précédent, Richard et Marie s'étaient rencontrés au parc de L'Hay-les-Roses, le bien nommé « Parc de la Roseraie », où Richard venait souvent faire de fabuleux clichés de parterres de jonquilles, de rosiers en fleurs, d'arbres centenaires, et parfois, mais plus rarement, de petits écureuils espiègles qui traversaient les allées en courant pour grimper sur un arbre et se retournaient tout à coup, exactement comme s'ils posaient pour la photo.

Ils s'étaient longuement promenés dans les allées et Richard avait informé Marie qu'il avait déposé une main courante pour signaler la disparition de sa mère. A force d'insister, il avait obtenu que la Brigade de recherche des personnes disparues finisse par accepter d'ouvrir une enquête. Il avait rencontré le Brigadier chef chargé de l'affaire, mais il avait été contrarié par la manière dont ce dernier avait pris les choses. « Croyez-moi, avait-t-il affirmé, ils finissent tous par réapparaître un jour ou l'autre. Les statistiques le prouvent. Allez, votre mère est montée dans sa voiture et elle est partie faire une petite promenade... elle a bien des amis, un amant ! Non ? Elle ne vous en a jamais parlé ? Peut-être que vous ne le savez pas. Etes-vous sûr qu'elle n'en a pas ? Allez, on ne peut jamais être sûr de rien. Si vous saviez la quantité de secrets qui se baladent dans la vie privée des gens ! Vous n'en avez pas la moindre idée !... Ou alors, elle sera partie en voyage d'agrément. Votre mère n'est pas dans le besoin, n'est-ce pas ? Elle ne travaille pas non plus. Cela ne lui arrive pas de partir, je ne sais pas moi, faire une croisière ou une cure sans forcément vous mettre au courant ? Tiens, une cure ! Non ? Bon, bon, d'accord ! Gardez votre calme ! Ecoutez, nous allons faire le nécessaire, vous avez ma parole. Et... avertissez-moi quand votre mère sera rentrée, avait-il conclu avec un grand éclat de rire. »

« Oui, avait admis Richard, je sais que ma mère a pris sa voiture, qu'elle a emporté une valise. Mais pourquoi ne pas m'avoir averti ? Pourquoi, tout d'un coup, ce silence. Ce n'est pas dans nos habitudes de nous cacher des choses. Nous sommes très liés, ma mère et moi. Je ne vois aucune raison qui aurait pu la conduire à agir de cette manière là. Non, absolument aucune.»

Puis Marie et Richard s'étaient assis un moment sur un banc. La cloche de l'église toute proche sonnait. C'était un jour maussade où le gris des troncs privés de soleil répondait à la tristesse du ciel. Un oiseau dans l'arbre qui jouxtait leur banc s'était mis à lancer obstinément une seule note, toujours la même, lancinante. Assis, l'un à côté de l'autre, ils s'étaient tus un long moment. Le parc n'était pas trop fréquenté pour un dimanche, parce qu'il pleuvait un peu. Des averses passagères mouillaient les pelouses. L'air était pur. Cela aurait pu être un moment agréable à partager avec ce jeune homme beau et fin qui attirait la compassion. Il avait un je ne sais quoi que Marie avait aussi ressenti en présence de Daisy, une sorte de défaut de fabrication qui faisait que leur cœur semblait à chaque instant entièrement ouvert et prêt à déborder, à vous offrir tout et n'importe quoi. Pour briser le silence, pour sortir Richard de sa mélancolie, Marie avait à tout hasard abordé le sujet de son logement. Elle lui avait dit que Daisy avait proposé de l'héberger provisoirement. Et cela avait fait réagir le jeune homme. Il lui avait aussitôt fourni le nom et le numéro de téléphone d'un couple, ami de sa mère, qu'il connaissait bien et qui possédait une petite propriété dans une ville proche de L'Hay-les-Roses. Au fond de leur jardin, il y avait un bâtiment entièrement rénové qu'ils avaient aménagé en vue de le louer. Richard pensait que le logement devait être encore libre et ces amis seraient heureux de rencontrer Marie, d'autant qu'ils préféreraient certainement une personne qui leur était recommandée à des inconnus présentés par des agences.

Marie était ravie et elle avait remercié Richard, puis le silence s'était installé à nouveau entre eux. Le temps avait passé et Marie, désolée de voir le garçon rongé par l'angoisse, lui avait promis qu'elle allait contacter la Brigade et voir si elle pouvait rencontrer le Brigadier chargé de la disparition de Daisy. Mais Richard était agité de tremblements, il serrait les mâchoires, il regardait obstinément le sol. Comment lui redonner courage ? Marie n'avait pas pu s'empêcher de poser la main sur ses poings qu'il serrait sur ses genoux dans l'intention de lui apporter un peu de réconfort. Mais il avait sursauté, retiré vivement les mains, puis il s'était levé en la remerciant de lui avoir consacré tout ce temps. Il avait prétexté attendre la venue d'un ami, chez lui, et avait raccompagné Marie à Paris.

Ce fut en début de soirée que le taxi déposa Marie devant la maison de Méjean. Il s'agissait d'une bâtisse ancienne qui semblait nécessiter quelques travaux de rénovation et un bon ravalement de façade, mais qui, comme beaucoup d'habitations du début de siècle, débordait de charme. Le nid douillet que Marie aurait souhaité pouvoir s'offrir un jour ! Devant le portail était garé un véhicule, un coupé noir, et la vision de ce véhicule lorsqu'elle passa devant, se fixa sur sa rétine, comme un cliché sur l'objectif. Après avoir actionné la sonnette, elle attendit et pendant qu'elle attendait, brusquement un déclic se fit. Une image répondait à celle de ce véhicule, et le cœur de Marie se mit à battre la chamade. Mon Dieu ! Ce modèle de voiture ou du moins, un modèle semblable, un coupé noir, elle l'avait vu ailleurs ! Oui, pratiquement les mêmes dimensions, la même couleur, peut-être la même marque. La similitude entre les deux véhicules fit mouche et ouvrit une brèche dans ses souvenirs. Si l'autre, celle dont elle se rappelait, était plus petite ou plus grande, là n'était pas la question. Marie était certaine d'avoir vu un véhicule coupé noir dans la rue de Véra le soir du meurtre. Il se trouvait plus éloigné d'elle que celui-ci, à une cinquantaine de mètres, mais il y était. Cela ne faisait aucun doute. Elle avait photographié et stocké cette image au fond de sa mémoire, puis elle l'avait occultée, mais elle s'en souvenait maintenant. Lorsqu'elle était descendue de son trou à rats pour aller voir ce qui se passait chez Véra, avant de pousser la porte, - le film de la soirée défilait très vite devant ses yeux - elle avait regardé dans la rue. Elle avait tourné la tête et elle avait regardé dans la rue. « Non, elle n'avait vu personne, non elle n'avait rien remarqué de particulier, Lieutenant... » Mais bien sûr que si ! La voiture garée là, sur le trottoir d'en face, n'était rien d'autre que le coupé de Richard, celui là même dans lequel Richard l'avait raccompagnée après leur promenade au parc. C'était la sienne, sans aucun doute possible. A présent, rien ni personne ne pourrait faire croire à Marie qu'elle se trompait.

Romain Méjean apparut dans l'allée conduisant du portail à la porte d'entrée de son imposante bâtisse avec un large sourire. Il avait l'air avenant. Ses yeux brillaient. Sans doute était-il excité à l'idée de partager avec Marie la nouvelle à laquelle il avait fait allusion. Mais, en avançant dans l'allée en direction de la maison, Marie sentit tout à coup s'abattre sur elle un énorme poids. En réalité, ce qui la préoccupait, ce qu'elle venait de faire jaillir du fond de sa mémoire, était de la plus haute importance. Elle allait gaspiller une heure ou deux chez Méjean, alors qu'elle avait bien autre chose à faire. Devait-elle avertir le Lieutenant tout de suite ? Devait-elle ne surtout pas lui en parler ? Il était vrai que la mère et son fils avait rendu visite à Véra, ce jour là, ils ne l'avaient pas nié. Mais pourquoi la voiture était-elle restée là si longtemps ? Le mystère restait entier ! Qu'avaient-ils fait pendant tant de temps ? Est-ce que Richard accepterait d'en parler avec elle ? Ou Daisy ? A condition que Daisy refasse surface un jour ! Toute cette histoire était de plus en plus obscure. Et lorsque Méjean lui adressa la parole, Marie, surprise, sursauta.

- Vous paraissez soucieuse, Marie, j'espère que ce rendez-vous n'a pas bouleversé votre emploi du temps. Il est vrai que j'avais hâte de vous voir.

A présent, Méjean l'appelait par son prénom !

- Non, Monsieur Méjean, répondit-elle, j'ai eu une journée difficile, c'est tout.

- Ah, les clients ! Ils en demandent toujours trop, n'est-ce pas ?

- Oui... Enfin, non ! Cela dépend des clients !

- Quelqu'un comme moi, par exemple ! Il est vrai... Mais prenez le temps de vous défaire. Nous avons toute la soirée.

Vous me ferez le plaisir de dîner avec nous !

« Nous ? » Nous qui ? Le père était-il là ? Méjean avait-il une compagne ? De l'entrée, Marie apercevait le séjour, une vaste pièce éclairée ad giorno, mais il n'y avait personne qui les y attendait.

- Et bien non, je suis désolée, Monsieur Méjean, répondit Marie, en tentant de donner à sa voix un peu d'autorité. Je suis attendue ce soir, je ne pourrai pas. Un autre soir, si vous le voulez bien.

Méjean ne releva pas. Il prit le manteau de Marie et l'accrocha au porte manteau.

- Entrez dit-il. Asseyez-vous. Un whisky ?

- Oui, merci.

On entendait des bruits à l'étage. Quelqu'un marchait avec des talons.

- Alors puisque vous ne restez pas, nous allons tout de suite entrer dans le vif du sujet. Je vous ai déjà parlé de mes projets ?

Méjean servait un verre à Marie et le lui tendait.

- Oui, dit Marie qui porta le verre à ses lèvres.

- Eh bien, voilà ! Vous allez me préparer rapidement une augmentation de capital suivie de la transformation de la société en société anonyme. Dans cette opération, il faudra veiller à ce que mon père ne conserve qu'une très petite part du capital. Il ne doit pas faire partie du Conseil d'administration non plus. Ensuite...

- Pardonnez-moi, l'interrompit Marie, votre père est d'accord ?

- Pas encore, pas encore... Je veux d'abord que tout cela soit mis noir sur blanc...

- Vous savez que sans son accord...

- Je le sais. Mais vous êtes là pour m'aider, Marie ! Vous allez faire en sorte que cela soit fait au plus vite, afin qu'il se retrouve devant le fait accompli. Vous me comprenez bien ?

- Oui Monsieur Méjean, je ferai tout ce qui est en mon pouvoir. Je ne peux toutefois que suivre les règles en la matière.

- Les règles ? Quelles règles ! Je croyais que vous étiez passée maître dans cette discipline. C'est, du moins, ce que vos patrons m'ont affirmé. Et si vous ne parvenez pas à convaincre mon père, je m'en chargerai. De toutes manières, entre vous et moi, il n'a plus vraiment toute sa tête. Et je ne donne pas cher de l'avenir de la société entre ses mains. Nous devons parvenir, vous et moi, à en faire une belle affaire, au lieu de voir se dresser le spectre du dépôt de bilan, si nous suivons les conseils de Monsieur mon père. Mais attendez la suite. Une fois le second établissement créé et la société transformée, je compte la céder.

- La céder ?

- Oui, j'ai l'acheteur et nous avons déjà tout réglé dans le détail. Cela n'a pas été facile, croyez-moi, mais... je ne suis pas peu fier d'y être parvenu !

Voilà donc la grande nouvelle ! Méjean comptait bazarder l'affaire et empocher le prix de vente, au nez et à la barbe de son père à qui il devait tout, qui l'avait formé, lui avait appris toutes les ficelles du métier... Encore faudrait-il qu'il manœuvre adroitement ! Son père, quoiqu'il en pensât, n'était pas homme à se laisser faire. Marie l'avait vu récemment. C'était un homme posé, un gestionnaire habile et en possession de tous ses moyens. Marie décida sur le champ de ne pas contrarier Méjean, et d'ailleurs elle n'avait pas le choix. Au Cabinet, le client était roi !

- Bon, dit Marie, c'est parfait. Il faut que vous passiez au Cabinet pour régler les détails de l'augmentation de capital, savoir si elle se fera en espèces...

- Timoty vous informera, répliqua aussitôt Méjean. Il est au courant. Il verra l'aspect financier avec vous. Et comme je dois partir pour une semaine à l'étranger, je vous laisserai travailler ensemble. A mon retour, tout doit être prêt.

- Monsieur Méjean, je suis désolée d'insister. Votre présence est absolument indispensable pour mettre au point cette opération. Par ailleurs, en ce qui concerne le délai, je crains que ce ne soit un peu juste.

- Oh Marie, n'en faites pas une affaire d'état ! Je serai joignable par téléphone pendant tout mon séjour. Il n'y aura aucun problème. Mais si vous pensez ne pas y arriver, si vous craignez de ne pas être à la hauteur, je consulterai mon Notaire. Il vaut mieux me le dire tout de suite. Cela ne changera pas ma relation avec le Cabinet, bien évidemment, Marie, mais sachez bien que je serai obligé d'en référer à vos supérieurs.

A quoi bon discuter ? Il avait totalement changé d'attitude. Il fallait que Marie en informe d'urgence son patron.

- Je ferai le maximum, soyez-en sûr, Monsieur Méjean. Je vous tiens au courant très rapidement. Pouvez-vous m'appeler un taxi, s'il-vous-plait ?

La soirée prit donc fin ainsi. Méjean, qui avait perdu sa faconde, reconduisit Marie jusqu'au taxi et la salua d'un geste de la tête froid et distant. Il faisait nuit. De retour à l'hôtel, Marie constata, une fois de plus, que son logement ne présentait vraiment aucune commodité. Que n'aurait-elle donné pour se plonger dans un bain chaud, dans l'état où elle se trouvait !

Le lendemain matin, il pleuvait encore. Les yeux à peine ouverts, Marie repoussa la couette et leva le store. Mais, aucune lumière n'éclaira la chambre, pas la moindre lueur. Si Marie n'avait pas regardé l'heure, elle aurait pu croire qu'il faisait encore nuit. Le ciel était si sombre ! Marie n'avait pas bien dormi. Le mal à la tête qu'elle ressentit, dès qu'elle eût posé les pieds sur le sol, était de ceux qui durent. C'était toujours de cette manière là que commençait une journée lorsque, la veille, elle avait fait l'impasse sur le dîner. Elle alla chercher des cachets et prépara un café.

Il y avait réunion ce matin au Cabinet et cela tombait bien, elle allait évoquer le cas « Méjean ». Pour une fois, elle fit l'effort d'arriver au bureau avant l'heure. Tout était silencieux et Chloé n'était pas à son poste. Marie allait pouvoir se préparer tranquillement à la discussion qui n'allait pas manquer de s'engager si Méjean avait déjà informé le patron. Mais, dans son bureau, à peine avait-elle retiré son manteau, que Chloé tapait à la porte.

- Oui, entrez, dit Marie, machinalement.

Chloé n'avait pas l'air en forme. Elle faisait une drôle de tête, et Marie demanda :

- Quelque chose ne va pas Chloé ?

- Non, Mademoiselle, tout va bien, je voulais seulement vous informer qu'une personne est passée hier soir juste avant la fermeture. Je lui ai dit que vous étiez partie et que vous n'alliez pas revenir, mais elle ne voulait pas s'en aller. Elle m'a demandé où était votre bureau et elle est venue s'assoir là dans le fauteuil, elle a dit qu'elle vous attendrait. Je ne savais plus quoi faire.

Je vous assure que je lui ai dit de ne pas entrer dans votre bureau. Elle n'a rien voulu entendre. Finalement, quand il n'y a plus eu personne au Cabinet, je lui ai dit que je devais fermer et elle a bien été obligée de partir. Elle n'a pas voulu donner son nom, elle a juste laissé un numéro de téléphone. Je vous l'ai transmis par mail. Elle a dit que vous deviez la rappeler d'urgence.

- Merci Chloé. C'est une cliente ?

- Non, je ne crois pas. Je ne l'ai jamais vue.

- Et comment était cette personne ?

- Elle était grande et assez élégante. Elle portait un manteau long et une écharpe très colorée.

Daisy ?

- Merci Chloé. Vous pouvez m'apporter un café, s'il vous plait ?

- Oui, Mademoiselle... Ah oui, votre mère a appelé aussi hier soir.

- Bien. Merci !

Après que Chloé eut tourné les talons, Marie ouvrit l'ordinateur et passa ses messages en revue. Le numéro de téléphone que Chloé lui avait transmis, ne lui évoquait rien. Ce n'était pas celui que Daisy lui avait donné. La description de Chloé, pourtant ... une coïncidence ? Rien qu'à y penser, son mal au crâne s'intensifia. Daisy allait-elle un jour la laisser tranquille ? Agaçant, à la fin ! Chloé tapait à la porte et lui apportait un café. Marie se leva, alla chercher dans une armoire sa boîte de cachets, et en avala un autre. La boîte n'en contenait plus qu'un ! Puis elle vint se rassoir à son bureau. « Le destin nous a fait nous croiser et cela n'est certainement pas pour rien. » avait dit Daisy. Marie se demanda d'abord en quoi le fait que Daisy eut croisé sa route était-il de nature à changer quelque chose dans sa vie ? Il était peut-être trop tôt pour le dire. Puis, tout doucement, elle sentit qu'elle lâchait prise. Tout compte fait, si c'était bien de Daisy dont il s'agissait, cela signifiait qu'il ne lui était rien arrivé de grave, qu'elle était en vie. Elle souhaita alors que ce fut bien Daisy, la femme qui avait squatté son bureau, la veille. Finalement, cette femme ne la laissait pas indifférente... Mais le temps passait. La réunion avait lieu dans une petite heure maintenant. Avant de s'y rendre, Marie devait répondre à certains messages plus urgents que d'autres. Il lui fallait également consulter son agenda : elle allait devoir déplacer des rendez-vous si elle se voyait contrainte de monter la transformation de la société dans le dossier Méjean. Elle vit alors que sur son agenda était posée une enveloppe où étaient tapés ces mots : « A l'attention de Marie Nolan. Personnel et confidentiel ». Marie déchira l'enveloppe et en extirpa une feuille blanche qui mentionnait : « Ceci est le premier avertissement. Eloignez-vous de la famille Dévinovitch ».

Marie resta sous le choc pendant un certaintemps. Une plaisanterie ? De qui ? Pourquoi ? Il n'y avait pas une minute à perdre, elle devait appeler le Lieutenant et lui en parler. Mais il était l'heure de se rendre à la réunion. Les patrons l'attendaient.

- Ah, vous voilà Marie, nous allions commencer sans vous.

- Oui Monsieur... je vous prie de m'excuser.

- Comme vous devez vous en douter, continua le patron, je viens d'avoir un coup de fil de Méjean junior. Il m'a fait part de ses intentions. Il dit que son Notaire ne veut pas se charger des actes de transformation de la société, tant qu'il n'a pas obtenu le consentement de son père. Aussi, il souhaite que vous vous chargiez de rédiger les actes et il a ajouté qu'il vous fait entièrement confiance. Qu'en pensez-vous, Marie ?

- Je ne peux qu'aller dans le sens du Notaire, Monsieur, c'est évident.

- Oui, j'attendais cette réponse de votre part. Je vais appeler le père Méjean. Comme je suppose qu'il ne sera absolument pas d'accord, nous n'aurons aucune difficulté à refuser le dossier.

- Romain Méjean souhaitait que je m'arrange pour convaincre son père, dit Marie.

- Pas question ! Il va vous laminer, il ne supporte pas les femmes ! Avant Timoty, c'était Elisabeth, une de nos comptables qui tenait la comptabilité de la société. Il est allé jusqu'à nous demander de la licencier. Je vous rassure, elle a quitté le Cabinet il y a quelques mois, mais de son plein gré !

« Tel père, tel fils », pensa Marie.

- ... Bon, nous n'allons pas perdre plus de temps sur cette affaire Je me charge du père Méjean et je vous tiens au courant.

- C'est entendu, Monsieur. Je vous remercie.

Le coup d'œil complice de Timoty surprit Marie, mais le patron n'avait rien vu, et la réunion se poursuivit sans autre problème. Une bonne heure plus tard, Marie regagna son bureau. Sa première réaction fut d'appeler le Lieutenant. Cependant, il n'était pas au Commissariat. Elle demanda à ce qu'il la rappelle dès son retour. Ensuite, elle appela Richard. Il n'y eut qu'une seule sonnerie et Richard décrocha.

- Allo ? C'est vous, Marie ? Vous avez du nouveau ?

Marie s'était attendue à ce que Richard lui confirmât que sa mère était rentrée.

- J'allais vous poser la même question, dit-elle.

- Non, elle n'a pas fait signe. Et le brigadier est injoignable.

Surprise, Marie se posa à nouveau la question de savoir si c'était Daisy qui était passée au Cabinet la veille. Elle préféra ne rien en dire à Richard. Elle lui demanda le numéro du Brigadier et lui dit qu'elle allait l'appeler. Puis, elle raccrocha. Elle était déstabilisée. Appeler le Brigadier, appeler le Lieutenant ! Elle avait tant de travail, ce n'était vraiment pas le moment. A peine avait-t-elle reposé le téléphone, qu'on tapa à la porte.

- Oui, dit Marie.

C'était Timoty.

- Marie, je souhaitais vous entretenir au sujet de Monsieur Méjean.

- Je suis désolée Timoty. je n'ai pas le temps, je suis complètement débordée.

- Pas de souci, ça attendra. Mais hier soir, avant de partir, je voulais vous emprunter le dossier de Méjean pour parcourir vos notes, et j'ai trouvé cette cliente dans votre bureau.

- Oui, Chloé m'en a informée.

- Etrange cette femme ! Vous la connaissez bien ?

- Non, je ne la connais pas du tout, je ne sais même pas de qui il s'agit. Elle n'a pas laissé son nom à Chloé.

- Elle ne m'a rien dit de précis à moi non plus. Elle a juste dit que vous étiez son conseil et qu'il était urgent qu'elle vous voie. Elle avait l'air très agitée, elle faisait les cent pas dans votre bureau et j'ai pensé qu'elle devait avoir des ennuis. Quand je suis ressorti du bureau, elle m'a demandé si je connaissais votre nouvelle adresse. Mais, soyez sans crainte, même si je la connaissais, je ne la lui aurais jamais donnée !

- Je vous remercie Timoty, je sais que je peux compter sur vous. On se voit demain, si c'est possible. A dix heures, ça ira ?

- Oui, parfait.

Le téléphone sonna à l'instant où Timoty se dirigeait vers la porte. Timoty quitta le bureau en refermant la porte derrière lui.

- C'est pour vous, dit Chloé, je vous passe la communication.

- Oui, dit Marie.

Dans l'écouteur, une voix très loin répétait « Allo, allo... ». Puis plus rien. On avait raccroché.

Lorsque Marie avait quitté le bureau vers quinze heures, elle pensait encore à cet appel et au message anonyme qu'elle avait reçu ! Elle avait le sentiment que les deux étaient liés et elle comptait bien aller rendre visite au Lieutenant Rogieri. Mais au préalable, elle devait se rendre à Nanterre, où elle avait rendez-vous à l'INPI pour une recherche d'antériorité préalable à un dépôt de marque. Il s'agissait d'une démarche urgente, comme toujours. Tout était toujours urgent au Cabinet ! Mais Marie était contrariée. Elle n'avait pas eu le temps d'appeler sa mère, elle n'avait pas rappelé non plus cette femme qui lui avait laissé son numéro. Elle doutait de plus en plus que ce fût Daisy. Le mystère restait entier et elle était curieuse de l'élucider sans faute, mais il fallait qu'elle s'active, sinon elle allait rater son rendez-vous. Elle n'avait pas même le temps de prendre un sandwich pour le manger dans le taxi. En sortant du Cabinet, elle longeait l'avenue en direction de la station de taxis la plus proche, lorsqu'elle en aperçut un qui circulait en sens inverse. Marie leva le bras et le taxi ralentit, il s'arrêta, fit demi tour sur le champ et, en moins de deux secondes, il était là, devant elle. Le chauffeur se retourna, lui ouvrit la portière de l'intérieur, et Marie se pencha prête à s'engouffrer dans le véhicule. Elle se sentit alors poussée sans ménagement, quelqu'un la forçait à s'assoir et prenait place à ses côtés. La portière fut rabattue, et le chauffeur démarra. On demandait à Marie :

- Vous allez où ?

- Démarrez ! ordonna la voix.

Cette voix... c'était celle de Daisy ! Elle était là, sur le siège, emmitouflée dans son manteau beige, et son visage était en partie masqué par le bord d'un feutre noir. Elle regardait par la vitre, elle ne regardait pas Marie.

- Vous allez où, Mesdames, demanda à nouveau le chauffeur.

- A Nanterre, à l'INPI, le plus rapidement possible, s'il vous plait, répondit Marie.

- Ouf, ouf, faut vous calmer ma p'tit'dame! Avec les embouteillages, à c't'heure, vous êtes pas prêtes d'être rendues.

- Faites le maximum, je vous prie, dit Marie.

Puis se retournant vers Daisy :

- Que vous est-il arrivé, Daisy ? Votre fils vous cherche partout. Disparaître de cette manière... Il est affreusement inquiet.

- Et vous, étiez-vous inquiète ? demanda Daisy qui s'était retournée vers Marie.

Ses yeux, ses yeux avec leur couleur qui n'en était pas une - Marie en avait oublié l'éclat - souriaient. Mais son visage, lui, était impassible.

- Inquiète ? Oui, on peut dire ça. Je ne comprenais pas. Mais enfin, Daisy, pourquoi tant de mystère ?

- Je ne peux rien vous dire ici, ma chère. Et du menton elle désignait le chauffeur. Etes-vous certaine que ce rendez-vous est si urgent ? Ne pouvez-vous me consacrer quelques instants. Ce ne sera pas long, je vous en fais la promesse.

Marie répondit « Oui, Daisy, mon rendez-vous est urgent » mais elle se pencha, ouvrit sa mallette, en sortit son agenda, le feuilleta et composa sur son portable le numéro qu'elle avait noté sur son agenda sous la mention « INPI ». Une fois la communication établie, elle demanda le service des Marques, elle ne chercha pas à être mise en relation avec la personne qu'elle devait rencontrer, elle annula tout simplement son rendez-vous et dit qu'elle rappellerait.

- Je vous remercie, dit Daisy.

Elle clignait des yeux comme si elle faisait un effort pour se concentrer, une ride barrait son front. Regardant par la vitre, elle lança au chauffeur :

- Arrêtez-vous ici !

- Alors on va plus à Nanterre ? demanda l'homme.

- Non ! Stoppez là tout de suite ! insista Daisy.

- Ca va, ça va, une minute ! C'est l'feu vert, voyez pas ? ! J'peux pas rester en plein milieu...

Daisy sortait de son sac une paire de lunettes de soleil. Quand le taxi s'arrêta au bord du trottoir, elle descendit, teint la portière ouverte puis la referma aussitôt après que Marie fût sortie.

- Venez, dit-elle en la prenant par le bras.

Et sans savoir pourquoi, seulement ce geste, seulement celui-là, donna à Marie le sentiment d'avoir fait le bon choix. Elle reprendrait rendez-vous à Nanterre, le client attendrait, elle n'en avait finalement rien à faire ! Daisy, elle, ne pouvait pas attendre, et Marie était impatiente de savoir. Où que l'emmenât Daisy, elle la suivrait. Sur le moment, elle remarqua seulement les précautions que Daisy prenait pour ne pas être reconnue, sa précipitation, sa nervosité. Cela ne lui ressemblait pas. Du moins, cela ne ressemblait pas au comportement qu'elle avait eu jusqu'à présent, celui d'une femme sûre d'elle et audacieuse. Un flot de questions assaillit Marie, elle se sentit excitée. Elle se laissa entraîner par Daisy qui marchait vite, tête baissée mais elles n'allèrent pas bien loin. Daisy s'arrêtait déjà, poussant la porte d'un bar, le premier qui s'était présenté sur leur chemin. Elle avança, suivant Marie qui pénétrait dans le bar, mais avant de laisser la porte se refermer derrière elles, Daisy s'arrêta et jeta un coup d'œil dehors. Il était trop tôt pour que le bar soit déjà fréquenté, il n'y avait pas même un barman, un serveur. Un air de jazz s'égrenait en fond sonore.

- Asseyons-nous, dit Daisy.

Et là, assises l'une en face de l'autre, il sembla brusquement à Marie que depuis leur dernière rencontre, le temps s'était arrêté, depuis cette soirée où le regard de Daisy s'était imprimé en elle. Cela ne l'étonna pas. Quoiqu'il se passât, tout semblait toujours si naturel quand elle était en présence de Daisy. Elles étaient les seules clientes du bar, et ici l'air, la lumière tamisée, pas un espace, un coin d'ombre, une surface, qui ne soit imprégné de Daisy ! Il y avait quelque chose dans cette femme qui faisait monter les émotions. Daisy parlait à voix basse :

- Et quand Richard vous a dit pour moi, qu'avez-vous fait, Marie ? Vous êtes allée voir le Lieutenant ?

- Non, répondit Marie. Je n'ai pas revu le Lieutenant depuis un certain temps. Richard pense que vous avez disparu. Il a déposé une main courante et a averti la Brigade des personnes disparues, mais il m'a dit que personne ne voulait le croire...

- C'est parfait, dit Daisy.

- Que dites-vous ?

Je vais vous expliquer. Ecoutez-moi bien. Je suis en danger, Marie, je suis VRAIMENT en danger ! Je n'ai pas « disparu », je me cache. Je dois veiller sur moi, et je suis la seule qui soit à même de le faire ! Croyez-moi. Je ne peux compter ni sur la police pour me protéger, ni sur Richard. Et Véra, ma pauvre Véra n'est plus là. D'ailleurs, bientôt, je m'occuperai de Richard. Je pense que son tour va venir. Mais sur le moment, la seule solution qui s'est offerte à moi, c'était de disparaître. On me suit, Marie, on ne me laisse pas tranquille. Si j'en parle à Rogieri, il ne me prendra pas au sérieux. Ou alors, il va promettre sa protection. La belle affaire ! Je les connais leurs promesses !... Mais vous, Marie, vous me croyez, j'espère ? Je ne vous dis que la vérité.

- Oui, dit Marie, je vous crois. Mais je pense tout de même que le signaler à la police serait nécessaire.

- Oh non, ça non ! Rogieri est un rustre, un homme de mauvaise éducation, un moins que rien. Il me soupçonne et il est dans l'erreur totale depuis le début. Je n'ai aucune confiance en lui ! Et je ne suis pas assez bien placée, je ne suis pas une personnalité, je ne connais personne en haut lieu pour qu'on tienne compte du danger qui me menace, qu'on mette des policiers à ma porte ! Qui suis-je pour eux, Marie ? Rien qu'une héritière qui a assassiné une vieille femme pour bénéficier de son héritage !

- Daisy, ne dites pas cela !

- Peut-être que vous, vous n'y avez pas pensé, je veux bien le croire. Mais eux, si ! Ils ne se sont pas gênés pour me le dire. Le Lieutenant m'a cuisinée pendant des jours et des jours. Je ne vous ai pas tout dit. C'était devenu insupportable. Véra était comme une mère pour moi. Mieux qu'une mère. Quand ma mère est partie...

Daisy tourna la tête. Elle ne finit pas sa phrase.

- Mais qu'allez-vous faire maintenant ? demanda Marie.

Où allez-vous aller ? Vous ne pourrez pas vous cacher indéfiniment. Il y aura bien un jour où vous devrez réapparaître, et parler à la police vous permettrait de leur demander de l'aide. Et puis, il y a Richard, il est si paniqué ...

- Ah non, il n'en est pas question ! Vous ne comprenez pas. Il faut absolument que l'on croie que j'ai disparu. Que tout le monde le croit. Et Richard, en premier !

- Mais pourquoi ?

- Je ne peux rien vous dire maintenant. Je n'ai que des pistes. Une piste, en particulier. Si mes soupçons sont fondés, je suis en danger et Richard aussi. Mais il me faut vérifier plusieurs points. Et je ne peux rien faire sans certaines informations capitales qui me font défaut au jour d'aujourd'hui.

Marie ne répondit pas. Si le mystère devait rester entier autour de Daisy, alors pourquoi ...

- Et moi, reprit Marie, vous ne craignez rien de moi. Vous ne craignez pas que...

- Ne dites pas de sottises, ma chère ! Je ne crains rien de vous. Je sais que vous ne direz rien à personne, vous ne direz pas que nous nous sommes vues et vous ne direz rien de notre conversation.

- C'est exact.

- En fait, ce serait plutôt vous que je mettrais en porte à faux ! Quand vous verrez le Lieutenant, il vous faudra tenir votre langue.

- Bien évidemment, Daisy. Vous pouvez en être certaine. Et Richard ?

- Marie, je vais reprendre pour que vous saisissiez bien la situation. En premier lieu, sachez que Richard est mon fils et que je l'aime profondément. Mais je n'ai aucune confiance en lui. C'est un garçon influençable. Il fréquente un certain Owen qui a une très forte influence sur lui. Il n'est pas question que cet individu sache ni où je suis, ni ce que je cherche, personne d'autre non plus d'ailleurs. Et Richard ne sait pas tenir sa langue. En second lieu, là où je suis à présent, ni Richard ni vous n'en saurez rien. Je ne vous le dirai pas, n'y comptez surtout pas. Soyez sûre que je ne crains rien de vous, Marie. Dans le cas contraire, nous ne serions pas en train de discuter.

Mais une extrême prudence s'impose. Je vous ai dit qu'on me suit. Si j'étais chez vous par exemple, je vous mettrais en danger.

- Chez moi ?

- Oui, vous avez quitté l'hôtel, n'est-ce pas ?

- Comment le savez-vous ?

- Les gens chez qui vous êtes actuellement, je les connais bien, ma chère. Richard ne vous l'a pas dit ?

- Si, il me l'a dit, c'est vrai...

- Je vois que malgré tout, vous êtes inquiète. Je veux prendre toutes ces questions pour de l'inquiétude, du doute. J'ai raison n'est-ce pas ?

- Oui, bien entendu. Pardonnez-moi, Daisy, tout cela est si soudain, je ne m'attendais vraiment pas...

Daisy sortit son paquet de cigarettes. Elle fit craquer son briquet, aspira profondément et, dans un mouvement que Marie reconnut, elle rejeta la première bouffée en renversant la tête en arrière.

- Je comprends, dit Daisy. A votre place, j'aurais été ébranlée, moi aussi.

- Je cherche seulement à y voir plus clair, répondit Marie. Enfin, je ne sais plus... Mais, dans tous les cas, Daisy, vous pouvez compter sur moi si vous avez besoin de quelque chose. Vous le savez, n'est-ce pas ?

- Merci Marie, je peux me débrouiller seule, n'ayez crainte. Là n'est pas la question. J'avais seulement un service à vous demander.

- Dites-moi !

- Il est bien entendu que vous n'êtes pas obligée d'accepter.

- Oui.

Les yeux de Daisy plongèrent alors dans ceux de Marie, et l'intensité de son regard fut telle que Marie ne put le soutenir. Elle détourna les yeux. A ce moment précis, le barman, sorti d'on ne sait où, était près d'elles et demandait :

- Je vous sers quoi, Mesdames ?

- Un bourbon, dit Daisy.

Marie fit un signe de tête et dit « Plus tard, merci » et le barman se retira. Daisy attendit qu'il soit hors de vue pour attraper son sac et en dégager un trousseau de clés qu'elle posa sur la table.

- Je vous explique, Marie. J'aurais besoin de quelques petites choses, mais je ne veux pas qu'on me voie rentrer chez moi. Les voisins sont curieux, terriblement curieux. Et Richard... Il lui arrive souvent de rentrer inopinément alors qu'il devait être absent pour des heures. Vous allez prendre ces clés. Vous pouvez y aller tout de suite. J'ai attiré Richard par un stratagème qui va le tenir éloigné de la maison jusqu'à ce soir. Ne craignez rien, je suis sûre de ce que je vous dis. Prenez un taxi et dites-lui de vous attendre. Cette clé est celle de la porte d'entrée de la maison. Vous monterez tout de suite à l'étage. Vous serez dans le vestibule. La deuxième porte sur la droite est la porte de mon bureau. Vous y verrez mon secrétaire, et, dans ce secrétaire, il y a un tiroir qui est fermé à clés. Un seul. Voici la clé de ce tiroir, c'est la plus petite du trousseau, vous ne pouvez pas vous tromper. Dans ce tiroir vous trouverez mon passeport et une enveloppe contenant des billets de banque. Vous prendrez le tout et vous repartirez aussitôt.

Marie tendit la main, et Daisy y posa le trousseau de clés.

- Nous nous verrons ensuite. Attendez que je vous contacte.

- Bien, dit Marie.

- Je vais partir à l'étranger. Je ne vous solliciterai plus, soyez sans crainte. Allez, ne perdez pas de temps. Je vous dirai où nous nous retrouverons. Je ne tarderai pas à vous joindre. Et merci, merci, ma chère Marie. Vous me sauvez la vie !

Owen sortait de la douche. Il s'enroula dans le drap de bain et se frotta énergiquement les cheveux. Ensuite, il les sécha au séchoir puis il se rasa et vaporisa ses joues de lotion après-rasage. Il termina par quelques pointes de parfum sur les joues et le cou. C'était le parfum que lui avait offert Richard. Owen était un homme soigné. S'il n'était pas vraiment beau, il avait du charme et il le savait. Il savait aussi que Richard attachait beaucoup d'attention au visuel, c'était un artiste, un perfectionniste, et Owen s'efforçait toujours d'être impeccable lorsqu'il allait le rejoindre.

Quand Richard l'avait appelé pour lui demander de l'accompagner chez Véra afin de vérifier si sa mère y était, il n'avait pas cru bon de l'en dissuader. Il n'était pas judicieux de le contrarier, surtout en ce moment. De toute évidence, Richard, qui avait beaucoup d'intuition, avait flairé quelque chose, et même si Owen répugnait à ce genre de démarche, s'il eut préféré que Richard confiât cette tache à la police, il avait accepté de l'aider. N'était-il pas là aussi pour cela, pour soutenir Richard, pour lui donner confiance en lui ? Le chagrin qui ne cessait de miner Richard depuis la mort de Véra, Owen le respectait. Lui-même n'avait pas particulièrement apprécié Véra qu'il avait approchée de près – peut-être de plus près qu'une bonne partie de sa famille – bien que Véra eut fait preuve de grandes qualités de gestionnaire. Mais elle avait été suffisamment odieuse pour qu'il ne fût pas véritablement affecté par sa disparition. Une femme dure avec les autres comme elle l'était avec elle-même, qui possédait une faculté de jugement infaillible, mais égoïste et cupide, et Owen avait appris à se méfier d'elle. Richard, lui, avait un rapport plus intime. Elle s'était toujours montrée différente avec Richard, peut-être parce que Richard était un garçon influençable et qu'elle pouvait le manipuler comme elle le voulait, ce qui était infaisable avec Owen. Peut-être aussi parce que Richard était le fils de Daisy et que Véra se comportait avec lui comme s'il avait été son propre petit-fils, Owen, lui, n'était rien pour elle ! Véra s'était montrée aimante et indulgente envers Richard, ce qui avait sans doute attisé de la jalousie chez Owen. Et Daisy, dans l'affaire, qui n'avait rien remarqué de ces jeux psychologiques, n'avait jamais dissuadé son fils d'échanger des relations affectives étroites et fortes avec Véra, au risque qu'il en sortît un jour déçu et grugé. Owen savait bien que Richard, par ailleurs bourré de qualités, était dénué de ce quelque chose d'essentiel qui le privait de la plus élémentaire logique. Certes son extrême sensibilité l'avait conduit à un métier passionnant, mais elle le desservait. Et Owen aurait aimé apporter à Richard, ce qui lui manquait pour qu'il devint enfin un homme normal, un homme quoi ! Mais son intérêt pour Richard n'en était pas altéré pour autant. Et si Richard avait un jour le courage de quitter sa mère, un grand pas serait fait. Combien de fois, Owen lui avait proposé de venir habiter chez lui ? Certes son appartement, un bel appartement - soit dit en passant - avec une vue étonnante qui plongeait sur les toits de Paris, était confortable, mais il ne pouvait rivaliser avec le luxe de la villa de sa mère. Richard aurait pu continuer à travailler dans son atelier, à la villa, et, le soir, il aurait rejoint Owen, et ils auraient pu vivre ainsi tous les deux une vraie vie d'hommes libres. Owen était même allé jusqu'à parler mariage. Ce jour là, Richard l'avait regardé comme s'il lui avait fait la pire des offenses, comme s'il l'avait trahi, et de la buée s'était dessinée dans ses yeux. Owen s'était rendu compte qu'il était allé trop vite en besogne et qu'il faudrait encore du temps pour que Richard en vint à considérer la chose comme réalisable. Ils n'étaient pas même amants encore ! Et que dirait Daisy ? Owen était absolument certain que Daisy n'apprécierait pas. Aux yeux de Richard, n'était-il pas impensable de contrarier Daisy ? Un jour peut-être, mais dans combien de temps ? Richard ne s'en sortait déjà pas si bien dans la communication. Quand il était choqué ou bien qu'il refusait absolument la situation à laquelle vous vouliez à tout prix l'acculer, il ne disait plus un mot. On ne pouvait plus rien obtenir de lui, et cela pouvait durer des jours et des jours. Il fallait alors qu'Owen reprenne tout à zéro, avec une patience infinie. En fait Richard était d'une espèce de félin sauvage mais doux, qui ne griffait pas, ne crachait pas, mais risquait à tout instant de disparaître de votre vie, sans que vous sachiez si vous alliez le revoir un jour ou pas. Si Owen avait déjà pas mal œuvré dans le bon sens, il était encore loin du compte ! Pourtant, vivre tous les deux chez lui aurait été tout à fait profitable à Richard. Rien qu'à arpenter les rues du Quartier Latin ou les allées du jardin du Luxembourg, il aurait trouvé de quoi nourrir sa créativité. Paris offrait tant et tant de possibilités pour un artiste !

Dans ce quartier, Owen, lui, était comme un poisson dans l'eau. On pouvait lui citer le nom de n'importe quel bistrot, de n'importe quelle boutique, il savait où ils se trouvaient. On pouvait lui demander à quelle station de métro il fallait descendre pour rejoindre telle ou telle adresse, il répondait sur le champ. Il était né ici, il y avait grandi et lorsqu'il avait été en âge de le faire, il avait parcouru les rues de la capitale, en long et en large, parce sa mère était styliste, qu'elle travaillait dans une grande maison de couture et qu'elle l'avait fait employer. Il livrait alors partout dans Paris les vêtements que les femmes de la Haute société s'arrachaient. Et Paris était devenu le terrain de jeux préféré d'Owen. Aujourd'hui, quand il se sentait stressé, sans voir le temps passer, il longeait les quais à partir de Saint-Michel, il enfilait les rues, longeait le fleuve, parlait aux bouquinistes, restait à contempler les monuments qu'il connaissait par cœur, comme s'il les voyait pour la première fois. Il finissait par traverser la Seine et quand il arrivait au Palais Royal, il restait un moment en méditation devant la Comédie Française comme pour se recueillir sur un lieu de pèlerinage. Il avait toujours rêvé de devenir comédien. Là, au Palais Royal, il y avait une dizaine d'années de cela, il retrouvait ses amis dans le sous-sol d'un bar pour déclamer à tour de rôle poèmes et tirades. Mais la vie en avait voulu autrement, et aujourd'hui le bar avait été remplacé par une grande brasserie dans laquelle

Owen n'avait jamais osé entrer pour demander si le sous-sol existait toujours. Quand le père d'Owen, qui était fondé de pouvoir dans une banque, avait appris à quoi Owen se destinait, il avait été pris d'une rage folle, il l'avait tabassé, et Owen avait du être hospitalisé. Owen était un garçon intelligent. Il était même au dessus de la moyenne. Il avait compris le message et avait fini par changer de cap. Il avait réussi brillamment un master en analyses financières et son père l'avait fait engager dans sa banque en tant que stagiaire, dans un premier temps, puis en qualité de gestionnaire d'actifs débutant. Aujourd'hui, Owen était indépendant. Il était conseiller de patrimoine et sa réussite professionnelle était évidente. Sa mère étant décédée, il ne voyait plus son père. Mais lorsqu'il s'était mis à dépouiller la quantité incroyable de papiers que sa mère avait conservés, il était tombé sur un acte d'adoption et, étant allé jusqu'au bout de ses recherches, il avait appris qu'il avait été abandonné à la naissance par sa véritable mère, et que ses parents n'étaient pas ses parents biologiques, Mais il n'avait jamais voulu aller plus loin. Il avait préféré noyer cette souffrance là dans la masse des autres souffrances que la vie lui avait infligées. Il était parti en Inde pour oublier et trouver des réponses. Il en était revenu différent, conscient de la chance qui lui avait été offerte et de sa puissance intérieure. Et c'est à ce moment là qu'il avait fait la connaissance de Véra. Elle lui avait confié la gestion de son patrimoine et Richard avait aussi fait irruption dans sa vie. Il était devenu depuis le frère qu'il n'avait jamais eu.

Lorsqu'Owen arriva devant la porte de la villa, il attendit Richard un bon quart d'heure. Richard sortit enfin, mais il avait la tête des mauvais jours. Il ne dormait pas beaucoup depuis la disparition de Daisy.

- Comment penses-tu entrer ? lui demanda Owen.

Richard claquait la portière de la voiture et s'installait.

- Je pensais avoir les clés. Mais je les ai cherchées partout, elles se sont envolées.

- Tu sais qu'ils ont mis les scellés.

- Oui, je le sais et je m'en moque, dit Richard. J'entrerai tout de même. Je sais par où il faut passer.

- Je suis vraiment curieux de savoir pour quelle raison Daisy serait là. Tu peux me le dire ?

- Je n'en sais rien ! Je le sens, c'est tout. Et arrête, s'il-te-plait ! Ne me poses plus de questions, tu m'agaces. J'ai l'impression d'être en interrogatoire !

- Ne t'énerves pas, Richard, je m'informe seulement. Il y a peut être une solution, Il faut d'abord faire le tour de la maison pour voir s'il y a une autre entrée.

- Non, dit Richard, il n'y a pas d'autre entrée. Je connais la maison mieux que toi, Owen ! Je l'ai connue enfant, et, ensuite j'y suis venu un nombre incalculable de fois. Je dormais là, j'y passais des week-ends. Alors, je t'en prie, ne t'en mêle pas.

Owen ne se serait jamais imaginé que Richard pût faire preuve d'une telle détermination. Il ne le reconnaissait pas.

- J'essaye seulement de t'aider, dit-il.

Ils étaient arrivés.

- Si tu as la trouille, tu n'as qu'à m'attendre dans la voiture, lança Richard en refermant la portière.

- Il n'en est pas question !

Après avoir contourné la maison par le jardin, ils atteignirent la terrasse et s'attaquèrent à la baie vitrée. Mais, elle était bloquée de l'intérieur.

- Tu vois bien qu'il n'est pas possible d'entrer ! s'énerva Owen. Partons. Ta mère n'est pas ici. Il y aurait sa voiture devant la maison. Tu t'es trompé. Laisse tomber !

- S'il n'y a pas sa voiture, c'est peut-être qu'elle s'est absentée !

- Et à supposer que nous parvenions à pénétrer à l'intérieur, comment sauras-tu qu'elle se cache là, tu peux me le dire ?

Richard s'acharnait sur la poignée de la baie vitrée, tentant à tout prix de faire glisser la vitre.

- Je t'en prie, Owen, fais quelque chose. Il faut absolument que je sache.

Surpris d'être sollicité par Richard, Owen réagit aussitôt. Il fit quelques pas sur la terrasse et s'empara de la petite table en fer forgé qui habituellement supportait un pot de fleurs. Il l'attrapa à bout de bras et revint la déposer devant Richard.

Alors Richard se saisit de la table et frappa la baie à coups répétés. Il s'acharnait, s'acharnait, mais la baie résistait.

- Arrête, dit enfin Owen. Ça ne marche pas. Tu le vois bien.

Mais Richard s'entêtait.

- Je ne partirai pas tant que je ne serai pas rentré. Attends, je connais un autre moyen.

Et il se dirigea sur le versant est de la maison. Là se trouvait la fenêtre des toilettes.

- La fenêtre est ouverte, cria-t-il à Owen. Je vais passer par là. Il me faudrait quelque chose...

Il revint vers la terrasse, prit une des chaises en fer forgé qui ornait le perron, retourna à la fenêtre, grimpa sur la chaise et se faufila par l'entrebâillement de la fenêtre. On entendit un bruit lourd, un cri, suivi d'un silence.

- Richard, tu n'as rien ? demanda Owen.

- Non, non, ça va.

- Ouvre-moi de l'intérieur

Owen était époustouflé. L'audace de Richard le surprenait. Il revint vers la terrasse et attendit. Mais Richard ne vint pas lui ouvrir la baie. Peut-être ne l'avait-il pas entendu. Owen commença à s'énerver. Combien de temps allaient durer ses investigations ? Il n'était pas tranquille. Et si quelqu'un arrivait, les flics ou un voisin, s'ils les voyaient ? Les caprices de Richard ne dataient pas d'aujourd'hui. Il savait certainement que sa mère n'était pas là, mais il avait besoin de faire quelque chose, n'importe quoi, pour la retrouver. Owen attendit, attendit. Rien ne se passait. Excédé, il colla son nez sur la vitre de la baie et tenta d'apercevoir Richard, mais en vain. Il faisait sombre à l'intérieur. On apercevait dans le fond de la pièce la masse du canapé et Owen crut y voir quelqu'un allongé dessus. Richard ? Quelqu'un d'autre ? Son cœur se serra. Alors, il se mit à tambouriner fiévreusement sur la vitre. Il s'empara de la table et à plusieurs reprises, asséna des coups sur la vitre. Rien ne se passa.

- Sale petite frappe, lâcha Owen, excédé. Tu vas me le payer !

Rongeant son frein, il tira une chaise et s'assit. Il attendit.

Lorsque la silhouette de Richard se dessina enfin derrière

la vitre, que la vitre eut glissé dans un bruit long et doux, il se leva lentement et vint se planter devant Richard. Richard paraissait affligé, sa pâleur était telle qu'on eut cru un mort.

- Je n'ai rien trouvé, dit-il. Rien de rien. Seulement, sur les murs, il n'y a plus un seul tableau.

La mine déconfite de Richard redonna confiance à Owen. Il retrouvait celui qu'il connaissait et non ce jeune homme audacieux et sûr de lui qu'il semblait être soudain devenu.

- Ils ont dû les mettre sous scellés, dit Owen.

- Tu crois ?

- Oui, c'est évident. Et tu n'as pas trouvé quelque chose... pour Daisy ?

- Non, dit Richard, étrangement calme. Aucune trace. Il y a du désordre, pas mal de tiroirs ouverts, des objets brisés, j'ai vu le fil du téléphone traîner, il a dû être arraché. Mais pas de trace de ma mère.

- Je te l'avais dit. J'en étais sûr. Je ne comprends pas pourquoi tu t'es entêté ainsi. Et tu as regardé dans la cave ?

- Non, il n'y a pas de cave ici.

- Tu en es certain. Tu ne veux pas que nous allions voir ?

- Non, dit Richard, c'est inutile ! Ma mère n'est pas là, je le sais maintenant. Allons-nous-en.

- Comme tu voudras. Mais, il faut refermer la baie.

- Je vais le faire de l'intérieur et je repasse par la fenêtre, dit Richard.

Après avoir remis la chaise et la table en place sur la terrasse, ils regagnèrent la voiture. Pendant le trajet, ils se turent tous les deux. Owen avait découvert une nouvelle facette de son ami. Il l'avait vu braver sa peur et aller jusqu'à se montrer désagréable avec lui. Owen était blessé, mais il n'en laissa rien paraître. Sa colère, il la refoula.

- Je te ramène chez toi ? demande-t-il.

- Oui, je veux bien, dit Richard. Je suis exténué.

- Je vais garder la voiture, dit-il. Je te la ramènerai demain. Il faut que je vérifie certaines choses. Je trouve qu'elle rame depuis quelques temps.

- D'accord, dit Richard.

Il était tard. Frida et Jack venaient d'arriver et le dîner n'était pas prêt. Frida et Jack, il y avait un temps infini que Marie ne les avait pas vus. Ils s'étaient connus à la fac, du temps où Marie s'était liée d'amitié avec Leandro. Puis, ils avaient fait chacun leur chemin. Leandro était parti au Brésil, une fois son diplôme en poche. Frida et Jack s'étaient mariés et ils venaient d'avoir un bébé. Jack avait intégré un grand Cabinet d'avocats, et Frida partageait le temps de son congé maternité entre l'apprentissage de son métier de mère et la consultation des contrats d'assurances que la Compagnie où elle travaillait lui envoyait pour examen.

Depuis que Marie avait emménagé dans son nouvel appartement, elle avait décidé de vivre autrement, de consacrer un peu de temps à ses amis puisqu'elle pouvait enfin les recevoir décemment. Dans le jardin, Jack était en train de dévorer olives à l'ail et chips épicées, enfoncé dans un fauteuil recouvert d'un tissu de couleur vert amande. Il avait l'air comblé. Il était grand et un peu vouté et, bien que jeune, il souffrait déjà du dos. Aussi lorsqu'il trouvait une assise confortable - et ce n'était pas toujours le cas - il s'y collait pour un bon moment et personne ne pouvait plus l'en déloger. Frida, elle, était d'un tempérament gai et enjoué. Ce soir, elle était si heureuse de profiter d'une soirée de liberté - la première depuis la naissance du bébé que les beaux parents s'étaient offerts de garder - qu'elle avait pris la place de Marie devant les fourneaux et s'activait avec une énergie folle. Tous les trois, ils se racontaient les évènements qui s'étaient déroulés depuis la dernière fois qu'ils s'étaient vus. Et il y en avait ! Frida surveillait la cuisson dans le four en parlant fort, Marie était en train de mettre le couvert et Jack vidait avec application les coupelles d'apéro.

Le rythme de vie de Marie s'était accéléré depuis quelques temps et tout était allé si vite, chaque jour qui passait apportant son lot de surprises, qu'elle y avait mis tout son cœur et n'avait pas eu le temps de se poser pour faire le point. Elle se réjouissait que le monde se soit mis à tourner tout à coup dans le bon sens, mais elle savait aussi qu'il ne fallait jamais oublier les jours difficiles, parce qu'il y avait toujours quelqu'un quelque part, ou un évènement quelconque, qui se chargerait de vous les rappeler. Lorsque ce couple de propriétaires, dont Richard lui avait donné les coordonnées, s'était montré si compréhensif - des gens charmants, aimables et ouverts -, elle s'était empressée d'accepter ce que l'univers lui envoyait, et, elle qui ne priait jamais, avait remercié le ciel aussitôt. Elle avait emménagé à la hâte et ensuite elle avait appelé Richard pour le remercier. Par bonheur, elle était tombée sur sa messagerie. Une chance, car elle redoutait de se retrouver contrainte d'accepter une nouvelle rencontre. Il fallait à tout prix qu'elle évite de parler de Daisy et elle craignait que des mots lui échappent dans la conversation, s'ils se revoyaient. Depuis sa rencontre avec Daisy, elle gardait précieusement ce que Daisy lui avait demandé d'aller chercher dans la villa. La chose n'avait pas été si facile à réaliser. Elle s'était terriblement angoissée avant, pendant, et après cette sorte de fouille programmée. Elle n'avait pas l'âme d'un cambrioleur. Mais Daisy n'avait plus donné signe de vie, et Marie commençait à s'inquiéter. Alors qu'elle n'y pensait pas avant d'avoir vu Daisy, à présent elle redoutait que l'assassin de Véra s'en prenne à elle, qu'on retrouvât son corps quelque part, un jour, comme on avait retrouvé celui de Véra. Elle repensait continuellement à ce message de menace qu'elle avait reçu et dont elle n'avait parlé à personne. Aller voir le Lieutenant maintenant lui paraissait inapproprié. Que dire s'il lui parlait de Daisy ? Saurait-elle tenir sa langue ? Heureusement, entre le surcroît de travail et l'aménagement, elle s'était tant donnée que le soir, elle arrivait fourbue, et l'épuisement l'empêchait de remuer des idées noires dans sa tête.

L'appartement qu'elle venait de louer était situé au fond d'un joli jardin, face à la maison principale de ses propriétaires. On y accédait par un chemin de terre qui partait du portail et courait jusqu'à un tertre pavé de grosses pierres entre lesquelles foisonnaient les mauvaises herbes. A quelques pas de la porte d'entrée de l'appartement, sur la gauche, un prunier déployait ses larges branches. Aux dires des propriétaires, il ne tarderait pas à fleurir, à moins d'une gelée soudaine. Sinon, les fleurs blanches bientôt couvriraient à foison l'ensemble des branchages. Un vrai bonheur ! Et Marie pourrait aussi profiter des fruits pour se faire de succulentes marmelades. Elle adorait ça, la confiture de prunes ! Elle avait même l'autorisation, quand le temps le permettrait, de se prélasser dans le jardin pour se faire bronzer à loisir. Les propriétaires étaient souvent absents, ils passaient du temps en Normandie dans leur maison secondaire, et, de ce fait, Marie serait entièrement libre de ses mouvements.

L'appartement consistait en une grande pièce entièrement meublée qui se prolongeait par une jolie cuisine équipée avec micro-ondes et lave vaisselle. Il y avait aussi une mezzanine aménagée en chambre, et une salle d'eau carrelée du sol au plafond. Le tout pour un prix raisonnable, ce qui n'avait pas manqué de surprendre Marie. Bien entendu, on n'était pas à Paris, mais en banlieue sud, à Cachan. Elle allait mettre environ une bonne demi-heure de plus, le matin, pour se rendre au Cabinet, mais cela représentait bien peu d'effort en considération du confort et de la quiétude de ce lieu magique. Une part d'elle commençait donc à s'habituer à cette nouvelle vie, elle ne faisait plus de cauchemars, elle ne rêvait plus de Véra.

Au bureau, aussi, il y avait du nouveau. Elle avait mis en place son service, un peu comme quand on recherche puis assemble les pièces d'un puzzle, et le résultat final se dessinait maintenant. L'ensemble paraissait correct. Pourtant, quelque chose en elle restait sur le qui-vive. L'aménagement, le changement de décor, la nouveauté avait chassé les images du drame auquel elle avait été confrontée. Mais l'image de Daisy, elle ne pouvait pas la chasser. Elle lui tenait, en quelque sorte, compagnie. Curieusement, Daisy avait pris une place dans sa vie, elle était devenue aussi proche d'elle qu'une parente ou une amie, et Marie n'en comprenait pas la raison. Elle ne connaissait pas vraiment cette femme. Alors, pourquoi ? Daisy avait touché quelque chose de profond en elle, mais elle ne savait pas quoi. Elle avait résolu de reporter à plus tard la réflexion sur ce sujet et elle attendait que Daisy se montre à nouveau

Pour ce qui était des problèmes dans son travail, son père s'étant opposé radicalement à ses ambitions, le fils Méjean s'était calmé. Il était venu voir Timoty, mais n'était pas même passé devant le bureau de Marie. Timoty avait informé Marie que le Cabinet conserverait la comptabilité de la société et que Marie continuerait à s'occuper du juridique avec le père Méjean. La relation de Marie avec Timoty évoluait rapidement. Ils partageaient de plus en plus de clients, lui étant chargé de l'aspect comptable et fiscal de leurs affaires, Marie de leur dossier juridique. Ils s'étaient rapprochés. Ils allaient souvent déjeuner ensemble à la Brasserie qui faisait l'angle, en bas du Cabinet, et Marie commençait à apprécier ce garçon sensible et timide qui tournait tout en dérision pour masquer son extrême vulnérabilité. Un jour qu'ils revenaient à pieds au Cabinet, cheminant l'un près de l'autre, Timoty lui avait pris la main et, une fois la surprise passée, Marie avait eu tout à coup envie de lui raconter cette histoire rocambolesque à laquelle elle était mêlée. Mais elle s'était vite reprise. Elle ne tenait pas à transformer leur relation de travail en quelque chose de plus intime. Cependant ce désir soudain de se confier lui avait fait comprendre à Marie qu'elle avait besoin de demander conseil. Le « service » que Daisy lui avait demandé avait placé Marie dans une position inconfortable. Il y avait bien son amie psy, mais, mise à part l'entière confiance qu'elle avait en elle, il n'était pas possible de lui demander de l'aide. Ce n'était pas à elle qu'il fallait s'adresser. Vers qui pouvait-elle se tourner ?

- Je ne suis absolument pas d'accord avec toi, disait Jack. Ne pas mettre la police au courant du moindre fait nouveau qui pourrait éventuellement les conduire à une piste, est une profonde erreur ! Tu ne peux pas faire ça ! Il en va de ta responsabilité.

Tu sais bien que le refus de communiquer des informations à la police peut être assimilé à de la complicité.

Marie arrivait, portant avec précaution le plat de lasagnes fumant qui allait servir d'entrée, de plat de résistance et de dessert également ! Elle était arrivée trop tard du bureau, la pâtisserie était fermée. Elle tenta de faire diversion.

- Venez vous asseoir, tous les deux. Vous devez mourir de faim ! Il est bientôt dix heures.

- Oh, oui, dit Frida, je veux bien !

Frida et Jack s'installaient en face de Marie

- Ne prends pas ce que je te dis à la légère, poursuivit Jack en dépliant sa serviette. Il faut leur parler de cette voiture qui est restée garée près du lieu du crime, c'est un élément capital !

- A quoi bon ? répondit Marie. Je ne suis même pas sûre que ce soit la voiture de Richard. Et en plus, je serai parfaitement incapable de donner le modèle ou la marque de cette voiture. Tout juste sa couleur... et encore ! Il faisait nuit, la carrosserie était sombre, mais je ne peux pas dire si elle était noire, bleu foncé, grise ...

- Ecoute-moi ! Le principal c'est d'en parler, dit Jack. Ils feront le reste. Cela ne te concerne plus.

Avec sa pelle à lasagnes, Marie traçait des lignes horizontales puis verticales dans le plat.

- Et pour quelle raison Richard serait-il resté si tard ?

- Il était sûrement dans le coup, dit Frida.

- Non, s'exclama Marie ! C'est inimaginable ! Non, non, c'est un garçon gentil. Il était très proche de Véra et sa mort l'a beaucoup affecté. Veux-tu servir le vin, Jack, s'il-te-plait ?

- On peut tout imaginer, reprit Frida, qui commençait à s'exciter. La mort de Véra lui profite, non ?

- Je n'en sais rien, dit Marie.

- Mais tu as bien dit que sa mère a parlé d'héritage !

- Oui, mais c'est elle qui en a parlé ! Moi, je ne suis pas Notaire. Je n'y connais pas grand-chose dans le droit des successions. Pas suffisamment pour dire qui héritera de Véra. Normalement, ce devrait être Daisy puisque Véra n'a pas eu d'enfant et que les parents de Daisy, sont décédés, d'après de qu'elle m'a dit. Sauf si Véra a rédigé un testament... Peut-être y a-t-il d'autres héritiers... je n'en sais rien, je te dis ! Je ne connais pas cette famille. C'est le hasard qui m'a mis sur leur route.

- Ah, tu ne les connais pas ! Mais, à t'entendre parler, pour quelqu'un qui dit ne pas s'intéresser à ces gens...

Je ne m'y intéresse pas, retorqua Marie, mal à l'aise, pas du tout. En fait...

-... Quoiqu'il en soit, l'interrompit Frida, si toi tu ne sais pas qui va hériter, apparemment, cette Daisy, le sait !

- Elle semblait être au courant, c'est un fait.

Jack, intervint alors, la bouche pleine.

- Arrêtez, toutes les deux ! La question n'est pas de savoir qui ou quoi... Reprenons calmement : Marie, écoute-moi. La première chose que tu dois faire dès demain, c'est appeler le Lieutenant et lui parler de la voiture.

Frida avait fini son assiette. Marie proposa de la resservir et Frida s'empressa d'acquiescer. Jack qui terminait la sienne, fit signe à Marie qu'il n'en voulait plus. Il éloigna sa chaise de la table et reprit :

- Tu m'as bien entendu, oui ? Direction la police ! Parlons maintenant de ce mot que tu as reçu.

- Oh, ce n'est rien, dit Marie.

Elle n'était plus tout à fait sûre de vouloir remuer tout ça. Elle n'avait pas imaginé la tournure que prendrait la conversation.

- Non, ce n'est pas rien ! Tu te trompes. Tu dois aussi porter ce message au Lieutenant.

- Mais Jack...

- Tu nous demandes des conseils ? Voilà, je te les donne. Maintenant libre à toi de les suivre ou pas !

- Oui, Jack, tu as raison, en convint Marie. Je sais qu'il faut que je le fasse. Je vais appeler le Lieutenant, dès demain.

- C'est bien, je serai plus tranquille quand tu l'auras fait. Et ensuite, tu n'y penseras plus. Tout cela, ce n'est pas ton affaire. D'accord ?

- D'accord, répondit Marie. Et maintenant, si nous parlions d'autre chose.

- De quoi veux-tu parler à part de ça ? demanda Jack.

Marie n'avait pas raconté à ses amis sa dernière rencontre avec Daisy. Elle ne leur avait pas dit non plus qu'elle était allée à la villa de Daisy. Daisy avait demandé à Marie de garder le silence. C'était un souhait qu'elle devait respecter. Qu'aurait dit Jack s'il avait su cela en plus ! Mais c'était Jack qui avait raison, Marie en était consciente. La question était de savoir comment parler au Lieutenant et faire un choix entre ce qu'elle lui dévoilerait et ce qu'elle lui cacherait. Assurément, devant cet homme habitué à manipuler les gens pour obtenir des aveux, dénicher la vérité, Marie ne ferait pas le poids. Elle se trahirait.

Quand elle était entrée dans la villa de Daisy, tout de suite, elle avait regretté d'avoir accepté de le faire. Mais comment aurait-elle pu refuser ? Apparemment Daisy avait un plan, elle avait opté pour la fuite. Sur le moment, Marie n'avait pas cherché plus loin. Quelles étaient les vraies raisons qui poussaient Daisy à s'enfuir, Marie n'en avait aucune idée. En général, dans les séries télévisées ou dans les bouquins policiers, ce ne sont jamais les innocents qui s'enfuient, ce sont les coupables... Quand elle était montée à l'étage, le cœur battant et les jambes flageolantes, Marie avait hésité avant d'entrer dans la chambre de Daisy. Mais elle l'avait fait. Une chambre à l'image de cette femme : lumineuse, spacieuse, avec des murs blancs, des doubles rideaux brodés, du mobilier ancien, un superbe bouquet dans un énorme vase... Et Marie n'avait eu aucun mal à trouver le secrétaire, son petit tiroir secret, et ce qu'il contenait. Elle avait bien refermé le tiroir à clé, comme Daisy le lui avait recommandé, et elle s'était empressée de redescendre, de s'engouffrer dans le taxi et de quitter les lieux. Elle n'avait pas fouillé le bureau ni la chambre. Pour en revenir aux séries télévisées, dans ce genre de situation, les personnages en profitent en général pour le faire. Mais, Marie n'était pas dans une série télévisée, elle était dans la vraie vie ! Elle n'avait eu qu'une hâte c'était d'en terminer avec ce « service » que Daisy lui avait pratiquement imposé. Et maintenant, elle attendait que Daisy la recontacte avec une certaine impatience. Mais Daisy ne donnait pas de nouvelles.

Marie releva les yeux vers ses amis qui la regardaient, attendant qu'elle réponde à la question que Jack avait posée.

- Excusez-moi, dit-elle, je pensais à autre chose.

Jack ne réitéra pas sa question et ils se turent tous les trois. La nuit était tombée C'était une nuit sans lune et, par la fenêtre, on n'apercevait que le chemin qui longeait le jardin, éclairé par quelques loupiotes. Puis Jack se leva et dit qu'il allait chercher quelque chose dans la voiture et quand il revint, il tenait une bouteille à la main.

- Ouh, il ne fait pas si chaud, dehors ! Je pense qu'un digestif s'impose, non ? Quand on l'aura dégusté, nous rentrerons. D'accord Frida ?

- Oui, bien sûr, chéri, dit Frida.

Marie partit chercher des verres et Jack servit le cognac qu'ils savourèrent en silence.

- Tu te rappelles, Marie, la fois où nous avions dîné dans ta chambre à la Cité Universitaire...

- Oh oui, moi je m'en rappelle ! dit Frida en riant. Il y avait tellement peu de place qu'on s'est tous installés sur le lit avec nos assiettes sur les genoux. Et comme le lit était étroit, qu'on était les uns sur les autres, une partie de ce qu'il y avait dans les assiettes a fini sur tes draps !

- C'était un autre temps ! dit Marie. Nous étions si cinglés, tu t'en souviens, Jack, qu'à la fin du repas, comme j'avais un peu trop bu, j'ai renversé mon verre sur ton pantalon, juste pour te faire rager !

- Bien sûr que je m'en souviens ! Et je n'ai jamais pu remettre ce pantalon par la suite !

Quand ils eurent vidé leurs verres, Jack se leva pour prendre congé et Frida aussi.

- J'espère que nous ne t'avons pas trop saoulée avec ton affaire de meurtre, dit Jack en partant.

- Non, non, répondit Marie. C'est moi qui ai mis la question sur le tapis. Et je vous remercie, ça m'a fait du bien d'en parler avec vous.

- Tu vas voir le Lieutenant ?

- Oui, oui absolument.

- Je ne te cache pas que je serais plus rassuré de savoir que tu l'as fait. C'est une affaire complètement tordue. Tu y as été mêlée par hasard, mais plus tu joueras franc jeu avec les flics, plus tu seras tranquille.

- Et en plus, rajouta Frida, s'il t'arrive quelque chose, au moins, on saura quoi dire à la Police !

- Sympa, lança Marie ! Que veux-tu qu'il m'arrive ?

- Personnellement, m'est avis qu'on n'est jamais trop prudent. Surtout avec ce genre d'histoire ! répondit Frida.

- Alors, demain matin, tu appelles le Lieutenant, conclut Jack. Tu le fais !

Marie avait résolu de ne plus y penser tant qu'elle ne serait pas en présence du Lieutenant, mais elle n'y parvenait pas. Pire, elle ne pouvait plus se concentrer sur quoi que ce soit d'autre ! Le lendemain de la soirée avec Frida et Jack, elle avait téléphoné au Commissariat et pris rendez-vous avec le Lieutenant Rogieri, et depuis tout était allé de travers. Pendant la journée qui s'en était suivie, Marie avait vécu un véritable enfer. Elle était partie de l'appartement, tôt le matin, en oubliant de baisser le chauffage. En rentrant du bureau, elle avait eu beau ouvrir la fenêtre du séjour, sous la mezzanine, on étouffait. Mais quand elle s'était réveillée au milieu de la nuit, émergeant à grand peine d'un affreux cauchemar où il était question d'un homme à deux visages qui la menaçait d'un couteau, elle grelottait ! Elle avait oublié de fermer la fenêtre avant de se coucher ! Et, pour couronner le tout, pas moyen de retrouver le sommeil ! L'entrevue avec Rogieri n'aurait lieu que dans quelques jours, elle devait patienter et faire avec ses peurs.

Pour sûr, suivant les conseils de Jack, elle avait tenté de mettre au point une stratégie. Elle avait hésité entre plusieurs scénarios : imaginer que la rencontre avec Daisy n'avait pas eu lieu, de sorte que quand le Lieutenant la questionnerait, il y aurait un vide dans son esprit sur ce point. Ou alors, se persuader que c'était quelqu'un d'autre avec qui elle avait échangé, ce jour là, une personne qu'elle n'avait pas vue depuis de longues années... Elucubrations ! La crainte de se confronter au Lieutenant lui faisant perdre jusqu'à un élémentaire bon sens. Mais, comme Jack l'avait convaincue, elle ne pouvait pas reculer. Oui, il n'était pas mauvais de donner à Rogieri des éléments pour lui permettre de poursuivre l'enquête. Daisy ne se cacherait pas toujours et elle, Marie, ne tremblerait plus, chaque fois que quelqu'un la frôlerait dans la rue ou qu'elle décachèterait une enveloppe ! Et si son nouveau portable était contrôlé par les flics ? Et si Daisy ou Richard reprenaient contact. ? Et si... Que de si ! Il fallait en finir, au risque de trahir Daisy. Avait-elle le droit de le faire ? Elle s'en sentait incapable. Et avouer au Lieutenant qu'elle était entrée dans la villa de Daisy comme une voleuse... encore plus !

On tapait à la porte et Marie sursauta. Timoty passait la tête et demandait :

- Je peux ?

- Oui bien sûr.

Timoty entra en négligeant de refermer la porte derrière lui. Il s'avança et se planta devant le bureau, bras ballants.

- J'avais une question à te poser, dit-il en souriant. Mais il semble que ce ne soit pas le moment. Que se passe-t-il ? Des soucis ?

- Non, pas vraiment, répondit-elle, crispée. J'ai mal dormi, Que veux-tu, Timoty ?

- Je suis sur le point de boucler la comptabilité de Méjean. Tu n'as rien de nouveau dans le dossier ?

- Non, rien du tout.

- Bien. On va déjeuner ensemble tout à l'heure ?

Marie ouvrait la bouche pour répondre, quand le téléphone sonna.

- Le Lieutenant Rogieri est là, dit Chloé. Il a demandé où était ton bureau. Et j'ai aussi un appel pour toi, je te le passe ?

- Oui, dit Marie, je prends.

C'était Jack qui était au bout du fil.

- Bonjour Marie. Tout va bien ?

- Oui.

- Tu as vu les flics ?

- Justement, le Lieutenant de police est ici. Je vais le recevoir. Excuse-moi, mais je dois raccrocher.

- Non, attends. Je serai bref. On a décidé, Frida et moi, de prendre l'air. Et toi, tu ne vas pas tenir longtemps, stressée comme tu es. Que dirais-tu d'une petite virée à Deauville avec nous ?

Le Lieutenant apparaissait sur le pas de la porte. Marie lui fit signe d'entrer, et elle répondit :

- D'accord. Je vous rappelle.

- Ok, dit Jack. Prépare tes affaires. On passe te chercher chez toi, ce soir.

Le Lieutenant Rogieri pénétra dans le bureau en se raclant la gorge. En entrant, il passa devant Timoty sans le saluer, et, arrivé à la hauteur de Marie, il ôta son chapeau et attaqua tout de go :

- Bonjour Mademoiselle Nolan, je vous remercie de me recevoir. Je sais que vous êtes très occupée mais j'ai eu votre message, et j'ai préféré passer sur le champ. Ce sera plus simple comme cela, et vous n'aurez pas à vous déplacer pour venir jusqu'à moi.

- Oui, répondit Marie, vous avez eu raison, Lieutenant. Juste une minute. Asseyez-vous, je vous en prie.

Rogieri tira une chaise et s'installa en face d'elle. Il lança un regard appuyé à Timoty trahissant son désir de le voir s'éclipser, mais Timoty ne réagit pas.

- Pouvons-nous nous voir seuls à seuls, demanda-t-il alors à Marie ?

- Oui, c'est évident. Excuse-moi, Timoty, nous nous verrons plus tard, si tu veux bien ? Quand nous en aurons fini, le Lieutenant et moi, j'ai cette étude à terminer sur la faisabilité d'un dépôt de marque. Le client a rendez-vous à onze heures.

- Onze heures ? interrogea Timoty. Tu sais quelle heure il est ?

Marie acquiesça tout en décrochant le téléphone et sourit au Lieutenant qui avait avancé sa lèvre inférieure et soupirait, agacé.

- Oui, Timoty, j'ai vu l'heure, continua Marie. Je vais faire signe au client. Mais tu peux nous laisser, s'il-te-plait ?

Timoty insista :

- Et pour le déjeuner ?

Marie dit : « C'est d'accord » et elle ajouta « Referme la porte en sortant. »

Timoty finit par s'en aller. Le Lieutenant et Marie pouvaient enfin entamer leur dialogue. Mais Chloé ne répondait pas au téléphone. Au standard, en fin de matinée, c'était la mauvaise heure. Marie esquissa un sourire gêné à l'attention de Rogieri qui croisait les bras et faisait mine d'examiner la pièce en détail.

Chloé décrocha enfin.

- Chloé, il faut appeler le client de onze heures, dit Marie, et lui dire que je ne pourrai pas le voir ce matin. Propose-lui un autre rendez-vous... quand il voudra... Non ! Dis-lui plutôt que je le rappelle.

- Mais je n'ai pas son numéro, dit Chloé. Il n'y a pas encore de dossier ouvert à son nom.

Marie soupira, feuilleta son agenda et donna le numéro à Chloé.

- Je l'appelle tout de suite dit Chloé.

Marie raccrocha, ferma son agenda, soupira encore une fois et s'adressant au Lieutenant :

- Je suis vraiment désolée. Nous allons être tranquilles maintenant.

Le Lieutenant se racla à nouveau la gorge.

- Je vous remercie de me recevoir au pied levé. Je vois bien que ce n'est pas le moment pour vous, Mademoiselle Nolan. Mais, vous savez, chaque détail compte. Chaque détail, de quelque nature que ce soit, est précieux pour nous. Réellement précieux ! Bon, allez-y, je vous écoute !

Marie ouvrit un tiroir et sortit le message qu'elle avait reçu. Elle le posa sur le bureau devant le Lieutenant.

- Voilà, dit-elle. Quand j'ai reçu cette lettre, j'ai cru à une plaisanterie. Mais...

Rogieri se pencha sur le bureau, se saisit du message, l'examina avec soin, le tourna, le retourna et finit par le reposer.

- Oui, dit-il. On cherche à vous impressionner. C'est évident, Puis il rajouta « Curieux... »

- Ah oui, pourquoi ? demanda Marie.

- Hun, hun... marmonna le Lieutenant sans répondre. Et quand avez-vous reçu ce courrier ? demanda-t-il.

- Il y a environ une semaine.

- Pourquoi ne pas m'avoir appelé tout de suite ?

- D'une chose à l'autre, vous savez... Je suis très prise en ce moment. Et puis, lorsque j'en ai parlé à des amis...

- Il serait préférable de ne parler à personne de cette affaire, l'interrompit Rogieri. Vous ne devez vous confier, si j'ose dire, qu'à moi et à moi seul, vous entendez ? C'est clair ?

- Tout à fait, dit Marie.

Et elle enchaîna.

- Est-ce que l'enquête progresse ?

- Oui, répondit Rogieri, comme à contre cœur. Nous avons encore à éclaircir quelques détails, mais, avec un peu de chance, nous devrions être en mesure d'arrêter un suspect d'ici la fin de la semaine.

- Oh, déjà ! dit Marie. Je ne vous cache pas que j'en serais rassurée.

- Attention Mademoiselle Nolan. J'ai dit « un suspect », reprit le Lieutenant. Je n'ai pas dit le coupable ! Bon, à présent, parlez-moi de cette fameuse voiture que vous avez aperçue...

- C'était le soir du... crime. Elle était garée devant chez Véra.

- Devant ?

- Non pas exactement devant. Un peu plus loin, sur le trottoir d'en face. Je l'avais déjà vue lorsque j'étais arrivée chez moi et quand j'en suis repartie, elle était toujours là. En fait, cela m'est revenu peu après que j'ai rencontré Richard et qu'il m'a raccompagnée dans sa voiture justement.

- Pouvez-vous affirmer qu'il s'agissait bien du véhicule appartenant à Monsieur Richard Dévinovitch ?

- Non, à vrai dire, je ne le peux pas. J'avoue que je n'y connais pas grand-chose dans les marques de voitures. Mais...

- A ce propos, l'interrompit Rogieri, à l'avenir, essayez d'être plus brève lorsque vous m'appelez ou me laissez un message. Pas de détails au téléphone. Aucun détail ! Toutes les informations, quelles qu'elles soient, ne se donnent qu'en direct.

- Oui, Lieutenant. Je m'en souviendrai.

- Et Richard ? reprit le Lieutenant. Vous l'avez vu seul ou en compagnie de sa mère ?

- Non, il était seul. Daisy avait déjà disparu, du moins à ce que disait Richard.

- Bien, nous allons vérifier tout cela. Et... quoi d'autre ?

- Rien, Lieutenant, rien d'autre.

- Vous êtes bien certaine que vous n'oubliez pas quelque chose ?

- Que voulez-vous dire ?

- La voiture, les menaces anonymes... C'est tout ?

- Oui, c'est tout.

Le Lieutenant marqua un temps. Marie pensa qu'il était déçu du peu d'informations qu'elle lui fournissait. Mais le Lieutenant releva la tête et, captant le regard de Marie :

- Alors, vous n'avez pas revu Madame Dévinovitch ?

Marie détourna les yeux. Brusquement, elle avait décidé de se taire. Elle aurait eu tellement besoin d'en parler ! Il l'aurait fallu. C'était la seule information susceptible d'intéresser réellement le Lieutenant. Mais elle se contracta. Elle avait promis à Daisy. Elle ne pouvait pas...

- Non, je ne l'ai pas revue, finit-elle par répondre. Sinon, je vous en aurais parlé. Je vous ai dit tout ce que je savais, Lieutenant.

L'assurance de Marie sembla le convaincre.

- Bon. J'ai pris contact avec la Brigade des personnes disparues. Si Madame Dévinovitch ne refait pas surface rapidement, l'affaire sera bientôt passée à la Brigade criminelle.

- La Brigade criminelle ?

- Entendons-nous bien, Mademoiselle Nolan, Je ne devrais même pas vous en parler. Cela ne vous concerne pas. Nous sommes en cours d'enquête. Nous avons déjà bien avancé au sujet du meurtre de sa tante. La disparition de Madame Dévinovitch elle-même n'est pas de mon ressort. Mais je ne peux que m'y intéresser... et de près ! Il est évident que les deux affaires sont étroitement liées. Pour vous informer de l'avancée de nos investigations au sujet de la disparition, la Brigade a déjà procédé à des auditions. Les comptes de Madame Dévinovitch ont été bloqués. Sa maison est surveillée par nos services. Je vous dis cela pour le cas où vous seriez amenée à voir le fils Dévinovitch à nouveau. Vous seriez immédiatement signalée. Que vous le rencontriez lui ou sa mère, d'ailleurs !

Le regard que le Lieutenant posa sur Marie était particulièrement appuyé.

- Qu'y a-t-il ? demanda-t-elle.

- Je veux dire que si elle ne l'a pas déjà fait, il se pourrait que Madame Dévinovitch vous contacte, Mademoiselle Nolan. Si elle est toujours en vie, elle va avoir besoin d'argent, de vêtements, de papiers...

- Je comprends, dit Marie. Si c'est le cas, je ne manquerai pas de vous contacter, soyez en sûr !

- J'y compte bien, dit Rogieri en se raclant une nouvelle fois la gorge. Il repoussa sa chaise et se leva.

- Vous savez que si vous ne le faites pas, vous pourriez être suspectée de complicité.

- Moi, de complicité ! Pour quelle raison ?

- Pour la raison, Mademoiselle Nolan qu'il se pourrait bien que Madame Dévinovitch ait assassiné sa tante.

- Daisy ? Oh, non, ce n'est pas possible, elle n'aurait jamais fait ça ! s'exclama Marie qui se levait à son tour.

- Voilà du nouveau ! Je ne savais pas que vous étiez si proches Madame Dévinovitch et vous-même. Vous la nommez par son prénom à présent !

- Mais...

- Faites bien attention Mademoiselle Nolan. Dans une affaire de ce genre, il faut être extrêmement vigilant. Aujourd'hui, vous avez été éliminée de la liste des suspects. Je vous le dis, votre alibi à l'heure du crime a été vérifié. Mais tout peut basculer à tout instant. Ne vous mettez pas dans une situation telle que vous pourriez le regretter. Vous savez que Madame Dévinovitch devait hériter de sa tante, n'est-ce- pas ?

- Oui, c'est ce que j'ai cru comprendre le jour où vous nous avez interrogés chez Véra.

- Il y a du nouveau sur ce point. Si jamais vous revoyez Madame Dévinovitch, vous pourrez l'en informer ! Et par le même courrier, vous pourrez nous avertir qu'elle a refait surface, n'est-ce-pas ?

- Mais...

- Sa tante, disais-je, avait rédigé et déposé chez son Notaire un testament dans lequel elle léguait tous ses biens au fils Dévinovitch.

- A Richard ?

- Oui, à Richard. Et c'est la raison pour laquelle nous avons repris les recherches activement. Si Madame Dévinovitch reste introuvable, son fils est là. Il ne s'est pas enfui, lui, mais cela ne veut pas dire qu'il est innocent.

Marie fronça les sourcils. Richard, assassiner sa tante ? Une aberration !

- Comprenez-moi bien, Mademoiselle Nolan. Madame Dévinovitch a très bien pu quitter le pays, après avoir assassiné sa tante avec la complicité de son fils, ou de n'importe qui d'autre, d'ailleurs. C'est dans ce sens que nos recherches se dirigent actuellement. Mais, je vous en ai assez dit. Je ne vais pas vous retentir plus longtemps.

- Je vous remercie Lieutenant, dit Marie, soulagée de le voir prêt à prendre congé. Je vous raccompagne. Et, soyez sûr que je vous appelle si Madame Dévinovitch « refait surface », comme vous dites.

- Passez donc un coup de fil également dans le cas où le fils reprend contact avec vous, voulez-vous ?

Du balcon en bois sombre, on apercevait la pelouse du golf sur laquelle rampaient lentement, telles de gros insectes noirs, deux tondeuses. Marie était accoudée à la rambarde du balcon. A sa gauche, au loin, sur fond de ciel pastel, s'étendait une mer de porcelaine bleue. La brume se dissipait lentement, l'air était vif, gorgé d'humidité. Au ras des toits, les mouettes filaient, lançant leurs cris moqueurs. Les occupants des autres chambres n'avaient pas encore investi leurs terrasses, beaucoup de volets étaient encore fermés. Frida et Jack dormaient dans la chambre voisine. Ils avaient pris la route, la veille au soir et, une fois arrivés, ayant déposé leurs bagages à l'hôtel, ils avaient voulu aller se dégourdir les jambes sur les planches, mais la nuit était tombée, et ils avaient rebroussé chemin rapidement.

Marie prit une profonde inspiration. Il y avait longtemps qu'elle n'avait pas vu la mer. Le cri des mouettes faisait jaillir de sa mémoire tout un pan de son enfance. Marseille, la famille, les amis... et les mouettes ! Une autre vie, une époque où elle n'était qu'une enfant insouciante, dorée sous le soleil. Un passé déjà lointain, comme un film où elle aurait joué un rôle, n'étant pas Marie, mais une autre, une enfant que la femme qu'elle était devenue n'avait pas connue. Par contre, le bonheur de sentir la mer tout près était une sensation toujours aussi grisante. Certes, la Manche n'était pas la Méditerranée. Là-bas, les eaux étaient lourdes et chaudes, alors qu'ici, c'était le calme plat, une caresse tiède et mouillée. Là-bas régnait l'effervescence, ici, la sérénité. Là-bas, vous étiez chaviré par l'odeur des embruns, enflammé par l'ardeur du soleil, bousculée par le vent.

Ici tout semblait plongé dans une torpeur constante, tranquille, anonyme. Dès les premières lueurs du jour, les couleurs se faisaient tendres. Sur les immenses étendues de sable qui ressemblaient à des champs de blé, couchés, immobiles, les parasols n'étaient pas encore ouverts.

Hier soir, après leurs promenade sur les planches, Jack les avait emmenées déguster des fruits de mer. Tout était parfait. Même le petit Simon qui avait dormi pendant le voyage, semblait heureux. Il gazouillait gaiement. Marie commençait à se détendre. Elle se laissait complètement aller. Un véritable soulagement : ne plus se tenir sans cesse sur le qui-vive, ne plus regarder sa montre... Des vacances avant l'heure ! Puis le portable de Marie avait sonné. Timoty demandait des renseignements au sujet du rendez-vous qu'il avait le lendemain avec un client dont le dossier juridique était traité par Marie.

- Cela m'ennuie de te demander ça, mais tu pourrais venir au Cabinet demain à onze heures ?

- Non Timoty, avait répondu Marie, je suis désolée, je ne suis pas sur Paris.

- Ah bon ! Où es-tu ?

Marie avait répondu en regardant Frida qui lui souriait.

- Je suis en Normandie.

- Oh ! Sorry ! Amuse-toi bien, alors ! Je t'appelle demain si j'ai besoin de toi.

Et voilà comment Marie était redescendue de son petit nuage !

Au bout de quelque temps, Marie retourna dans la chambre. Elle tenta bien un appel à ses amis, mais n'obtint pas de réponse. Le petit Simon les avait peut-être réveillés dans la nuit. Tant pis. Elle allait appeler Camille, ensuite elle se doucherait et elle sortirait faire un tour en ville. Elle ne savait absolument pas jusqu'à quand Frida et Jack allaient dormir. Ils n'avaient pas fixé d'heure pour se rejoindre, hier soir.

Somme toute, accepter ce week-end en leur compagnie avait été une bonne idée. Marie aimait cette ville, elle la connaissait bien. C'était ici que ses parents et elle venaient souvent passer des vacances parce que sa mère appréciait le micro climat de la région. Allongée sur son lit, en train de se limer les ongles, Marie laissa son esprit vagabonder et forcément il revint à Daisy. Daisy ! Oui, pour quelle raison n'avait-t-elle pas appelé ? Conserver son passeport et ces liasses de billets entretenait l'inquiétude chez Marie. Elle aurait aimé en être débarrassée... Elle n'aurait jamais dû lui rendre ce service ! Elle avait eu tort. Non seulement Daisy ne donnait plus de nouvelles, mais Marie s'était mise en porte à faux vis-à-vis de la police. Toute cette affaire était de plus en plus glauque. Qui savait pourquoi Daisy l'avait choisie, elle, pour accomplir cette mission, alors qu'il lui suffisait d'en parler à Richard. Pourquoi donc ne voulait-elle pas que Richard sache qu'elle était en vie, quel danger représentait-il pour elle ? Et pourquoi Daisy s'était-elle enfuie de chez elle ? La suivait-on vraiment ? Où était la vérité dans ce qu'elle prétendait ? Il y avait trop de questions sans réponse. Elle entendait encore les paroles du Lieutenant : « Tout peut toujours basculer à tout instant ». Il fallait absolument qu'elle mette une distance entre elle et cette famille. Daisy, en définitive, n'était rien pour elle.

Quand son portable sonna, perdue dans ses pensées, Marie sursauta. C'était Frida qui demandait :

- Alors, tu as bien dormi ?

- Oui, comme un ange, et vous ?

- Ne m'en parle pas ! Simon a été très agité, il n'a pas cessé de pleurer. On n'a pas fermé l'œil de la nuit ! Nous avons hâte d'aller voir les parents de Jack pour faire la sieste et récupérer. Nous nous préparons Jack et moi et, si tu le veux, on se retrouve dans le hall de l'hôtel, d'ici une demi-heure.

Samedi matin, la ville explosait. Pas une place où se garer ! Le marché battait son plein en centre ville. Simon était aux anges, pas fatigué pour un sou. Il gazouillait, trônant sur les genoux de Frida qui était assise à l'arrière aux côtés de Marie. Finalement Marie proposa d'aller à Trouville pour faire quelques emplettes. Ils auraient peut-être plus de chance d'y garer la voiture. « Trouville, c'est mon Amérique à moi » comme disait Dumas, plaisanta Jack. Mais il ajouta :

- Je suis désolé, mais je crains que nous n'ayons plus le temps. J'ai promis à mon père que nous serions là pour le déjeuner.

Ils roulèrent une vingtaine de minutes. Sous un ciel bleu pervenche, après avoir traversé les étendues d'une belle herbe verte, ombragées ou baignées de soleil, les petits bois, les prairies où paissaient paresseusement de belles vaches blanches à la robe tachetée de roux, ils empruntèrent la petite route qui menait à l'auberge. Et Frida demanda :

- Jack, arrête-toi. Il faut que je change Simon.

- Nous arrivons, dit Jack. Tu le feras là-bas.

En effet, peu de temps après, la voiture de Jack se garait sur un grand parking de terre battue, entouré de larges pelouses. Un sentier entre deux pommiers conduisait à l'auberge. La bâtisse n'était pas moderne, d'architecture normande à colombages, avec son ossature en bois foncé et ses murs recouverts de cet enduit typique dont la teinte, aux dires de Frida, rappelait le beurre frais ! Il faisait le temps idéal. Mise à part la fraîcheur de l'air, c'était un vrai jour de printemps.

- Quelle chance, dit Marie de n'avoir comme unique préoccupation qu'écouter le chant des oiseaux et, tout à l'heure, choisir quel plat succulent nous allons déguster !

- C'est l'heure de la tétée ! l'interrompit Frida. Avancez, je vous suis. Je change Simon et j'arrive.

- Mais non, dit Jack, tu peux faire ça à l'intérieur. Maman sera contente de prendre la relève.

- Bon, dit Frida, alors allons-y !

Simon était un vrai poupon, des joues bien roses, des gestes saccadés, nerveux, mais à son regard étrangement calme, on aurait cru qu'il dormait les yeux ouverts. Il était aussi adorable qu'il avait du être imbuvable cette nuit ! Marie tenta de capter son attention, mais en vain. Quand ils pénétrèrent à l'intérieur de l'auberge, l'accueil fut plus que chaleureux. Les parents de Jack étaient des gens adorables. Après les embrassades d'usage, Frida disparut avec la mère de Jack tandis qu'ils choisissaient une table ronde dans la salle à manger. Une décoration campagnarde, chaleureuse, poutres apparentes, tables recouvertes de nappes blanches ornées de petits bouquets de fleurs des champs, collection de volatiles de toutes sortes en terre ou en bois peint disséminés un peu partout... Et aux toilettes, où Marie partit se laver les mains, un joli miroir entouré de faux lierre, une chaise cannelée, un panier d'osier sur une tablette rempli de petites serviettes éponges. La décoration de l'auberge était soignée et raffinée.

Une fois installés à la table, Jack demanda à Marie:

- Alors, tout va comme tu veux, Marie ? Tu as une mine radieuse ce matin !

- Oui, je commence à me détendre. Je vous remercie d'avoir eu cette merveilleuse idée !

- Et tu as des nouvelles de cette femme qui a disparu ?

- Non, aucune, Mais j'ai vu le Lieutenant de police, tu sais. Ils suivent l'affaire de près et je suis soulagée d'avoir fait cette démarche. Je te remercie Jack d'avoir insisté.

- Je suis heureux de te l'entendre dire, répondit Jack. Pour tout te dire, j'étais un peu inquiet.

Marie secoua la tête :

- Il ne faut pas Jack. Je suis plus forte que tu ne le crois, et puis au bureau j'ai déjà du mal à suivre, c'est bien assez comme ça !

Jack se plongea dans une lecture assidue de la carte, mais il semblait las, et son dos était plus vouté que jamais. Marie pensa que la nuit avait été mauvaise pour lui, sans plus. Elle détourna le regard et se mit à prendre connaissance du menu, à son tour. Frida revenait déjà.

- Vous avez passé la commande ? demanda-t-elle.

- Bien sûr que non ! Nous t'attendions, répondit Jack.

- Enfin un peu de répit ! Simon a avalé son biberon comme un ange. Il a fait son rot et il dort. De toutes manières, ta mère s'en occupera s'il se réveille. Elle est trop cool !

Le déjeuner se passa donc sans problème. Le cadre était idyllique, la nourriture excellente, le service impeccable. Marie apprécia ce moment tout à fait parfait, si ce n'était que Jack semblait de plus en plus renfrogné. De tout le repas, ils n'échangèrent pas trois mots. Marie mit cela sur le compte de la tranquillité du lieu qui opérait une sorte de métamorphose.

Même Frida paraissait transformée, elle d'ordinaire si exubérante. Après le repas, elle s'en alla faire la sieste et Marie proposa à Jack de marcher un peu. Mais il s'esquiva, prétextant qu'il avait à parler à son père. Aussi Marie explora seule les environs de l'auberge. Une longue promenade solitaire, et le temps passa. Lorsqu'elle les retrouva l'après-midi était bien avancé. Jack et Frida étaient attablés sur la terrasse et la discussion entre eux semblait plutôt orageuse.

- Ah, Marie ! dit Jack quand il l'aperçut. Nous allons rentrer si tu es d'accord. Frida ne vient pas avec nous. Elle a décidé de passer quelques jours ici. Maman va l'aider et elle prendra le train quand elle aura décidé de rentrer.

- Ah, d'accord, répondit Marie. On y va quand tu veux Jack.

Apparemment, quelque chose n'allait pas, Jack était de plus en plus sombre, Frida avait le regard perdu au loin.

- Tu as l'air fatigué Jack, dit Marie. Veux-tu que je conduise ?

- Non, non, pas du tout. Je vais aller dire au-revoir à Maman et on y va.

Marie, restée seule avec Frida, n'osa pas poser de questions. Mais Frida la prit par le bras et l'entraîna sur la pelouse avoisinante.

- Dis-moi, Frida, je vois bien que quelque chose ne va pas.

- Ne te marie jamais, s'exclama Frida, voilà ce qu'il y a ! Bon sang, avant le mariage, on croit que tout sera possible. Une fois qu'on y est, la vie est un enfer !

- Que veux-tu dire ? demanda Marie.

- Nous n'aurions jamais dû avoir Simon... Depuis sa naissance, les choses ne font qu'empirer entre nous. Jack n'était pas prêt. Il n'est pas fait pour avoir des enfants.

- Que comptes-tu faire ? demanda Marie.

- Ce n'est pas le moment d'en parler. Je t'appellerai quand je rentrerai et on se verra, si tu veux.

Frida se détourna de Marie, tandis que Jack revenait vers elles. Marie alla faire ses adieux aux parents, elle embrassa Frida, et, Jack et elle, prirent le chemin du retour. Sur la route, comme ils se taisaient tous les deux, Marie finit par s'endormir.

Ils étaient pratiquement arrivés lorsque le portable de Marie la fit sursauter. C'était le visage de Leandro qui apparaissait sur l'écran. Leandro ? Incroyable ! Encore un copain de fac dont elle avait été si proche qu'elle avait fini par considérer comme son frère. Mais il s'était envolé pour le Brésil, il y avait plus de deux ans de cela pour revoir son pays d'origine. Il s'y était installé et il n'était pas revenu.

- Leandro, s'exclama Marie, où es-tu ? D'où est-ce que tu appelles ?

- Devine !

- Tu es en France ?

- Si, si, répondit-il, avec son accent chantant. Je suis à Paris. Je viens d'arriver... Alors, comment vas-tu ?

- Bien, et toi ? C'est magique de t'entendre, je n'en crois pas mes oreilles !

- Ah, Marie, il va falloir que tu t'y habitues ! Je suis là pour un petit bout de temps ! On peut se voir ?

- Bien sûr, dit Marie, avec joie ! Mais là, je ne suis pas à Paris, appelle-moi lundi, je trouverai un moment.

- Lundi ? Tu ne peux pas avant ?

- Non Leandro, je te l'ai dit. Je ne suis pas à Paris. Pourquoi, c'est urgent ?

- Depuis le temps que j'attends de te revoir ! Bien sûr que c'est urgent ! Lundi, c'est trop loin ! dit Leandro en riant.

- Leandro, tu n'as pas changé ! Dis-moi : tu as trouvé où te loger ?

- Oui, je suis dans un Airbnb, mais je préfèrerais... Bon, on en parlera.

- Ok, dit Marie. Je t'appelle lundi à la première heure.

- Esta bem. Tu ès um anjo !

Parce qu'elle ne l'avait pas encore fait alors qu'elle l'avait promis à Renata, à l'occasion de leurs retrouvailles, Marie emmena Leandro dans le restaurant que venait d'ouvrir celle-ci. Lorsque le client du Cabinet, cet homme assez peu sympathique qui avait projeté d'évincer sa compagne de son affaire avait enjoint à Marie de régler la question avec sa compagne, au détriment de cette dernière, Marie avait reçu Renata. Elle lui avait soumis pour signature une cession de ses parts moyennant quatre sous. Elle aurait préféré donner à cette femme les moyens juridiques lui permettant de se défendre contre la malhonnêteté de son compagnon. Mais elle ne l'avait pas fait. Ainsi en est-il de certaines obligations professionnelles ! Elle était loin de se douter de la réaction de la compagne en question. Renata était une femme étonnante ! Marie n'avait pas pu véritablement démêler le vrai du faux dans ce qui la poussait à se laisser spolier. A ses dires, les comptes avaient déjà été réglés entre son compagnon et elle. Même s'ils se séparaient, que lui allait refaire sa vie, il était évident que Renata l'aimait encore. Il était aussi le père de son fils, et Renata conserverait la garde du garçon. De plus, pendant leurs années de vie en commun, elle avait mis de côté suffisamment d'argent pour prendre la gérance d'un restaurant, ce qu'elle rêvait de faire depuis toujours. Elle était ravie ! Et, Marie ayant réglé pour elle le dossier juridique de la gérance et, l'ayant soutenue dans la reprise du restaurant, elles étaient devenues amies.

Leandro et Marie se retrouvèrent donc, lundi soir, au Jardin du Luxembourg qu'ils avaient coutume de traverser lorsqu'ils étaient étudiants et se rendaient à la Fac, rue d'Assas.

- Tu n'as pas changé, s'exclama Marie, dès qu'elle le vit... Un peu plus bronzé, peut-être...

- Oui, et avec quelques kilos en plus ! rétorqua Leandro. Toi, Marie, tu es toujours aussi belle !

Et ils étaient tombés dans les bras l'un de l'autre. Emus et heureux de se revoir, ils s'assirent autour du bassin, et ils commencèrent à se raconter leurs parcours respectifs. Comme les jours rallongeaient, une lumière douce caressait encore la surface immobile de l'eau comme les corps alanguis des statues. Le soleil avait déjà disparu derrière les feuillages touffus, et un petit vent frais s'était levé. Lorsqu'ils quittèrent le jardin pour rejoindre le restaurant, Marie sentit que toute la tension accumulée depuis ces derniers mois venait de s'envoler comme par enchantement.

Bonne ambiance dans le restaurant de Renata : mariachis, décorations typiques mexicaines et sombreros accrochés aux murs. A l'instant où ils pénétraient dans le restaurant, le portable de Marie se mit à sonner. Comme à l'accoutumée, c'était Timoty qui avait pris l'habitude, semblait-il, de l'appeler au mauvais moment.

- Hello Marie ! Je suis chez Méjean, je viens de finir sa comptabilité et je pars seulement. Je n'ai pas pu te voir aujourd'hui. Je t'avertis que je ne serai pas là demain. Ma sœur est à Paris. J'ai pris deux jours de RTT pour lui faire visiter la ville. Appelle-moi si tu as besoin de quelque chose, d'accord ?

- Pas de problème, répondit Marie.

- On se voit mercredi à la première heure ?

- Oui, bien sûr, dit Marie. Bonne soirée.

Elle avait à peine raccroché que Renata arrivait.

- Oh, Marie, comme vous avez bien fait ! Tu vois, je le sentais. Je le sens toujours quand mes amis vont venir. Regarde, il y a une petite place qui me reste là, dans ce coin.

Vous serez tranquilles... du moins, tant qu'il n'y aura pas trop de monde !

- Parfait, dit Leandro.

- Je te présente Leandro, dit Marie. Un ami de longue date. Il revient du Brésil.

- Oh le Brésil ! Quel beau pays ! Je connais bien. Nous y avons été quand nous sommes partis, Yves et moi, faire le tour du monde. Il y a quelques années de cela... mais j'y retournerais volontiers. Allez, prenez le temps de faire votre choix et...bonne soirée, les amoureux lança Renata en leur tendant deux cartes. Installez-vous. Je reviens prendre la commande.

- Eh, dit Leandro, c'est pas mal ici !

- Oui, j'aime beaucoup l'ambiance. Et Renata est adorable. Je te raconterai comment je l'ai connue.

Lorsque Renata revint, Leandro dévorait Marie des yeux. Marie ne s'en apercevait pas, plongée qu'elle était dans la lecture de la carte. Renata sourit et discrètement s'éclipsa. Leandro se pencha vers Marie et lui murmura à l'oreille :

- Tu sais, je peux te le dire maintenant. Pendant toutes nos études, j'étais amoureux de toi.

- Non, tu plaisantes ! s'exclama Marie.

- Je te le jure.

- Et pourquoi n'as-tu jamais rien dit ?

- Je pensais, et je le pense toujours d'ailleurs, que je ne t'intéressais qu'en tant qu'ami. Est-ce que je me trompe ? Diz me agora.

Marie se tut. Elle regardait Leandro, un sourire aux lèvres. Toutes ces années passées à réviser ensemble, à sortir, à faire la fête avec les copains, à se soutenir quand venaient les examens, et quelques fois aussi à échanger un baiser furtif...

- Je t'ai toujours beaucoup aimé Leandro, dit-elle, tu le sais. Tu étais mon meilleur ami et, de surcroît, on s'entendait si bien ! Non ? On travaillait un peu, on s'amusait beaucoup. C'était super. Je me demande encore comment on a pu réussir nos examens !... Je me demande aussi comment on a fait pour ne pas...

Renata arrivait pour prendre la commande. Elle cligna de l'œil à Marie.

- Alors, tout va comme tu veux, Marie ?

- Oui. Leandro est le meilleur ami que je n'ai jamais eu !

- Ma parole, tu les choisis bien ! dit-elle en gloussant. Vous avez fait votre choix ?

Ils passèrent la commande et quand Renata fut repartie avec les cartes, Leandro reprit où ils en étaient restés ;

- Moi aussi, Marie, je me suis demandé pourquoi nous n'avions été qu'amis. Et pendant tout ce temps,- deux ans déjà - est-ce que tu as un peu pensé à moi ?

- Qu'est-ce que tu veux dire ? Si tu m'as manqué ? Bien sûr que tu m'as manqué ! Et pas qu'un peu !

- Quel abruti j'ai été ! C'est toujours comme ça ! On ne se rend compte de la chance que l'on a que quand on ne l'a plus !

- Tu as raison. Mais si tu tenais tant à moi, pourquoi n'as-tu donné aucune nouvelle ? Tu avais mon numéro pourtant.

- Oui, bien sûr. J'ai pensé à le faire cent fois, et chaque fois que je prenais le portable pour t'appeler, je me disais ; « Idiot, si tu la voulais, il fallait rester ! Es-tu prêt aujourd'hui à rentrer en France ? » Et je me disais « non, mais quand je le ferai... »

Leandro ne finit pas sa phrase. Il s'était assombri. Il se détourna de Marie et fit mine de s'intéresser à ce que disaient les clients à la table voisine. Puis il revint à elle, la regarda, et son regard parla mieux que toutes les paroles qu'il aurait pu prononcer. Il avait de beaux yeux, des yeux noisette ourlés de grands cils noirs, et dans ces yeux là, on pouvait lire comme à livre ouvert. C'était un homme droit et franc. Son visage au teint mat lui donnait plus de charme encore. De plus, il avait une certaine classe qui faisait que tout ce qu'il portait, même les tenues les plus décontractées, il le portait avec une élégance naturelle qui n'était pas seulement relative à son apparence. Elle se traduisait aussi dans son comportement. De la délicatesse, du respect... Et Marie ne put s'empêcher de faire le parallèle avec Ben. Au contraire de Leandro, pour Ben, rien n'avait d'importance. Le matin, il enfilait « en vitesse », comme il disait, n'importe quel vêtement, le plus souvent la chemise et le pantalon de la veille... ou d'il y avait huit jours ! Et de quoi il avait l'air, il s'en moquait éperdument, sauf s'il avait rendez-vous avec le banquier. Quand c'était le cas, il faisait un terrible effort. Il avait monté une start-up, et travaillait chez lui en attendant de pouvoir rejoindre une pépinière d'entreprises. Et il n'y en avait que pour son travail... et pour la bouteille, bien sûr ! Rien d'autre ne comptait pour lui. Il avait même fini par ne plus se rendre compte que Marie existait. Elle était là, elle l'aidait, elle travaillait pour lui, au détriment de sa propre carrière. Sans compter les dérapages dont il ne pouvait se priver, l'alcool et les filles qu'il ramenait chez eux ! Alors, à la fin, elle l'avait quitté et c'était ainsi qu'elle s'était retrouvée, du jour au lendemain, sans logement et sans situation.

- Alors, demanda Leandro, tirant Marie de ses réflexions, tu peux bien me le dire. Tu as quelqu'un maintenant ?

- Non, répondit Marie. Le seul homme avec qui j'ai partagé ma vie pendant quelques temps, je l'ai quitté. Et d'ailleurs comment le pourrais-je ? Je n'ai pas une minute à moi, je ne fais que bosser ! Et toi, tu en es où ?

- Eh bien, moi aussi j'ai vécu avec une femme là-bas. On était bien. On ne se posait pas de questions. Elle travaillait, et moi aussi. Le soir on se retrouvait. Les jours passaient tranquillement. Elle était simple et facile à vivre.

- Et alors ? demanda Marie.

- Je me suis rendu compte que c'était une relation qui ne mènerait à rien. Je n'arriverais pas à t'oublier !

Marie haussa les épaules et lui adressa un sourire moqueur. Que s'était-il passé entre eux à cette époque. Pourquoi ne jamais être allé plus loin ? Aucun d'eux n'en avait-il eu l'idée, l'envie ? Ou bien, n'était-ce pas le moment, tout simplement ? Depuis que Leandro était parti, Marie avait fini par accepter. D'abord, elle avait sombré. Elle avait mis six mois pour s'en remettre. Et puis, elle avait rencontré Ben. La suite avait été un désastre !

A présent, ils dégustaient leur chili en silence. Tout est toujours si surprenant, si incroyable, pensa Marie. Il avait fallu tout ce temps pour qu'ils parviennent à l'admettre et à se le dire ! Ils étaient si proches alors, et Marie se retrouvait maintenant, face à lui exactement aussi à l'aise qu'elle l'avait été à l'époque. C'était incroyable, rien n'avait changé. Une complicité formidable les reliait, une confiance qui ne pouvait fonctionner que grâce à une amitié profonde et...

Et, sans savoir pourquoi, Marie enchaîna :

- Tiens, il faut que je te raconte ce qui m'est arrivé. Tu ne vas pas me croire.

Alors elle lui raconta tout : Véra, Daisy, tout ce qui s'était passé, ses craintes, ses angoisses, le Lieutenant, Richard, les lettres anonymes... et aussi sa visite chez Daisy pour récupérer ses affaires...

- Tu as bien fait de me parler de ça...

Quand Renata revint, ils étaient tellement pris dans leur conversation qu'ils ne s'en aperçurent même pas.

- Je vous dérange les amoureux ? Un dessert ?

- Non, merci pas encore, dit Leandro un peu trop vite. Il voulait en savoir plus.

- Merci Renata, ajouta Marie, nous n'avons pas encore choisi.

Et tandis que Renata s'éloignait, Leandro demanda :

- C'est étonnant ce qui t'es arrivé. Tu sais que je suis pénaliste. Je vois les choses d'une manière différente de toi. Un détail : quand tu étais dans la maison de cette femme, qu'as-tu trouvé d'intéressant ?

- Que veux-tu dire ?

- Tu n'as pas fouillé un peu pour voir ?

- Non, voyons, j'étais morte de peur ! Je n'avais qu'une envie, c'était de repartir le plus vite possible.

- Tu aurais dû. Tu n'as pas l'âme d'un détective ! Et tu as mis des gants au moins ?

- Non, non, je n'ai pas pensé à tout ça. Je n'ai pas non plus l'âme d'un cambrioleur, Leandro ! Je devais faire vite. Imagine que le fils, Richard, soit arrivé à ce moment là !

- Et bien, tu lui aurais tout expliqué.

- Oui, mais Daisy m'avait bien recommandé...

- Cette femme t'a manipulée. Si ça se trouve, c'est elle qui a assassiné ... Comment as-tu dit qu'elle s'appelait...

- Véra.

- Oui : Véra. Tu sais, Marie, des histoires de ce genre, j'en vois passer. Cela n'a rien de bien compliqué. Il faut seulement trouver à qui profite le crime.

- J'ai bien fait de t'en parler alors. Je n'en peux plus. Tu sais, c'est quelque chose qui me perturbe beaucoup.

- C'est bien normal. Il faut te sortir de là. Il n'y a aucune raison pour que tu t'investisses à ce point. Tu n'a aucun lien avec ces gens là, tu n'es pas de leur famille, tu n'es même pas une amie. En premier lieu, tu n'aurais jamais dû accepter d'aller chercher ces papiers.

- Mais Daisy ne pouvait pas y aller !

- Et alors ? Qu'elle se débrouille ! Elle n'avait pas à te mêler à ça et toi tu n'avais pas à le faire.

- Elle était acculée...

- Ah oui ? Et pourquoi donc ? Tu lui as demandé pourquoi ?

- Non, je n'y ai même pas pensé.

- C'est ce que tu as cru, du moins ce qu'elle t'a fait croire, qu'elle se cachait, qu'elle ne voulait pas qu'on la voie ! Le fils n'était pas là, elle te l'a dit, elle pouvait faire ce que tu as fait, prendre un taxi, lui dire de l'attendre, et revenir tranquillement. Je ne comprends pas l'intérêt qu'elle a à t'impliquer de cette manière ?

- Je pense qu'elle a confiance en moi.

- Bien sûr, elle peut ! Tu es la personne la plus serviable au monde ! Ecoute, il y a pas mal de choses à éclaircir. Est-ce que tu peux joindre cette Daisy ?

- Non, le numéro de son portable ne répond pas. C'est elle qui doit m'appeler. Je ne sais pas quand. Je ne sais même pas si elle va le faire. Elle aurait dû m'appeler depuis tout ce temps ! Elle semblait pressée. Cela fait plus d'une semaine qu'elle m'a contactée.

- Et tu te sens prête à la rencontrer à nouveau ?

- Oui, bien sûr.

- Elle peut t'appeler à tout instant. Il faut te tenir sur tes gardes. Cela pourrait nous donner pas mal d'indications. De toutes manières, j'ai bien l'intention de rester près de toi ! Et que penses-tu d'aller voir son fils ensemble ? J'aimerais poser certaines questions.

Marie hocha la tête en titre d'acquiescement.

- D'accord, dit-elle. Je ferai tout ce que tu me diras. Je te remercie de ton aide. Je suis inquiète et je voudrais me débarrasser de ces soucis une fois pour toutes. Et, tu sais, j'ai même caché aux flics que j'étais allée chez eux...

- Pour ça tu as bien fait. Moins ils en savent, mieux c'est, crois-moi. Il faut penser à te protéger maintenant. Et nous allons y travailler tous les deux.

- Oui, Maman, je t'appelle avant d'aller au bureau. Oui, oui, sans faute ! Et embrasse André pour moi.

Marie raccrocha et se tourna vers Leandro qui était au volant. Ils roulaient à une vitesse moyenne. Leandro était calme et tournait souvent la tête pour regarder par la vitre.

- C'est curieux, dit-il, il y a tant d'habitations ici qu'on n'a même plus le loisir d'admirer la nature. A croire que dans cette région, elle n'a jamais existé. J'avais oublié.

Marie ne répondit pas. Elle pensait encore à la conversation avec sa mère. Depuis que l'année passée, son mari avait fait un AVC, la mère de Marie avait changé. Marie ne la reconnaissait plus. Elle qui avait été une femme insouciante, mondaine, toujours prête à faire sauter le bouchon d'une bouteille de champagne, elle était devenue taciturne, n'avait plus envie de sortir, de faire la fête. André, le beau-père de Marie lui, ne se faisait aucun souci pour sa santé ! Il avait récupéré et refusait de faire de l'exercice. Il continuait à fumer. Il aimait la vie et en profitait au maximum, ce qui occasionnait des disputes entre sa mère et lui. De ce fait, rien n'était plus pareil. La mère de Marie à qui il arrivait autrefois de ne plus donner de nouvelles pendant des semaines, s'était rapprochée d'elle et appelait constamment. Elle s'inquiétait pour un oui pour un non. Marie lui avait bien conseillé de se faire aider par un psychologue, mais sa mère faisait la sourde oreille. « Pourquoi ? Je ne suis pas folle ! avait-elle répondu. Je ne te demande qu'un peu de ton temps, c'est ce qui te dérange ? »

Leandro et Marie étaient en route pour aller voir Richard.

- Alors, avait demandé Leandro en ouvrant la portière à Marie, tu te sens prête ?

- Pas vraiment, avait répondu Marie. J'improviserai !

Elle n'avait pas encore décidé si oui ou non elle parlerait à Richard de sa mère. En vérité, Marie n'était pas enchantée de faire cette démarche. Mais Leandro avait insisté pour rencontrer le jeune homme : « Ainsi nous pourrons examiner ses réactions sur le vif, avait-il expliqué à Marie, voir ce qu'il a dans le ventre ! Il faut procéder par étapes. Et quand Daisy rappellera, j'aimerais la voir aussi, si tu es d'accord.» Et Marie avait pris rendez-vous avec Richard sous le prétexte de lui présenter son ami, un avocat pénaliste, à qui il pourrait poser toutes sortes de questions au sujet de la recherche de personnes disparues.

L'entrevue aurait lieu de manière conviviale, avait dit Leandro. Il serait judicieux d'instaurer un climat de confiance, propice aux confidences. Ils arrivèrent devant chez Daisy alors que le jour finissait. Leandro se gara après le grand portail qui conduisait au garage et coupa le moteur. Ensuite, ils descendirent tous les deux de voiture, se dirigèrent vers la porte d'entrée, et Marie actionna une ou deux fois la sonnette. Richard apparut quelques minutes après et leur demanda de passer par le jardin. La baie était encore ouverte. Devant la baie, Quintessence était allongée sur le dos, étalée de tout son long sur un bout de moquette réservé à son usage exclusif. Son ventre était couvert d'un léger duvet et sa truffe frémissait de temps à autre. Elle devait rêver d'une course folle car ses pattes s'agitaient vivement et en cadence.

Lorsque Richard les invita à entrer dans le séjour, ce fut Owen qui apparut. Il portait un pantalon en lin beige et une chemise entrouverte avec une médaille qui pendait à son cou. Il fit quelques pas dans leur direction, leur tendit la main et les accueillit d'un chaleureux « Soyez les bienvenus chez nous », à croire qu'il était, lui aussi, le maître de céans. Leandro le regarda attentivement et ce regard surprit Marie. Il était vrai qu'Owen était un homme intéressant. Il était grand et avait une certaine allure. Son visage était carré avec une mâchoire volumineuse, le front était dégagé et il portait des lunettes cerclées d'or. Il devait avoir trente ou trente cinq ans. Marie pensa d'abord qu'il devait s'agir de quelqu'un de la famille de Daisy Mais Richard le leur présenta comme un ami.

Tout de suite après les présentations, Richard proposa de rester dans le jardin pour profiter d'une fin de journée agréable. Il faisait un peu humide, mais il y avait encore assez de lumière. Dans l'air, flottait l'odeur du gazon fraîchement tondu. L'espace était scindé en deux. Proche de la maison, sur la terrasse carrelée, une belle fontaine supportait une tête de lion en pierre qui crachait un mince et continu filet d'eau. La pelouse s'étendait ensuite parfaitement entretenue, et, dans le fond du jardin, une tonnelle blanche abritait un mobilier raffiné, canapé, table et fauteuils en osier noir. Contre le mur d'enceinte, des rosiers grimpants semaient de-ci de-là des taches rouges et jaunes. Pendant qu'ils se dirigeaient lentement vers la tonnelle, Leandro s'adressa à Richard :

- Marie m'a parlé de ce qui se passe en ce moment pour vous. Avez-vous des nouvelles de votre mère ?

- Non, absolument pas, répondit Richard. Les recherches sont au point mort. Ma mère est introuvable. Et il est quasiment impossible de joindre le Brigadier chargé de l'enquête. C'est scandaleux !

- Ne vous inquiétez pas, c'est toujours comme ça, vous savez, répondit Leandro. Cela n'empêche pas les recherches d'avancer. Il y a tant de disparitions ! Ils sont débordés. Et ils tiennent souvent les parents de la personne disparue à distance. C'est classique. On ne peut rien faire. Mais Marie ...

Ils étaient sous la tonnelle. Marie et Richard s'assirent et Leandro s'installa confortablement et croisa les jambes.

- Oui, dit Marie, j'ai quelque chose à vous dire, Richard.

Le visage de Richard se figea.

- Quoi, demanda-t-il ? Ma mère vous a appelée ?

A ce moment précis, Quintessence, ayant achevé son somme et trottinant allègrement, se dirigea vers Owen et se mit à lui sauter après et à mordiller le bas de son pantalon.

- Oh, ça suffit ! s'exclama Owen. Va au diable, sale cabot !

- Owen ! protesta Richard. Elle ne fait rien de mal. Elle manifeste sa joie de te voir. Elle ne t'a pas vu quand tu es arrivé. Elle dormait.

Et comme la chienne continuait en jappant gaiement :

- Fiche-moi la paix ! murmura-t-il, agacé.

- Viens ma belle, viens là, dit Richard. Laisse Owen tranquille, il n'est pas de bonne humeur ce soir.

Puis, se retournant vers Marie :

- Alors Marie ?

- Votre mère ne m'a pas appelée, non. Mais je l'ai vue, dit Marie. En fait...

- Vous l'avez vue ! Mais quand ?

Richard avait du mal à contenir son émotion, son visage s'était éclairé, ses mains tremblaient. Il s'adressa à Owen :

- Tu vois, je te l'avais dit ! Où l'avez-vous vue, Marie ?

- Je vais chercher des boissons, l'interrompit Owen.

- Continuez Marie, continuez, je vous en prie ! Où l'avez-vous vue ? Quand ? Que vous a-t-elle dit ?

- Je l'ai vue la semaine dernière, répondit Marie.

- Quoi ? Et pourquoi ne pas m'avoir averti tout de suite ?

- Je suis tout à fait désolée, Richard. Daisy m'a demandé de n'en parler à personne. Elle était très inquiète. Elle se sentait épiée, suivie. Elle ne voulait pas qu'on sache qu'elle était encore en ville. C'est la raison pour laquelle elle m'a contactée.

Leandro intervint :

- Marie a beaucoup hésité. Je l'ai convaincue de venir vous le dire. J'ai pensé que vous deviez être dans une réelle inquiétude !

- Oh, oui, dit Richard en soupirant. Je ne dors presque plus. Je n'en peux plus d'attendre. C'est un véritable supplice... Je vous remercie, Marie. Je suis sûr que ma mère ne vous en tiendra pas rigueur. Elle sait combien je pense à elle. Elle comprendra. Et...vous n'en avez pas parlé à police ?

- Non, non, Richard, surtout pas ! Cela doit rester impérativement entre nous.

- Elle ne vous a pas délivré un message pour moi, elle n'a rien dit ?

- Non, elle n'a pas pu... elle n'a pas eu le temps. Elle était très pressée...

- Que voulait-elle ? Pourquoi vous avoir contactée. Et pourquoi vous, et pas moi ? Je ne comprends pas.

Marie hésita. Elle n'avait pas prévu de tout lui raconter. Il n'était d'ailleurs pas question de lui parler de son intrusion dans la maison. C'était impensable. A cet instant précis, elle aurait souhaité que Leandro intervînt. Mais ce fut Owen qui interrompit la conversation. Il arrivait avec un plateau qu'il posa sur la table, et Richard, après l'avoir remercié, se retourna vers Marie. Il semblait attendre. On le sentait sur des charbons ardents. Mais il se tut. Owen remplit les verres, les reposa sur la table et y plongea une paille.

- Limonade maison ! dit-il en souriant. C'est une de mes spécialités.

Il avait l'air détendu. Mais, malgré son expression détachée, Leandro distingua quelques détails qui ne trompaient pas. Plus tard, lorsqu'ils seraient rentrés, Leandro en ferait la remarque à Marie : « Tu n'as pas vu son visage, quand tu as parlé à Richard ? Avant qu'il parte chercher à boire, il m'a semblé que ses traits s'étaient contractés. Et je suis sûr qu'il s'est retiré pour te permettre de t'exprimer en toute liberté. Il a entendu tout ce que tu disais, quand il s'est éloigné. » « Oh, tu crois ? » avait répondu Marie.

- Excellent, dit Richard. Tu es vraiment doué, Owen !

Durant quelques instants, personne ne dit mot. Ils buvaient en silence. Quand Owen avait pris place à côté de Richard, il avait furtivement passé la main sur la cuisse de Richard. « Intentionnel ? » s'était interrogé Leandro. Pour montrer à quel point, ils étaient proches tous deux ? Depuis le début, Leandro avait suivi attentivement le comportement des deux hommes. Il examinait chaque détail susceptible de lever un pan sur leur intimité, notait leurs attitudes, leurs réactions, tout ce qui pourrait échapper à l'attention d'une personne qui n'était pas entraînée à ce genre d'exercice. « Ensuite », dirait-il à Marie lorsqu'ils seraient seuls, « si on a bien suivi les faits et gestes, les réactions de chacun, les pièces du puzzle se mettent en place toutes seules, et on peut avoir une idée plus exacte d'une relation, de ce qui circule de positif ou de négatif entre deux individus. C'est passionnant. Je t'expliquerai, tu verras ».

Leandro posa son verre sur la table et s'adressant à Owen :

- Owen, dit-il calmement, Marie vient d'expliquer à Richard qu'elle a revu Daisy.

- Oui, merci Leandro, j'ai entendu, dit Owen.

- Daisy a demandé à Marie de rester très discrète sur cette entrevue. Nous vous prions donc instamment, de n'en parler à personne.

- C'est évident, dit Owen. Vous pouvez compter sur nous. Et où se trouve-t-elle à présent ?

- Marie ne le sait pas, continua Leandro.

- Ah, c'est bien dommage. Marie, vous ne lui avez pas demandé ?

- Non, répondit Marie. Notre échange a été très bref. Daisy était pressée.

- Mais enfin, que voulait-elle, demanda Richard.

- Elle avait besoin d'argent, dit Leandro.

- Ah ! Mais elle devait en avoir quand elle est partie, elle devait avoir sa carte bleue sur elle ! Je n'ai pas retrouvé son sac, ni ses papiers personnels.

- Sans doute, répondit Leandro, sans doute, mais elle a dû dépenser ce qu'elle avait en liquide, si, par exemple, elle a réglé des notes d'hôtel, des repas... Et de plus, vous n'êtes pas sans savoir que tous les retraits d'espèces au guichet d'une banque ou en distributeur peuvent être décelés par la police. Or, son but, si j'ai bien compris, est justement de ne pas être localisée. Ni par la police, ni par personne d'autre d'ailleurs.... Maintenant quelle en est la raison ? Ni Marie, ni moi-même ne pouvons vous le dire.

- Je pense, dit Marie, qu'elle craint pour sa vie.

- Oui, dit Richard, vous avez raison. Il est évident que si elle veut passer inaperçue... Mais, tout de même... Et, vous lui avez avancé une somme ? demanda-t-il.

- Enfin tout cela ne tient pas debout ! l'interrompit Owen. Il suffisait qu'elle repasse ici pour te demander des espèces.

Ou bien en prendre... Vous avez bien un coffre-fort à la maison ?

- Oui, mais, peut-être est-elle repassée... dit Richard d'un ton hésitant.

- Qu'en sais-tu ? dit Owen. Tu as remarqué quelque chose en particulier ?

- J'ai remarqué que sur son bureau, il y avait un certain désordre dans ses papiers.

- Et alors ?

- Je connais ma mère. Elle ne supporte pas le désordre. Je ne me souviens pas l'avoir remarqué quand je suis monté dans sa chambre, après qu'elle ait disparu. J'avais fait le tour de la chambre, j'avais regardé partout. Cela m'aurait sauté aux yeux.

- Et pourquoi ne m'as-tu rien dit ?

- Pourquoi ? répéta Richard, en levant les bras, je ne sais pas, Owen.

Marie regardait Leandro. Elle était gênée pour Richard. La relation entre les deux hommes semblait particulière. Mais Leandro avait tourné la tête. Il devait réfléchir.

- Ce qui me surprend, dit-il enfin, c'est effectivement qu'elle ne vous ait pas tenu dans la confidence, Richard. Que rien ne se soit passé qui pouvait vous faire douter qu'elle préparait son départ.

- Non, je ne vois rien. On dirait plutôt qu'elle a pris cette décision brusquement. Ma mère sait qu'elle peut compter sur moi. Elle sait que je l'aime et que je ferais tout ce qui est en mon pouvoir pour lui venir en aide. Si elle avait prévu son geste, elle m'en aurait parlé. Je ne comprends pas.

- Peut-être s'est-elle sentie soudain en insécurité ici, dit Leandro. Nous ne le saurons que lorsqu'elle réapparaîtra. Elle va certainement vous appeler. Cela ne fait aucun doute.

Owen intervint soudain, s'adressant à Marie :

- Richard ignore tout des intentions de sa mère. Il n'est pas non plus au courant de l'enquête sur le meurtre de Véra. Mais ce ne doit pas être votre cas Marie, n'est-ce pas ? Cela tient certainement à votre métier. Vous êtes avocate, non ?

- C'est exact, répondit Marie, en fronçant les sourcils.

- Vous vous occupez des questions de droit, c'est bien cela ?

- Oui, c'est cela, dit Marie. Mais...

- Eh bien, la coupa Owen, en ce qui concerne la mort de Véra, je suppose que vous avez eu connaissance des conclusions du médecin légiste, savoir quel poison a été utilisé, par exemple.

- Non, je ne vois pas en quoi cela me concerne.

- Mais il vous est facile de vous procurer ce genre de renseignement, vu votre métier et, de surcroît, vous avez connu Véra, vous connaissez Daisy et Richard. Vous êtes un peu de la famille, non ?

- Absolument pas ! Et vous vous trompez ! Ce n'est pas parce que je suis avocate que cela me donne les droits ou les compétences d'un Lieutenant de police. Encore moins celles d'un détective privé ! dit Marie en riant.

- Oui, je vous l'accorde, répondit Owen.

- Je ne vois pas où vous voulez en venir, renchérit Leandro.

- Le fait est, reprit Owen, qui ne perdait pas son aplomb, qu'en tout état de cause, vous êtes à même, Marie, de conseiller la famille, Daisy, par exemple, sur ses droits. Richard aussi, d'ailleurs. Daisy s'est peut-être rapprochée de vous pour savoir ce qu'il en était de l'héritage de Véra.

- Non ! Je vous l'ai dit...

- Il me semble pourtant que vous ne nous avez pas vraiment donné la véritable raison qui a poussé Daisy à vous voir.

Marie regarda Leandro qui baissait la tête :

- Au contraire, dit Leandro avec fermeté, je crois que Marie a été très claire sur ce point.

- Ok, ok, mais revenons à l'héritage de Véra. Vous devez en connaître un bout sur les questions d'héritage, je me trompe ?

- Cela n'est pas si simple, répondit Marie. Les questions d'héritage sont du ressort d'un Notaire, pas du mien. Et il est fort probable que la famille Dévinovitch en a un.

- Tu sais qui c'est, demanda Owen ? se tournant vers Richard.

- Oui, dit Richard, pris au dépourvu. C'est Maître Donnedieu qui s'occupe de nos affaires.

- Ah, dit Owen. Tu ne m'en avais jamais parlé.

- Bien sûr, Owen, l'occasion ne s'est pas présentée ! Je ne me doutais pas que cela t'intéressait à ce point. Il s'agit de nos affaires. Mais en tout état de cause, il est vrai, continua Richard, que tout cela ne concerne en rien Mademoiselle Nolan.

- Peut-être, reprit Owen qui semblait ne pas vouloir lâcher prise, mais il m'est avis que Marie en sait beaucoup plus qu'elle ne veut bien nous le dire. Par exemple, j'ai comme l'intuition que vous savez où se cache Daisy !

- Non, je vous l'ai dit, je ne le sais pas, répondit Marie qui sentait monter la colère. Sur ce point, je ne peux vous être d'aucun secours, et, pour le reste, je ne suis pas spécialiste du droit de la famille. Je ne pourrai pas vous aider dans ce domaine. Ni vous, Richard, ni personne de la famille Dévinovitch. Si vous avez des questions qui vous importent concernant la descendance de Véra Dévinovitch, dit Marie en s'adressant à Owen, il vous faut aller voir ce Notaire.

- Oui, c'est une excellente idée, je vous remercie, conclut Owen. On en discutera tous les deux, hein, dit-il en se tournant vers Richard. Cela peut être utile, tu sais !

Leandro qui avait jeté un coup d'œil à sa montre, se tourna vers Marie :

- Il serait temps de rentrer, Marie. Nous allons être en retard à notre dîner !

Il n'y avait aucun dîner de prévu, mais Marie répondit sans ciller :

- Ah oui, c'est vrai ! Cela m'était complètement sorti de l'esprit.

- Si nous n'y allons pas tout de suite, nous risquons d'être en retard, dit Leandro en se levant de son siège.

- En tous cas, si vous avez besoin de quoi que ce soit, appelez au Cabinet, dit Marie. Je serais heureuse de pouvoir vous rendre service. Et elle tendit sa carte à Owen.

- Ah, oui ! Je vous remercie, répondit Owen avec un sourire entendu, c'est une excellente idée.

Il se leva également, comme Richard et Marie et tous se dirigèrent vers l'entrée de la propriété, suivis de Quintessence qui leur emboîta le pas en dodelinant mollement de l'arrière train.

Comme ils étaient arrivés devant la grille, Owen demanda.

- Vous êtes véhiculés ?

- Oui, dit Leandro, pas de problème.

- Eh bien, nous espérons vous revoir bientôt. Peut-être quand Daisy reviendra, si elle veut bien se montrer un jour ! plaisanta Owen.

A ce moment, le portable de Richard se mit à sonner et Marie le vit se précipiter, affolé, vers l'intérieur de la maison. Leandro était déjà au volant. Marie s'installait. Après avoir relevé sa visière, Leandro déboîta et remonta la rue jusqu'au rond-point. Il avait gardé, durant quelques minutes, les yeux fixés sur le rétroviseur. Owen était resté devant le portail et les regardait s'éloigner. La nuit tombait. Leandro alluma les phares et reporta son regard vers la route.

Ce même jour, dans la matinée, Daisy avait pris son petit déjeuner en compagnie de son ami Jean-Marc. Jean-Marc était médecin, il s'était notamment occupé de Richard quand, tout jeune encore, celui-ci faisait de fortes crises de panique. C'était lui aussi qui suivait Véra, qui lui avait conseillé d'arrêter l'alcool, et l'avait adressée à un spécialiste pour ses problèmes d'hypertension.

Il était un peu plus de sept heures. Le réveil venait de sonner dans les chambres à l'étage, et Loriane ne tarda pas à apparaître en haut de l'escalier. Loriane et Jean-Marc habitaient une bâtisse ancienne qu'ils avaient retapée il y avait une vingtaine d'années, située en plein centre d'un gros bourg assez éloigné de la capitale. Daisy avait justement choisi ce lieu pour que personne ne vienne l'y dénicher. Jusqu'à Richard ! A la limite, s'il faisait le tour des amis de sa mère, il commencerait par interroger ceux qui habitaient plus près de Paris. Ainsi Daisy se sentait tranquille. Elle ne serait plus menacée, elle ne serait plus la cible de ces odieux messages anonymes, car, tout comme Marie, elle en avait reçu. Bien évidemment, la dernière fois que Rogieri l'avait interrogée, elle lui en avait parlé, et, sot qu'il était, il n'avait fait que hausser les épaules. Il n'avait pas même demandé à les voir. Il s'obstinait à considérer Daisy comme la principale suspecte dans cette affaire, « jusqu'à preuve du contraire », disait-il. Quelle preuve plus pertinente qu'un message de menace de mort ? « N'importe qui peut rédiger ce genre de bafouilles ! » s'était-il contenté de répondre à Daisy, avec mépris. Quoiqu'elle fasse, Daisy ne le convaincrait jamais ! Rogieri les avait dans le viseur, Richard et elle, et pour lui l'affaire était résolue. Il ne voulait pas se donner de peine. Mais Daisy n'était pas femme à se laisser faire !

Dans un premier temps, lorsqu'elle avait réalisé que la seule solution pour elle était de disparaître, elle avait d'abord pensé quitter la France, le temps que l'assassin de Véra soit sous les verrous. Vu l'incompétence de Rogieri, cela risquait de durer un bon bout de temps avant qu'il ne renonce à persécuter la famille Dévinovitch. Il avait déclaré qu'il ne tarderait pas à obtenir un mandat pour fouiller leur domicile et il avait sans doute d'autres lapins à sortir de son chapeau. Alors Daisy avait réfléchi. Si elle laissait Richard se débrouiller tout seul, il ne serait qu'un gibier facile pour le Lieutenant. De loin, que pourrait-elle faire pour lui ? Elle avait donc changé de plan. Et c'était la raison pour laquelle elle n'avait pas appelé Marie. Elle resterait sur place, elle mènerait sa propre enquête, et elle devait faire vite avant que l'assassin de Véra ne passe à l'action une nouvelle fois. Mais, bien entendu, il n'était pas question de réintégrer son domicile ! Il lui fallait rester à la fois assez près de Paris pour pouvoir y faire toutes sortes d'investigations et suffisamment à l'abri pour ne pas être inquiétée. Et elle n'avertirait pas Richard. Le téléphone fixe était sans doute sur écoute. Elle n'utiliserait pas non plus son portable, elle avait suspendu la ligne, il ne bornerait plus. Quant à appeler Richard avec le portable de Jean-Marc ou celui de Loriane, il n'en était pas question. Owen répondait souvent à la place de Richard lorsque ce dernier conduisait ou qu'il ne l'avait pas sur lui. Et il n'était pas question de tomber sur Owen.

Depuis qu'elle était chez ses amis, Daisy avait avancé dans ses recherches. Elle avait commencé par s'interroger sur les mobiles de l'assassinat de Véra. Le premier mobile qui venait à l'esprit était évidemment l'argent, l'héritage de Véra. En pure logique, Daisy était censée le recevoir. Elle avait contacté son Notaire qui le lui avait confirmé. Mais ce n'était pas elle qui avait assassiné sa tante ! N'étant pas la coupable, alors qui pourrait avoir eu bénéfice à faire disparaitre Véra ? En pure logique toujours, si le motif restait l'argent, qui pouvait hériter de Véra au lieu et place de Daisy ? Quelqu'un qui allègrement parviendrait à faire coup double en éliminant non seulement Daisy, mais aussi Richard. Qu'on en veuille à sa vie, Daisy n'en doutait pas. Une fois Daisy disparue, ce serait Richard qui récolterait les sous. Mais Richard était évidemment hors de tout soupçon. Alors, serait-il le prochain sur la liste de l'assassin ? Et si l'argent n'était pas le motif, qui avait intérêt à programmer ainsi l'extinction de la famille Dévinovitch ? En approfondissant dans cette direction, il commençait à germer dans l'esprit de Daisy, l'ébauche d'une piste. Mais elle devait faire toute une série de vérifications pour aller plus avant.

Et pour l'aider, il y avait Marie. Elle ne connaissait cette jeune femme que depuis peu, mais elle était neutre et semblait bien intentionnée. Elle l'avait prouvé en acceptant la mission que Daisy lui avait confiée. Bien entendu, Daisy avait amis et connaissances sur Paris. Mais si elle s'adressait à l'un d'eux, ils risquaient, à un moment ou un autre, d'être importunés par la police, ce qu'elle ne voulait en aucun cas leur infliger. Marie, elle, était suffisamment armée pour faire face. Daisy eut une pensée reconnaissante pour elle. Il était vrai que depuis un certain temps, Daisy ressentait une certaine lassitude. Malgré une vie, somme toute agréable et facile, à l'âge charnière qu'elle avait atteint, peu d'émotions la touchaient à présent. Sa vie amoureuse avait été ratée. Depuis le décès de sa mère, elle ne s'était plus rendue aux Etats-Unis. Mais lorsqu'elle avait rencontré Marie, subitement, elle s'était souvenue à quel point la vie était passionnante. Rencontrer une personne comme Marie, quel cadeau ! Voir naître une amitié nouvelle procurait une excitation qui enrichissait merveilleusement le champ des possibles.

Elle allait reprendre contact avec Marie, de la même manière que la fois précédente, à l'improviste. Comme Daisy savait où Marie habitait maintenant, il lui était facile, avec la plus grande prudence, de se poster un matin devant sa porte, de récupérer papiers et espèces que Marie avait dû trouver dans son secrétaire, et d'obtenir d'elle un état de l'avancement de l'enquête. Elle en profiterait pour mener à bien une recherche qui lui tenait à cœur. Ensuite, elle filerait à la gare, prendrait un billet avec départ immédiat et rejoindrait Jean-Marc et Loriane en soirée.

- A quoi penses-tu ? demanda Jean-Marc alors que Daisy avait le regard perdu. Elle tressaillit.

- Je vais aller à Paris aujourd'hui.

- Tu ne prends pas la voiture ?

- Non.

- C'est parfait. Alors, je vais l'apporter au garage, ce matin. Ils ouvrent tôt et, avec un peu de chance, ils l'auront terminée en fin de journée.

- Non je l'amènerai moi-même demain, répondit Daisy. Il n'y a pas d'urgence. Je ferai les magasins, le temps qu'ils me la rendent. Et si j'en ai assez, je prendrai le car pour rentrer.

- Non, non, il n'en est pas question ! Comme mon Cabinet n'est pas loin du garage, cela ne me coûtera rien de la leur porter. Et j'irai la chercher ce soir en rentrant.

Loriane qui s'était versé une tasse de café, demanda :

- Que ce soit l'un ou l'autre, vous pourriez me déposer chez mon père ? Il m'a demandé de passer. Il a des bouquins à me rendre.

- Oh, chérie, c'est une idée ! Si tu y allais, toi, au garage ? J'ai énormément de travail aujourd'hui. Qu'en penses-tu ?

Loriane n'avait pas eu l'air convaincue. Alors Daisy intervint.

- Arrêtez de vous tracasser pour moi, tous les deux. De toutes manières, je ne me sers pas de ma voiture en ce moment. J'irai moi-même au garage et ensuite à la gare où je prendrai le train pour Paris. On la récupèrera plus tard. Et puis, elle roule cette voiture !

- Ah, je ne suis pas d'accord ! On ne sait jamais, avait répondu Jean-Marc. Il ne faut pas prendre à la légère ces problèmes d'allumage. Et puis, Loriane, tu vas t'en servir, toi, puisque Daisy ne veut plus la prendre jusqu'à ce qu'elle retourne chez elle, cela vaut bien un petit effort, non ? Alors, tu es d'accord ?

- Tu crois vraiment nécessaire de me poser la question, répondit Loriane ? Tu sais bien que je ne peux rien te refuser, mon chéri !

Loriane se leva et enroula ses bras autour du cou de Jean-Marc.

- Alors OK. J'en ai parlé au garagiste, il est au courant. Tu n'auras qu'à lui demander quand tu peux la récupérer.
- Je ne suis pas d'accord, répliqua Daisy. Aucun de vous deux n'ira à ce foutu garage ! Vous en faites bien assez pour moi. J'irai moi-même et... je n'accepte aucun commentaire !

Et ils en avaient ri, tous les trois. Mais ils étaient loin de se douter de ce qui allait suivre.

Marie quitta son domicile de très bonne heure, ce matin là. Au Cabinet, l'attendaient les actes d'une constitution de société à vérifier. Elle devait avoir tout bouclé pour onze heures, l'heure du rendez-vous de signature. Son assistante était en congé maladie et Marie n'avait pas réussi à avancer ces derniers jours, en raison d'un surcroit de travail. Sans compter la réunion au Cabinet qui, la veille, l'avait retenue tout l'après-midi ! Quant à Chloé, il était inutile d'y penser. L'un des patrons se l'était réservée pour son usage personnel, sa secrétaire étant débordée ! En plus du juridique, Marie allait donc devoir accomplir les tâches qui étaient habituellement du ressort de Chloé : relier les dossiers à remettre aux associés après la signature, préparer la salle... Marie avait bien tenté de repousser ce rendez-vous, mais les associés étaient au nombre de dix, et parvenir à planifier une autre date était du domaine de l'impossible.

Heureusement, le périphérique n'était pas bouché ce matin. C'était un miracle : pas d'embouteillages à cette heure, une fluidité de la circulation singulière pour un vendredi matin ! La voiture avait crachoté au démarrage, mais Marie arriva au Cabinet sans encombre. Après s'être garée dans le parking réservé au personnel, elle s'apprêtait à prendre l'ascenseur lorsque son portable sonna.

- Marie Nolan ?

- Oui.

- Bonjour Mademoiselle Nolan. Lieutenant Rogieri à l'appareil. Vous m'entendez ?

- Oui, je vous entends ! Qu'y a-t-il Lieutenant ?

- Il y a du nouveau dans l'affaire Dévinovitch. Il faut que je vous voie. Pouvez-vous passer au Commissariat ?

- Oui, Lieutenant, mais ce ne sera pas avant quinze heures !

- Ah, non ! Je dois vous voir ce matin sans faute.

- Je regrette, Lieutenant. Je ne peux rien faire de mieux. Qu'y a-t-il de si urgent ?

- J'attends un complément d'informations de votre part d'une extrême importance.

- Je ne comprends pas. Je croyais que nous en avions fini avec les interrogatoires.

- Et je le pensais aussi, voyez-vous ! Mais il s'est passé quelque chose de grave, de très grave, Mademoiselle Nolan.

- Quoi donc ?

- Je ne peux rien vous dire par téléphone.

- Et moi, Lieutenant, je ne peux pas me déplacer ce matin !

Marie sentait la colère monter.

- Si vous le prenez comme ça ! Alors, dites-moi : où vous trouviez-vous dans la journée d'hier Mademoiselle Nolan ?

- Hier ? J'étais au bureau, comme tous les jours !

- Et avant de vous y rendre, où étiez-vous ? Où avez-vous passé la nuit ?

- Quelle question ! Chez moi, Lieutenant, comme toutes les nuits. Pourquoi ? Vous compter m'interroger par téléphone, maintenant ?

- Vous étiez chez vous la nuit dernière et celle d'avant aussi ? Y a-t-il quelqu'un pour le confirmer ?

- Oui, je n'habite pas seule... Enfin, allez-vous me dire ce qui se passe Lieutenant ?

- Il se passe, Mademoiselle Nolan que l'on a retrouvé la voiture de Madame Dévinovitch et... mais je ne peux rien vous dévoiler de plus. Tâchez de vous libérer sans tarder et appelez le Commissariat avant de venir.

- Pas de problème... Mais...

Marie ne finit pas sa phrase, le Lieutenant avait raccroché.

Une fois l'ascenseur arrêté à l'étage, Marie sortit, ses clés à la main, et ouvrit la porte du Cabinet. Elle pénétra dans le hall. Tout était encore silencieux. Il était trop tôt, il n'y avait personne. Elle regagna son bureau, alluma aussitôt l'ordinateur et consulta sa montre. Non, malgré ses efforts, il fallait être réaliste, elle n'y parviendrait pas, elle allait devoir changer de plan. Elle ne vérifierait pas les actes, tant pis, ce serait fait directement sur l'écran pendant le rendez-vous. Quant à préparer les dossiers, elle remettrait ça à plus tard. Elle le ferait à tête reposée ou le confierait à Chloé dès qu'elle aurait une minute, et ensuite elle ferait porter le tout au gérant par coursier. L'appel du Lieutenant Rogieri l'avait déconcentrée. Elle ne pouvait se pencher sur sa tâche convenablement. Elle prit quelques instants pour réfléchir au coup de fil. Qu'était-il arrivé ? La voiture de Daisy retrouvée : qu'est-ce que cela signifiait ? Et Daisy, l'avaient-ils retrouvée aussi ? Si c'était le cas, le Lieutenant aurait plutôt annoncé qu'on l'avait retrouvée elle, avant de parler de la voiture, non ? Cela n'augurait rien de bon. Daisy avait-elle eu un accident ? Lui était-il arrivé quelque chose ? Le Lieutenant avait annoncé un évènement grave. Marie était décontenancée. Le visage de Daisy lui apparut alors, et son regard profond qui semblait si réel... Comme si elle était là, tout près... Marie prit une profonde respiration. Leandro n'avait pas tort. Elle s'était tant attachée aux membres de cette famille que tout ce qui les concernait la touchait au plus haut point. Autant que s'il s'agissait de sa propre famille !

On frappa à la porte et le patron entra.

- Bonjour Marie. Vous êtes bien matinale aujourd'hui !

- Bonjour Monsieur. Oui, c'est à cause de la signature...

- Je le pensais bien. J'ai laissé un mot à Chloé pour qu'elle prépare la salle dès qu'elle arrivera. Et je serai là pour accueillir les clients, Mais vous ne me semblez pas dans votre assiette ? Rassurez-moi, le dossier est bien finalisé, n'est-ce pas ?

- Oui, oui, Monsieur. Je n'ai plus qu'à tout mettre en ordre, revoir une ou deux choses, mais, pas de problème, nous serons prêts.

- Bon. Je suis là si vous avez besoin de moi. N'hésitez pas. Je ne bouge pas jusqu'à onze heures.

- Très bien. Merci Monsieur...Ah, je voulais vous prévenir :

je suis obligée de m'absenter cet après-midi. Je dois passer au Commissariat...

- Un souci ?

- Non, Monsieur, non, non. On m'a demandé de me présenter pour m'informer sur une affaire dans laquelle j'ai été témoin.

- Cela ne peut pas se faire par téléphone ?

- Non, On m'a dit que ma présence est indispensable.

- Et vous repasserez au bureau après ?

- Oui, bien entendu. Et...je suis en congés à partir de demain, vous vous en souvenez ?

Le patron hocha la tête.

- Ah ! On pourra vous joindre, en cas d'urgence ?

- Oui. Mais j'ai mis la nouvelle assistante au courant de tout ce qu'il y a d'important à faire pendant mon absence.

- Bien. A tout de suite, alors.

Une fois le patron sorti, Marie tenta de revenir à son dossier. Mais elle n'avait pas la tête à ça, elle ne cessait de penser à ce que Rogieri avait dit. C'était comme une obsession. Si elle avait pu filer au Commissariat sur le champ, elle aurait su tout de suite de quoi il s'agissait ! Elle se leva, arpenta le bureau quelques minutes et se posta devant la fenêtre. En face, se dressaient les beaux immeubles haussmanniens avec leurs façades en pierres de taille et leurs fenêtres richement encadrées. En bas, à l'angle de la rue, c'était la Brasserie où elle déjeunait tous les jours. Les ramures des arbres parvenaient à présent jusqu'à sa fenêtre. Ceux-ci s'étaient couverts de feuilles en un rien de temps. Le printemps débarquait. Marie se dit que dans quelques heures, elle serait enfin libre. Le dossier entier avec sa pile de documents était posé sur son bureau. Elle finit par s'y assoir et se remettre au travail. Elle récupérait difficilement son calme. Elle commença à constituer plusieurs tas de documents destinés à être placés sur la table de réunion, face à chaque chaise que devait occuper un associé. Elle en avait pour une demi-heure au plus, si aucun coup de fil ne venait l'interrompre, elle avait tout son temps. Elle appela Chloé : « Bonjour Chloé. Est-ce que la salle est prête ? » « Non pas encore, je m'y mets. Vous avez besoin d'autre chose ? demanda Chloé ». « Ca ira, dit Marie, préviens-moi quand tu auras terminé. Ils sont dix, n'oublie pas. Et il y aura le patron et moi-même. » « Ok, répondit Chloé, c'est comme si c'était fait ». « Et ne me passe aucune communication, d'accord ? »

Après avoir raccroché, Marie sortit son portable et composa le dernier numéro sur lequel Daisy l'avait appelée. Comme elle ne pensait qu'à cela, il valait mieux qu'elle le fasse, sinon elle ne serait pas capable d'aller de l'avant. Mais personne ne répondit à son appel. Le regard de Marie se posa alors sur la plante verte qui ornait le côté gauche du mur d'entrée de la pièce, juste sous cette aquarelle devant laquelle Daisy se tenait lorsqu'elle l'avait attendue dans son bureau. Depuis combien de temps cette malheureuse plante n'avait-t-elle pas été arrosée ? Il faudrait qu'elle en parle à Chloé. Puis, Marie se pencha sur son ordinateur et ouvrit sa boîte mail. Une quantité impressionnante de mails s'y était accumulée. Mais elle devait en finir avec cette signature. Ensuite, si elle en avait le temps, elle y jetterait un coup d'œil et répondrait aux urgences. Rien de moins sûr ! Si elle en avait le temps, plutôt, elle irait prendre un sandwich à la Brasserie, comme elle le faisait toujours quand elle était pressée, et elle filerait au Commissariat.

Six bonnes heures s'étaient écoulées depuis que Marie avait mis les pieds au bureau, le matin. Dans l'ensemble, la constitution de la société s'était bien déroulée avec l'aide du patron qui avait le chic pour savamment doser sérieux, humour, et convivialité. A présent, Marie était assise dans le couloir du premier étage du Commissariat. Au préalable, elle avait averti qu'elle arrivait, comme le Lieutenant le lui avait demandé. Une secrétaire ne tarda pas à venir la chercher pour la conduire, en passant par son propre bureau, à celui du Lieutenant.

- Il arrive, dit la secrétaire.

La pièce n'était pas immense. Le bureau du Lieutenant y prenait une bonne place. C'était un bureau de belle qualité, tout comme le fauteuil du Lieutenant dont le cuir, toutefois, était quelque peu élimé. Sur le bureau, dans un cadre en argent, figurait une photo représentant le Lieutenant en compagnie d'une femme, la sienne peut-être, et dans un cadre plus petit, on pouvait voir un jeune homme, torse nu, sur des rochers, une cane à pêche à la main. A la droite du bureau se trouvait une armoire métallique et un petit meuble à tiroirs. Les deux chaises qui faisaient face au bureau étaient positionnées en désordre comme si les précédents visiteurs s'étaient levés précipitamment.

- Ah, Mademoiselle Nolan ! clama le Lieutenant sur le pas de la porte. Non, non, restez assise !

Mais la secrétaire lui toucha quelques mots à voix basse, et le Lieutenant se retira dans le couloir pour lui parler. Marie les entendait, mais elle ne comprenait pas ce qu'ils se disaient. Enfin, Le lieutenant fit irruption comme un diable sortant d'une boîte. Il s'assit derrière son bureau avec un certain empressement et se cala dans son fauteuil, comme si ce mouvement était de nature à lui redonner une apparente maîtrise de la situation.

- Tout d'abord, commença-t-il, je voudrais que vous me disiez où se trouvent les tableaux qui ornaient le mur du salon de Madame Véra Dévinovitch.

- Quoi ? demanda Marie, interloquée. Quelle question, Lieutenant ! Comment voulez-vous que je le sache ?

- On a pénétré chez elle et les tableaux ont disparu. La maison a été fouillée... Vues vos relations avec Madame Dévinovitch, je pensais que vous étiez au courant.

- Je ne comprends pas, Lieutenant. Vous m'avez demandé de passer de manière urgente pour me donner des informations importantes, à ce que vous avez prétendu. Et vous commencez par me poser cette question complètement absurde ! Qu'est-ce que cela signifie ?

- Restez correcte Mademoiselle Nolan, s'il vous plait. Croyez-moi, cela vaudra mieux pour vous ! Si je vous pose cette question, c'est que j'ai des raisons de croire que, depuis le début, vous me cachez pas mal de choses. Notamment en ce qui concerne Madame Dévinovitch.

Marie était en colère. Elle était prête à quitter le bureau s'il continuait à la harceler. Elle se leva de sa chaise.

- D'accord, d'accord. Asseyez-vous ! Nous allons repartir

à zéro. Encore une fois, Mademoiselle Nolan je vous pose la question : avez-vous revu Madame Daisy Dévinovitch ? Dans quelles circonstances, combien de fois et qu'est-ce que vous vous êtes dit ? Ecoutez-moi bien, il faut me dire la vérité, cette fois. Si ce n'est pas le cas, vous prenez un gros risque et, là, je ne pourrai rien pour vous.

Apparemment, le Lieutenant savait quelque chose. Il fallait la jouer avec doigté.

- Qu'est-ce qui vous fait dire cela, Lieutenant ? Madame Dévinovitch vous a donné des informations me concernant ?

Marie savait que sa question était à double tranchant. En quelque sorte, cela revenait pratiquement à admettre qu'elle avait revu Daisy. Mais par ailleurs, la question contraindrait le Lieutenant à lui dire s'ils l'avaient retrouvée.

Le Lieutenant se tut quelques minutes. Il semblait hésiter. Il regardait Marie avec cette expression qu'elle commençait à connaître. Il avait l'air de la jauger et en même temps, il semblait baisser la garde.

- Non, malheureusement non. Madame Dévinovitch ne nous a donné aucune information. A chaque interrogatoire, elle a été on ne peut plus évasive. Et je dois absolument savoir ce que vous avez échangé avec elle lorsque vous vous êtes vues. En fait, vous ne le savez pas, mais nous avons en notre possession des photos où vous prenez un taxi en sa compagnie.

Le Lieutenant se pencha, ouvrit un tiroir de son bureau et en sortit une série de photos.

- Regardez, Mademoiselle Nolan, Vous ne pouvez continuer à nier. Alors ? J'attends vos explications !

Marie jeta un coup d'œil sur les photos, puis détourna les yeux. Elle ne pouvait manifestement plus se taire. Elle ne pouvait pas non plus donner au Lieutenant les détails de son entrevue avec Daisy. Elle ne broncha pas, réfléchissant à ce qu'elle allait dire. Alors, le Lieutenant se leva brusquement, il contourna son bureau et vint de planter devant Marie.

- Mademoiselle Nolan, rugit-il, je n'ai pas de temps à perdre ! Je vais vous dire ce qu'il en est. Nous avons retrouvé la voiture de Madame Dévinovitch, complètement calcinée. La voiture se trouvait dans un lieu où elle n'aurait pas dû être. Mais cela n'est pas tout. Il y avait quelqu'un au volant de cette voiture et il semblerait qu'il s'agisse de Madame Dévinovitch. Bien entendu, les informations dont nous disposons sont insuffisantes pour l'affirmer. Nous devons continuer les investigations, retrouver son dossier dentaire, faire pratiquer une expertise odontologique... enfin tout ce qu'il est d'usage de faire dans ces cas là. Mais à première vue...

- Daisy ? Mon Dieu ! lâcha Marie, la gorge serrée. Non, ce n'est pas possible ! Elle baissa la tête et répéta « Non, non, c'est impossible, pas Daisy... »

Alors le Lieutenant se pencha vers Marie.

- Ah non, vous n'allez pas me faire avaler ça ! Il n'est pas question que vous profitiez d'un soi-disant moment d'émotion pour vous défiler une fois encore ! Parlez, Mademoiselle Nolan ! Si vous vous cantonnez dans votre silence, je vais devoir vous placer en garde à vue !

- Mais, Lieutenant, que voulez-vous que je vous dise ? murmura-t-elle.

Marie perdait ses moyens et le Lieutenant le sentit. Il reprit plus posément cette fois :

- Mademoiselle Nolan, nous avons trouvé le corps de Madame Dévinovitch dans sa voiture ! Une enquête est ouverte par la Police judiciaire et je ne vous cache pas que vous faites partie des suspects. Vous étiez présente dans l'affaire de l'assassinat de sa tante ! Ainsi, deux des personnes que vous avez approchées de près, sa tante et elle-même, ont été assassinées. Pur hasard, direz-vous ? Non, Mademoiselle Nolan ! Dans ce genre de situation, il n'y a pas de hasard. Ce que vous ne savez pas, c'est que j'ai eu confirmation que vous avez rencontré Madame Dévinovitch, par deux fois. Ne prétendez pas le contraire ! Soyez coopérative. Il est temps pour vous de parler. Vous devez me dire absolument tout ce que vous savez.

Le lieutenant se tut et retourna à son bureau. Il se rassit et attendit. De la pointe de son stylo, il tapotait l'accoudoir de son fauteuil. Mais Marie ne réagissait pas. Elle ne prononçait pas un mot. Elle était comme paralysée. De tout ce qu'il venait de lui crier aux oreilles, elle ne retenait qu'une seule chose : Daisy était morte.

- Daisy... commença-t-elle.

- Oui, je vous écoute.

- Vous êtes certain qu'il s'agit bien de Madame Daisy Dévinovitch ?

L'Inspecteur se redressa et poussa un profond soupir :

- Non, nous n'en sommes pas sûrs. A ce stade de l'enquête, rien n'est sûr aujourd'hui, je viens de vous le dire. Mais, il s'agit bien de sa voiture et de toute évidence... Qui pouvait bien conduire sa voiture à sa place ? Le véhicule n'a pas été volé, nous n'avons reçu aucune plainte. Nous savons par ailleurs que Madame Dévinovitch la conduisait quand elle a quitté son domicile la dernière fois qu'elle a été vue vivante. Et sa voiture était bien conduite par une femme.

- Puis-je vous poser une question ? demanda Marie.

- Faîtes !

- Ces photos, demanda Marie en montrant l'enveloppe où le Lieutenant les avait glissées, par qui ont-elles été prises ? Par vos services ?

Le Lieutenant la regarda et esquissa un demi-sourire.

- Non, nous ne faisons que de la filature. Ces photos, nous les avons reçues par la Poste.

- J'en étais sûre ! répliqua Marie ! Et savez-vous qui les a envoyées ?

- Non.

- Et vous n'avez pas trouvé ça étrange ? Si c'est de cette manière là que vous...

Le Lieutenant fronça le nez.

- Mademoiselle Nolan, vous avez l'art de me mettre hors de moi... et aussi celui de tourner les situations à votre avantage! Votre métier, je suppose... Il va sans dire que nous sommes en train d'investiguer pour déterminer l'origine de l'envoi.

- Donc, en dehors de ces photos, vous n'avez rien de concret contre moi.

- Non, rien.

- Et vous parlez de me mettre en garde à vue !

- Je vous l'accorde. Je me suis emporté. Comprenez que votre entêtement à garder le silence me semble tout à fait... inapproprié, je dirais ! Si nous reprenions à zéro ?

Marie secoua la tête et se mit à parler :

- C'est d'accord Lieutenant. Si je ne vous ai rien dit, c'est pour la seule raison que Daisy - Madame Dévinovitch - m'avait demandé de le faire. Elle m'a contactée... oui, c'est la vérité. Et, à ce propos, je précise que nous ne nous sommes vues qu'une seule fois. Elle souhaitait que je veille sur son fils. Uniquement cela. Elle était persuadée qu'on en voulait à sa vie et à celle de son fils également ! Ce qui s'avère exact puisqu'elle vient d'être assassinée...

- Non, non, vous allez trop vite en besogne ! Aujourd'hui, on ne peut rien affirmer, l'interrompit le Lieutenant. Il peut très bien s'agir d'un accident !

- En tout état de cause, ses craintes étaient fondées. Elle pensait qu'elle était suivie. Ce qui était apparemment le cas. Et pas seulement par vos services ! C'est la raison pour laquelle, elle a préféré disparaître.

Le lieutenant, qui attendait une confession de la part de Marie, baissa la tête. Il avait trop d'expérience pour espérer entendre autre chose d'elle. Il comprit qu'il n'obtiendrait rien de plus, aujourd'hui du moins.

- Votre déclaration est bien tardive, Mademoiselle et, de plus, elle ne m'apporte rien, je vous le dis. De surcroît, en l'absence de Madame Dévinovitch pour la confirmer, je crains fort que cela ne suffise pas. Mais je pense que je vais devoir me contenter de cela. N'est-ce-pas ?

- C'est exact, répondit Marie.

A cet instant son téléphone sonna et il décrocha.

- Rogieri ! rugit-il.

Il écouta son interlocuteur et changea de ton.

- Oui, Commissaire, répondit-il, empressé, c'est entendu. Je vais faire le nécessaire et je vous rappelle.

Puis, s'adressant à Marie :

- Bon, Mademoiselle Nolan, vous pouvez y aller. Mais ne quittez pas la région et tenez vous à notre disposition. Sachez que si quoi que ce soit se passe dans les heures qui viennent, il vous faut me tenir au courant sur le champ. J'ai dit « quoi que ce soit ». C'est bien compris ?

- Oui, Lieutenant.

- Vous avez l'intention de voir Monsieur Dévinovitch ?

- Oui, sans doute.

- Et bien, vous allez le croiser ! Il est là, il attend d'être reçu. De toutes manières, nous allons envoyer un véhicule en poste devant chez lui.

Marie se leva pour prendre congé.

- Lieutenant, quand aurez-vous une certitude concernant la personne qui a été retrouvée dans la voiture de Madame Dévinovitch ?

- Je ne peux pas vous le dire. Je n'en sais rien, répondit le Lieutenant.

- Puis-je vous appeler pour savoir...

- Oui, vous pouvez. Mais pas avant une semaine, au bas mot.

- Merci Lieutenant.

- A bientôt, Mademoiselle Nolan, à très bientôt. Et, entre temps, soyez prudente !

- Oui, Lieutenant, je le serai.

Effectivement, dans le couloir qui menait à l'escalier, Marie aperçut Richard et Owen, assis côte à côte. Richard avait les coudes posés sur ses cuisses, la tête entre ses mains. Il devait être déjà au courant. Marie eut un élan vers lui, mais se ravisa. Owen la fixait avec un regard d'une telle violence qu'elle en resta sidérée. Il la salua toutefois d'un bref mouvement de tête et Marie s'éloigna rapidement.

Plus le temps passait, plus Marie en était convaincue. La conductrice qui avait péri au volant de la voiture de Daisy n'était pas Daisy, ne pouvait pas être elle ! Il semblait à Marie que si Daisy n'était plus de ce monde, elle le sentirait. Elle ne savait pas pourquoi, mais c'était ainsi. Une fois le choc de la nouvelle passé, elle ne s'inquiétait plus, elle demeurait prête à chaque instant à recevoir un appel du Lieutenant lui confirmant son intuition. Ou un appel de Daisy ! En repensant à l'interrogatoire, elle passait en revue tous les détails du dialogue entre le Lieutenant et elle, cherchant dans ses déclarations un « je ne sais quoi » qui serait de nature à la conforter. Certes, il avait clairement déclaré qu'il fallait attendre les résultats de l'autopsie. Mais cet homme avait une attitude si contradictoire ! Cela se percevait d'abord dans son physique. Le corps était massif, assez grand et il se mouvait lourdement, mais son visage était anguleux, avec un front étroit et le nez effilé. Ce n'était pas le visage d'un homme de cette corpulence. Et cette inadéquation se dénotait aussi dans son comportement. D'un officier de police exerçant des fonctions qui exigeaient méthode et rigueur, on attendait de la précision, de la clarté, une maîtrise à toute épreuve. Ce n'était pas le cas du Lieutenant. Il pouvait se trouver dans un état de colère intense et, la minute d'après, tout à fait détendu ! Il pouvait se montrer odieux, prétendre qu'il allait mettre Marie en garde à vue et, quelques instants plus tard, lui conseiller de se protéger. Pur stratagème de sa part ? Marie en doutait. Certes, il savait à merveille brouiller les pistes dans le but de vous déstabiliser. Mais Marie avait tenu bon jusqu'à présent. Et si elle n'avait pas été honnête avec lui en ce qui concernait Daisy, elle ne le regrettait pas le moins du monde ! Si Daisy lui demandait à l'instant de se mouiller encore une fois, elle le ferait sans hésiter. La reverrait-elle seulement un jour ? Elle avait la certitude qu'elle connaissait peut-être Daisy mieux que pas mal de gens qui l'entouraient, et que cette dernière avait plus d'un tour dans son sac. Cependant, elle n'arrivait pas à déceler la véritable raison qui avait poussé Daisy à la solliciter : avait-t-elle senti que Marie était de taille à lui donner un coup de main, ou au contraire qu'elle était apte à se laisser manipuler ; que, prise sous le charme de Daisy, elle accepterait de faire tout ce qu'elle lui demanderait ? Et pourquoi ne s'était-elle pas adressée à l'un ou l'autre de ses amis ? Questions qui restaient sans réponse. Pourrait-elle un jour en savoir plus sur cette femme ? Si Daisy... Non, non, Daisy allait réapparaître ! L'image du corps de Daisy carbonisé, Marie se refusait à l'accepter. Et Leandro ne lui avait été d'aucun secours, sur ce point. Elle avait pourtant une entière confiance en lui. Leur relation se consolidait de jour en jour. L'absence de Leandro était oubliée, c'était comme s'ils ne s'étaient jamais quittés. Ils habitaient ensemble, ils se distrayaient ensemble, ils voyaient les amis de Marie ensemble. Elle lui racontait tout de sa vie, mais elle avait mis des limites. Elle ne voulait pas l'entraîner dans cette histoire rocambolesque. Elle ne voulait en aucun cas que Leandro se retrouvât pris dans l'engrenage, en quelque sorte, comme elle l'était elle-même aujourd'hui. Il n'était pas souhaitable qu'il soit inquiété par la police, il avait une carrière à construire et devait demeurer irréprochable. Si les simagrées du Lieutenant n'avaient pour but que de la pousser à bout afin d'en savoir le plus possible, retord comme il l'était, il pouvait lui venir à l'esprit d'utiliser le chantage pour la faire parler. Il pouvait s'en prendre à Leandro. Aussi valait-il mieux le laisser à l'écart. Aujourd'hui, Leandro passait le plus clair de son temps à prospecter pour trouver un emploi. Il avait décidé de s'installer définitivement en France, avec le projet d'ouvrir à terme son propre Cabinet. Au Brésil, il avait choisi une toute autre voie et s'était éloigné de sa formation initiale. Mais il lui fallait y revenir et cela requérait une bonne connaissance d'un environnement professionnel qu'il avait perdu de vue depuis trop longtemps. Il devait reprendre contact avec le milieu pour se faire des relations, étudier ses chances de réussite, échanger avec ses confrères et gagner petit à petit, sur le terrain, une réputation. Il avait même proposé à Marie une association, l'ouverture d'un Cabinet qu'ils feraient fonctionner ensemble. « Oui, pourquoi pas ? » avait répondu Marie, l'esprit ailleurs. Pour elle, ce n'était pas vraiment la préoccupation du moment. La charge qui reposait sur ses épaules dans son travail était devenue si lourde à porter qu'elle avait demandé à son patron d'engager pour la seconder, une personne plus qualifiée que l'assistante qui était encore à l'essai. Son portefeuille de clients s'étoffait de jour en jour. Ce ne serait pas un luxe pour le Cabinet ! Le patron avait très vite fait appel à une candidate diplômée et, grâce à cela, Marie avait demandé quelques jours de congés et les avait obtenus.

En sortant du Commissariat, elle n'était d'ailleurs pas retournée au bureau. Elle n'avait pas pu. Elle s'était assise dans un bar et avait commandé une limonade qu'elle n'avait pas bue. Puis elle était rentrée. Le soir, elle avait seulement évoqué son entrevue avec le Lieutenant, et Leandro n'avait pas posé de questions. Lorsqu'ils s'étaient mis au lit, il l'avait prise dans ses bras et il lui avait murmuré à l'oreille quelques mots de réconfort. Il avait compris, il ressentait son inquiétude et il marquait sa présence délicatement, avec cette sorte de discrétion qui lui était coutumière. Mais l'impatience n'est pas quelque chose que l'on peut accrocher pour la nuit à une patère comme une robe de chambre. Marie n'avait pas dormi de la nuit.

Lorsqu'elle entendit les cloches sonner à l'église voisine, Marie releva la tête et poussa un profond soupir. Leandro était déjà parti. L'odeur suave et douce des roses que lui avait offertes Leandro flottait dans l'air. Elle se leva, saisit le vase qui se trouvait sur la table et le porta à l'évier pour en changer l'eau. Elle n'avait pas eu tort de prendre ces quelques jours de congés. Elle était réellement à bout. La seule chose à faire, pour le moment, était de gérer au mieux l'impatience et la colère. Colère contre la lenteur des évènements. Colère contre l'incapacité de la police à avancer. Colère contre son travail qui absorbait toute son énergie. Nom de Dieu, il allait bien falloir que les choses bougent ! Et qu'est-ce que Daisy attendait pour se manifester ?... Colère contre Daisy !

Ensuite, avant de prendre sa douche, pour avoir des nouvelles ou peut-être pour ne plus y penser, Marie appela sa mère. Mais, peine perdue : « Tu tombes bien, lui déclara celle-ci sans aucun préambule. Je voulais t'avertir ! Ce matin, j'ai trouvé trop de piques dans ton jeu, ma chérie. Ce n'est pas un bon signe. Est-ce que tout va bien ? Tu ne me caches rien ? ». Marie abrégea la conversation. Puis, elle joignit sa psy et convint d'un rendez-vous. Enfin, elle s'occupa à accomplir une série de tâches qu'elle avait laissées de côté justement pour pouvoir s'y atteler le moment venu. Et la journée passa. Le soir, Marie avait invité Frida et Jack à pendre l'apéro chez elle. Il faisait très doux. Le printemps battait son plein. Le jardin était fleuri et les oiseaux voletaient gaiement dans une atmosphère épurée. Le ciel était parfaitement bleu.

Frida et Jack arrivèrent aux environs de dix huit heures, et lorsque Marie les accueillit, dès la première minute, elle sentit qu'elle aurait dû opter pour une soirée tranquille avec Leandro. Elle n'était pas en état de mener une discussion. Elle n'était en état de rien, à part aller et venir dans son séjour, les bras ballants, en attendant des nouvelles de la part du Lieutenant. De plus, elle était épuisée par sa nuit blanche. Leandro ne tarda pas à arriver et, à l'expression de Marie, il comprit qu'il lui fallait prendre les opérations en mains. Ce fut lui qui servit à boire, qui mit les canapés et autres apéros au four et qui entreprit de soutenir la conversation. Marie parla peu. Lorsque Frida l'entraîna à l'intérieur pour lui demander ce qui se passait, Marie ne sut que répondre. « Je n'en peux plus, dit-elle. Ne t'inquiète pas. Ça va aller avec un peu de repos.»

Leandro commanda ensuite des pizzas, et une ambiance chaleureuse s'installa. Marie en fut soulagée. Elle se tint à l'écart des conversations, allongée sur une chaise longue, les yeux fermés, et ils semblèrent tous les trois se passer d'elle sans aucun problème. Tandis que la soirée avançait,

Marie sombra dans un sommeil léger. Elle entendait les voix de Leandro, Frida et Jack s'égrainer comme une petite musique de fond tout en somnolant. Puis une chape de plomb s'abattit sur elle et quand elle rouvrit les yeux, le temps avait passé, elle avait sauté le repas. Elle se leva, alla chercher un verre, se servit à boire et revint se rasseoir près de ses amis. La nuit tombait. Une large bande rose s'étalait d'un bout à l'autre du ciel et cette teinte s'atténua progressivement jusqu'au moment où elle disparut. Alors le bleu foncé du ciel se transforma en noir. C'était une nuit sans lune. Leandro alluma la haute lampe de jardin et ils finirent tous par faire silence pour profiter de cet instant magique. Lorsque Marie et Leandro se retrouvèrent seuls, encore sous le charme de cette fin de soirée paisible, ils se rejoignirent et prolongèrent la soirée par un tendre échange. Cette nuit, Marie la passa sereine.

Au matin, lorsqu'elle se réveilla, il faisait grand jour. Leandro, comme tous les matins, n'était plus là et lorsqu'elle descendit pour se faire un café la montre de la cuisine affichait dix heures trente. Elle alluma son portable et plusieurs messages s'affichèrent. Il y en avait un du Cabinet : le patron demandait qu'elle rappelle d'urgence. Sa mère aussi avait appelé. La psy proposait à Marie de venir vers quinze heures, un rendez-vous venait de s'annuler. Marie ne rappela qu'une fois son café avalé. Ce fut le bureau qu'elle joignit en premier. Chloé lui passa aussitôt le patron.

- Excusez-moi, Marie, mais j'ai besoin de vous. Il vient de tomber un compromis de vente de fonds de commerce à monter et cela ne souffre aucun retard. Pourriez-vous passer au bureau cet après-midi pour donner vos instructions à la « nouvelle ». Elle est compétente, certes, mais cet acte est trop compliqué pour la laisser faire seule. La transaction porte sur une forte somme.

- Je suis désolée, commença Marie...

- Je vous en prie Marie. Je ne me serais pas permis de vous solliciter si ce n'était pas important. Je vous expliquerai.

Il allait falloir faire preuve de fermeté.

- Cet après-midi, je ne peux pas, dit-elle sèchement.

- Bon, alors demain matin.

- Non, Monsieur, demain je ne peux pas non plus. Je m'absente toute la semaine. Je ne serai pas sur place et je ne peux pas annuler ma réservation. Mais Sarah, que j'ai briefée avant de partir notamment pour les formalités qui font suite à la constitution de société, est tout à fait capable de rédiger le compromis. Elle pourra m'appeler si besoin est.

Il y eut un silence, puis le patron, à cours d'arguments, céda :

- Bon, je lui fais passer le message.

L'heure tournait. Marie avait quelques courses à boucler avant de se rendre chez la psy. Elle prit sa douche, s'habilla à la hâte et lorsqu'elle était sur le point de sortir, son portable sonna. Le numéro de Richard s'était affiché. Elle décrocha, mais pendant quelques minutes, rien ne se passa.

- Allo, allo ! Richard ?

- Marie ? entendit-elle enfin. A l'autre bout du fil, la voix de son interlocuteur semblait lointaine.

- Oui. Bonjour Richard. Qu'y a-t-il ?

- Je venais aux nouvelles. Vous avez vu le Lieutenant Rogieri hier ?

- Oui, répondit Marie d'un ton qu'elle voulut le plus neutre possible. Mais vous l'avez vu aussi, n'est-ce pas ? Vous étiez, Owen et vous, en train d'attendre. Je ne vous ai pas salués parce que j'étais pressée.

Un silence s'en suivit.

- Richard ? demanda Marie.

- Je suis là. La voix à présent était lasse.

- Que voulez-vous, Richard. Parlez, je vous écoute.

- Marie, ce n'est pas possible, je n'y crois pas, murmura-t-il dans un sanglot.

Il se tut à nouveau. Marie attendit.

- Vous, qu'en pensez-vous, Marie ? finit-il par demander.

- Je ne sais pas. Je suis dans l'attente, moi aussi. Je pense que le Lieutenant nous a dit la même chose à tous les deux.

- Ecoutez, reprit Richard qui semblait s'être maîtrisé. Owen ne cesse de me répéter que ma mère est décédée dans cet accident, qu'il faut que je l'accepte.

- Richard, le Lieutenant a dit qu'il était trop tôt pour savoir, et je le crois, répondit Marie. Attendons. Et si vous voulez un conseil, dites à Owen de rester éloigné de vous pendant quelques jours. Le temps que le Lieutenant donne une réponse définitive. De cette manière, vous ne serez plus ennuyé.

- Ah oui. Je vais essayer...

- Faites-le Richard, croyez-moi. Vous ne devez pas perdre espoir. Tenez bon.

- Merci Marie, dit-il. Si vous savez quelque chose, vous pouvez m'appeler ?

- Oui, c'est évident. Et vous aussi, d'accord ?

- Tout à fait, répondit Richard avant de raccrocher.

L'après-midi, la séance chez sa psy ne se déroula pas comme Marie l'aurait souhaité. Elle avait trop de choses à dire. Derrière le flot de paroles qui se précipitaient à ses lèvres, elle sentait bien qu'elle éludait l'essentiel. Elle s'en voulait encore plus. Bien entendu, il n'était pas question de tout raconter à sa psy. Et ne pas raconter, la contraignait à parler de futilités pour éviter d'aborder le sujet. La psy ne faisait que l'écouter. Elle ne lui était d'aucune utilité. Marie avait attendu un peu de soulagement. Mais il allait falloir revenir, et revenir encore, et se perdre en diversions encore et encore, avant d'entrer vraiment dans le vif du sujet. A condition qu'elle se l'accorde ! Et ce n'était pas gagné, loin de là ! Elle sortit de la séance bien plus en colère que lorsqu'elle y était entrée. Elle allait devoir avancer en aveugle.

En rentrant, pendant qu'elle roulait, elle revoyait défiler devant ses yeux les évènements de ces derniers mois. Elle avait réellement viré de cap à une vitesse incroyable. Aujourd'hui, elle avait surmonté les difficultés auxquelles elle avait été confrontée après sa séparation d'avec Ben. Leandro était entré dans sa vie comme si en fait, il n'en était jamais sorti. Son travail était prenant, il l'épuisait, mais elle avait trouvé sa place. Alors pourquoi cette impatience ? La réponse lui vint sans hésitation : tout se résumait en fait à un mot, un nom : « Daisy » ! L'assassinat de Véra, les turbulences que cette affaire avait engendrées en cascade lui importaient peu. Au fond, une seule véritable question se posait : allait-elle revoir Daisy ? Et, emportée dans la mouvance que cette question soulevait, Marie prit conscience d'une chose : elle ressentait pour Daisy une tendresse, un attachement, un sentiment difficile à cerner. Oui, quelque chose d'inqualifiable, nourri d'attirance et de fascination pour ce personnage singulier qu'était Daisy. Et le fait de prendre conscience de ce qui l'habitait depuis qu'elle l'avait rencontrée ne la perturba nullement. Bien au contraire, rien qu'à l'évoquer, Marie sentit la quitter cette pression, cette sorte d'impatience. Elle ralentit son allure, descendit la vitre, et inspira profondément. A présent, elle était persuadée que Daisy n'allait pas tarder à reprendre contact. Cette pensée lui procura de la joie, une bouffée d'air léger qui balaya tout, comme si elle remontait le temps, que la découverte de la voiture de Daisy carbonisée n'avait été qu'un mauvais rêve. Et comme il arrive parfois, lorsque nous sommes en parfaite connexion avec quelqu'un qui nous est cher, lorsqu'elle se gara devant chez elle, à l'instant où elle s'apprêtait à sortir de son véhicule, son portable sonna. Elle décrocha et des grésillements lui déchirèrent le tympan. Elle raccrocha aussitôt, mais la sonnerie se fit entendre à nouveau. Alors elle entendit :

- Ne raccrochez pas Marie. Daisy à l'appareil ! Est-ce que vous m'entendez ?

- Oui, dit Marie. Et un frisson la parcourut.

- Marie, oh, c'est affreux ! Vous ne pouvez pas vous imaginer ce qui m'arrive. Le cauchemar continue ! Je suis dans le train, je rentre. Je sais maintenant qui a assassiné Véra. Je dois voir Rogieri de toute urgence. Mais avant, il faut que je vous voie. Venez avec votre voiture, si vous le pouvez. Et aussi avec... ce que vous savez...

Daisy s'interrompit et un toussotement se fit entendre. Puis elle reprit :

- Je vous donne l'adresse ? Vous viendrez ?

Marie saisit de quoi écrire dans son sac et griffonna l'adresse.

- Je note, dit-elle. Quand voulez-vous que je vienne ?

- Ce soir. Mais pas avant vingt heures.

- Bien, j'y serai.

- Merci, oh merci Marie !

Lorsque Marie raccrocha, elle avait le cœur qui battait la chamade. Quel soulagement d'entendre la voix de Daisy ! C'était bien elle et elle était vivante ! Marie le savait depuis le début : cette femme était une sorcière !

Les deux courts du Complexe Sportif étaient occupés. On entendait les balles rebondir sur le sol avec ce bruit mat et régulier que Leandro aimait tant. Au retour du Brésil, il avait repris ses entraînements et il avait trouvé en Jack, par le plus grand des hasards, un partenaire de choix. Ils se rejoignaient au Complexe en fin d'après-midi et achevaient souvent la soirée chez Marie ou chez Frida et Jack. Mais cela n'aurait pas lieu ce soir. Avant qu'il ne parte, Marie l'avait prévenu.

- Leandro, il faut que je m'absente, lui avait-elle dit. Si je ne suis pas rentrée pour dîner, il y a un plat de lasagnes dans le frigo.

- Tu seras là vers quelle heure ?

- Je ne sais pas.

- Tu ne veux pas plutôt que nous sortions ce soir ? On pourrait se promener au quartier latin et aller dîner ensuite chez ton amie.

- Ecoute, chéri, je ne peux pas me désister. S'il n'est pas trop tard, nous irons après, avait dit Marie.

Pendant qu'elle se brossait les cheveux, Leandro s'était posté à la regarder depuis la chambre et il avait fini par poser la question qui lui brûlait les lèvres.

- Est-ce que c'est avec cette femme que tu as rendez-vous ?

Marie avait souri.

- Comment le sais-tu ?

- Réponds-moi, s'il-te-plait.

- Oui, c'est avec elle.

- Quand tu fais des mystères comme ça, je sais tout de suite à quoi tu penses. Bon. Alors, je t'accompagne.

- Chéri, je t'en prie ! Je dois y aller seule. Je ne fais qu'un aller-retour et il n'y a aucun danger. Nous avons rendez-vous en plein centre de Paris.

Leandro n'avait rien répliqué. Il s'était éloigné et avait attendu que Marie ait fini de se préparer. Il restait silencieux. Puis au bout d'un moment, alors que Marie sortait de la salle de bains, il s'était approché et lui avait caressé la joue.

- Tu ne parlais plus d'elle depuis un moment. Pourquoi maintenant ?

Et comme Marie n'avait pas répondu, il avait fait encore une tentative.

- Tu sais que tu peux avoir confiance en mon jugement. Les choses pas nettes, je les sens tout de suite. Tu es gentille, tu es serviable. Et il y a des gens qui savent parfaitement se servir des autres. Tant que tu accepteras de faire ce que cette femme te demande, tu seras à sa merci. Je ne veux pas me mêler de tes affaires, mais ce n'est pas à toi de régler ses difficultés. Elle doit s'adresser à la police.

- Tu as raison, avait acquiescé Marie. Elle a l'intention de le faire.

- Alors ?

- Si je peux l'aider, cela ne me coûte rien ! Je ferais la même chose pour n'importe qui...

- N'importe qui ? Excuse-moi, mais je ne crois pas, non !

- Chéri, elle m'a seulement demandé de lui remettre ce que je suis allée chercher chez elle. Je vais le faire, et après, je ne répondrai plus, ni à elle, ni à son fils, si cela peut te rassurer.

- Pourquoi ne vient-elle pas chercher ici ses affaires ?

- Il y a de fortes chances pour qu'elle soit suivie. Elle ne veut pas me mettre en danger.

- Ecoute-moi, n'y vas pas seule. Je viens avec toi. Je te conduis. Je resterai dans la voiture, je ne serai pas présent quand vous discuterez. Juste, je t'accompagne.

- Non, non, chéri. Si elle m'a demandé de venir en voiture, c'est qu'elle doit avoir besoin, je suppose, que je la conduise quelque part puisqu'elle n'est plus véhiculée.

- Tu ne le lui as pas demandé.

- Non.

- Marie, tu ne m'enlèveras pas de la tête que tout cela n'est pas clair. Pourquoi aller dans son sens ? Il suffit d'appeler la police et ensuite ce sera fini. Tu n'auras plus à y penser. Ce n'est pas compliqué tout de même ! Il y a longtemps qu'elle aurait dû le faire.

- Oui, mais elle a préféré mener son enquête de son côté. Et elle sait maintenant qui a tué Véra.

- Bien. Et cela t'intéresse qu'elle te le dise ?

- Je t'en prie, Leandro. Ne me rends pas les choses plus difficiles. Je t'informe, c'est tout.

- Eh bien, vas-y ! Mais fais attention à toi. Ne la laisse pas t'emmener je ne sais où. Reste là où il y a du monde. Et si elle veut se déplacer, qu'elle prenne un taxi. Jure-moi que tu ne la suivras pas. Jure le moi !

- Je te le jure, chéri.

- Je vais au Tennis Club. Tu peux me joindre si besoin est. Et... si tu n'es pas rentrée à dix heures, j'appelle la police !

A présent que Marie se retrouvait sur le lieu du rendez-vous avec Daisy, elle ne se sentait plus si sûre d'elle. L'idée qu'elle aurait pu passer une soirée agréable avec Leandro l'assaillit soudain et elle regretta, l'espace de quelques minutes, de s'en être privée. Mais elle arrivait déjà. L'adresse que Daisy lui avait donnée était celle d'une galerie de peinture. Dotée d'une grande façade vitrée grâce à laquelle on pouvait apercevoir les tableaux exposés à l'intérieur, très judicieusement mis en valeur par un éclairage indirect, la galerie se trouvait sur un quai de Seine. Marie longea le quai lentement à la recherche d'une place pour se garer et, lorsqu'elle fut assez proche de la galerie, elle tenta de repérer la silhouette de Daisy. Mais elle ne la vit pas. Par chance, un feu tricolore se trouvait après la galerie, à l'angle avec une rue d'où se déversait un flot de véhicules qui déboulaient en trombe. C'était déjà l'heure où les parisiens, de sortie, s'apprêtaient à aller dîner. Juste avant que le feu passe au vert pour elle, Marie aperçut Daisy, de dos, et stoppa le véhicule. Elle eut du mal à la reconnaître : Daisy avait troqué son long manteau beige contre une sorte de poncho qui lui descendait jusqu'aux hanches. Elle était en pantalon, chaussée de baskets, et portait à l'épaule, en bandoulière, un grand cabas ouvert. C'était une tenue qui ne correspondait absolument pas à sa personnalité, mais Marie ne douta pas un instant que ce fut elle. Elle donna quelques coups de klaxon, pensant que Daisy allait se retourner, mais ce fut sans succès. Alors, Marie dépassa la galerie au ralenti. Elle tourna au feu pour s'engager dans cette rue où, par bonheur, elle finit par s'introduire, après quantité de manœuvres dans une petite place, bien trop petite. Elle sortit aussitôt de son véhicule, rabattit les rétros, et remonta la rue en direction du quai. Elle accélérait le pas parce qu'elle craignait que Daisy ne s'envolât. Elle se sentait impatiente et curieuse. Il y avait pas mal de choses que Daisy devrait éclaircir, sur sa pseudo disparition, sur la personne qui devait être au volant de sa voiture lorsque le véhicule avait pris feu, sur ce qu'elle savait de l'assassinat de Véra... Finalement, Daisy l'avait plongée dans son propre univers et, de se sentir soudain ce soir faisant partie intégrante de cet univers bien malgré elle, lui donna la chair de poule. Là, il ne s'agissait plus de suppositions, d'attente, de coups de fil plus ou moins cohérents. Il s'agissait de la réalité. Et Marie se sentait d'un coup évoluer dans une réalité qui n'était pas la sienne, mais celle de Daisy. Elle eut une pensée pour Leandro et son bon sens, sa force tranquille, elle les ressentit là, maintenant, comme à la fois pertinents et chaleureux. Elle pressa le pas. Il lui fallut encore cinq bonnes minutes pour rejoindre la galerie. Lorsqu'elle distingua enfin Daisy, elle voulut lui faire signe, mais une famille entière occupait le trottoir et lui barrait la route. Elle finit par descendre sur la chaussée, se fit klaxonner, insulter, puis elle arriva enfin à destination. Daisy qui s'était retournée et regardait de gauche et de droite, l'aperçut elle aussi et lorsqu'elles furent l'une en face de l'autre, Marie fut frappée par l'expression de Daisy. Elle avait le visage grave, les lèvres serrées. Elle avait retiré ses lunettes de soleil et, tout en se penchant pour embrasser Marie, elle dit à voix basse :

- Vous voilà enfin !

- Bonsoir, dit Marie.

- Nous n'avons pas beaucoup de temps. Vous avez ce que je vous ai demandé d'apporter ?

- Oui, dit Marie, mais ici...

- Par là, fit Daisy saisissant le bras de Marie. Et elle l'entraîna sous une porte cochère, tout en jetant des regards furtifs autour d'elle. Puis, elle ouvrit grand son cabas et fit un geste de la tête à Marie pour lui signifier d'y déposer le tout. Marie sortit de sa sacoche, le passeport, les billets de banque et la clé du secrétaire de Daisy, et les plongea dans ce sac qui semblait aussi profond qu'un puits sans fond.

- Merci, dit Daisy. Allons-nous en maintenant. Vous êtes véhiculée ?

- Oui dit Marie.

- A présent, je vais vous demander de me ramener chez moi.

- Chez vous ? Mais... Richard... est au courant ?

- Richard n'a rien besoin de savoir pour le moment. De toutes manières, nous ne le verrons pas. Il n'est pas là, je le sais. Il est parti pour quelques jours dans notre maison de campagne.

- Comment le savez-vous ?

- Vous êtes bien curieuse, Marie ! Pouvez-vous me ramener oui ou non ?

- Excusez-moi. Je pense seulement que s'il y est encore... Et puis, le Lieutenant a décidé de faire garder votre pavillon par une voiture de police.

- Vous êtes bien renseignée, Marie ! Et que savez-vous encore ?

Marie ne s'était pas attendue à ce genre de réactions de la part de Daisy. Elle était décontenancée. Comme elle tardait à répondre, Daisy demanda à nouveau :

- Bon, pouvez-vous m'amener chez moi ? Marie, ne perdons pas de temps. Je voudrais être à la maison au plus vite. Je vous parlerai dans la voiture.

Marie pensa qu'elle ne pourrait être rentrée pour dix heures. A condition que le périphérique ne fut pas encombré ! Il lui fallait prévenir Leandro. Elle sortit son portable, mais Daisy lui attrapa le poignet.

- Je dois prévenir, Daisy... On va s'inquiéter, dit Marie...

- N'en faites rien, ma chère. Il ne faut pas que l'on sache que nous sommes ensemble.

- Si vous parlez de la police, ce doit être déjà fait. Le Lieutenant m'a dit aussi qu'il me faisait suivre, dit Marie.

- Et vous l'avez cru ? Il dit n'importe quoi. Cet homme est un incapable ! Allons-y, voulez-vous.

- Daisy, je suis désolée, mais on m'attend chez moi. Si je n'appelle pas, on risque de prévenir la police...

- Eh bien, je vois que la confiance règne ! répliqua Daisy. Vous appellerez depuis votre voiture.

Une fois installées dans la voiture, Marie n'appela pas. Elle démarra sans dire un mot. Elle en voulait à Daisy de n'en faire qu'à sa tête. Oui, vraiment, comme elle l'avait promis à Leandro, il faudrait qu'elle mette un terme à cette relation où elle ne se sentait absolument pas respectée. Pendant qu'elles traversaient Paris, le silence régna dans le véhicule. Daisy regardait par sa vitre, elle se taisait aussi. Il y avait une certaine tension dans l'air. Lorsqu'elles approchèrent de la Porte d'Orléans, Daisy poussa un profond soupir.

- Marie, je vous prie de m'excuser. Je n'ai pas été très correcte. Je n'arrive plus à me maîtriser. C'est tellement difficile, si vous saviez ! Loriane était une amie très chère, une femme adorable, exceptionnelle. Tout cela est abject ! C'est à moi qu'on en voulait. C'est par ma faute qu'elle...

Et en disant ses mots, elle ne put contenir son émotion. Elle retourna la tête vers la vitre et se tut encore un long moment. Marie ne savait plus quoi dire. Que dit-on dans ces circonstances ? Le silence était peut-être le plus sincère des hommages.

Puis au bout d'un moment, Daisy, calmée, reprit :

- Marie, dans la Galerie, savez-vous ce que j'ai vu ?

- Non, répondit Marie.

- Un des tableaux de Véra.

- Ah !

- Oui, pourtant la maison de Véra avait été mise sous scellés.

- Etes-vous certaine qu'il s'agit bien d'un de ses tableaux ?

- Oui, sans aucun doute possible.

- Peut-être s'en était-elle séparée...

- Non, vous dis-je ! Véra ne se séparait d'aucun de ses tableaux. Elle y tenait beaucoup trop.

- Et qu'en déduisez-vous ?

- Ce n'est pas sorcier ! Ce tableau a été dérobé et vendu. Grâce à cela je vais pouvoir confirmer qui a tué Véra. Vous rendez-vous compte ?

- Vous savez déjà de qui il s'agit ?

- Oui. Mais je ne vous le dirai pas. J'ai encore un détail à vérifier.

- Bien, dit Marie qui pensait à Leandro. Il devait être déjà inquiet.

Comme si elle lisait dans les pensées de Marie, Daisy demanda :

- Vous ne m'écoutez pas. Voulez-vous que je passe un coup de fil pour vous ?

- Oui, je veux bien, dit Marie. S'il vous plait, prenez mon portable et sélectionnez « Leandro ». Ensuite je parlerai.

C'est ce que fit Daisy. Quand Leandro répondit, Marie dit tout de suite.

- Tout va bien, chéri. Je raccompagne Daisy chez elle et je rentre.

- Tu m'avais pourtant promis...

- Oui, je sais. Mais, je ne peux pas faire autrement. Je t'expliquerai. Ne sois pas en colère. Je n'en ai plus pour très longtemps.

- Tu sais quelle heure il est ?

- Non. Mais...

- Bon, je vais aller dîner dehors. Ne m'attends pas. Je rentrerai tard.

- Ok, dit Marie et d'un signe de la main, elle signifia à Daisy de raccrocher.

Ensuite, elles se turent encore. Par bonheur, le périphérique était fluide. Lorsqu'elles arrivèrent au carrefour de la Vache Noire, Marie laissa échapper un profond soupir. Elle se sentait en porte à faux. Daisy n'était plus la même. Cette sorte de fascination qu'elle avait exercée sur Marie s'était comme envolée. Cette femme qui était assise sur le siège à côté d'elle, elle la connaissait à peine, et elle était là, à ses petits soins, la ramenant chez elle comme s'il s'agissait d'une amie, d'une parente. C'était totalement absurde. Il n'y avait rien entre elles. Quelques paroles échangées dans un bar, une relation qui avait certes eu quelque chose de magique... mais peu de choses en somme ! La fumée de la cigarette de Daisy dansait dans l'habitacle, elle baissa la vitre. Elle tenait son cabas sur ses genoux, serré contre sa poitrine comme s'il risquait de lui échapper.

- La fumée, cela ne vous dérange pas ? demanda-t-elle enfin.

Marie ne répondit pas. Elle était perdue dans ses pensées, déçue, blessée. Quelle importance si la fumée la dérangeait ou pas ? Dans quelques minutes, Daisy allait descendre de la voiture et elle ne la reverrait probablement jamais. Elle n'avait plus envie du tout de savoir ce qui s'était passé, qui était cette femme qui avait péri dans l'incendie du véhicule de Daisy, quelles explications pourrait lui donner Daisy, qui, d'après elle, avait assassiné Véra. Brusquement Marie venait de prendre conscience que tout cela ne la concernait en rien, qu'elle avait pris des évènements extérieurs pour sa propre histoire. Elle avait eu tout faux.

Elles arrivaient devant la maison de Daisy et Marie se gara, coupa le contact et fixa, à travers le pare-brise, la rue qui s'étendait toute droite, éclairée par les réverbères. Elle jeta un coup d'œil dans le rétroviseur. Elle avait les mains posées sur le volant, prête à remettre le contact dès que Daisy serait descendue.

- Marie, il n'y a personne ici que vous et moi, dit Daisy. Vous pouvez en être sûre. Voulez-vous rentrer un instant.

Marie hésita. Elle voulut dire « Non » et elle s'entendit répondre :

- Un instant seulement.

Daisy la précéda jusqu'à la porte d'entrée, tourna la clé dans la serrure, poussa la porte, actionna l'interrupteur, et se recula pour laisser passer Marie. En pénétrant dans le séjour, Marie, surprise, marqua un temps d'arrêt et ne put retenir un cri :

- Oh, mon Dieu, Daisy, que s'est-il passé ?

Le Lieutenant Rogieri faisait les cent pas dans son bureau. Il était seul au Commissariat mais, comme tous les néons étaient restés allumés, il lui semblait que la journée n'était pas finie. Personne ne l'attendait chez lui. Il n'avait ni femme, ni enfant, ni maîtresse, pas même un animal de compagnie. Aussi, il laissait souvent passer le temps sans penser à regarder sa montre. Son poste au Commissariat le contraignait à faire un bon nombre d'heures supplémentaires et cela n'était pas pour lui déplaire. C'étaient précisément ces instants silencieux qui lui donnaient souvent la possibilité de résoudre une affaire ou, du moins, d'en démêler les fils : passer en revue les éléments d'un dossier depuis l'origine, une fois, dix fois, se concentrer sur des mobiles, chercher à cerner au plus près la personnalité des suspects, recouper les données d'une enquête... Il travaillait ainsi avec plus de facilité et dans le calme absolu. Pas de téléphone qui sonnait, pas de nouvelle affaire, de nouveau meurtre qui requérait sa présence d'urgence, pas de rapport à signer...

Rogieri n'était pas tatillon de nature, il était direct. Pour lui, iI n'y avait qu'un moyen de résoudre une énigme : prendre les choses à bras le corps, bousculer ses hommes, et aller de l'avant. Il fallait souvent se résoudre à stagner des jours et des jours durant pour, à la croisée de deux pistes, tomber juste sur le petit détail que personne n'avait remarqué, pas même lui, qui allait faire éclater la vérité. Comme il avait de la bouteille, il ne baissait jamais les bras. Les affaires classées ne l'étaient qu'une fois le coupable arrêté. Et il en était fier. Trente ans passés qu'il faisait ce foutu métier, et il était connu pour son opiniâtreté. Ce qu'il aimait dans ce boulot, c'était la variété. Toutes les affaires semblaient toujours présenter un bon nombre de points communs, mais en fait il s'agissait, pour démêler le vrai du faux, de recourir à de nouvelles hypothèses, de réaliser de nouveaux rapprochements, d'orienter d'une manière particulière les investigations, de pimenter les interrogatoires... Pour lui, c'était un jeu. Et il avait coutume de dire qu'il était loin d'avoir fait le tour de toutes les bizarreries d'une affaire, même lorsqu'elle était résolue. A chaque enquête, c'était un nouveau défi qui lui était lancé. Chaque meurtrier qu'il appréhendait lui faisait découvrir une nouvelle espèce à inscrire à son tableau de chasse ! La diversité des êtres humains était infinie, celle des assassins aussi. Certes, dans sa carrière, il y avait eu des ratés, il avait perdu des hommes, certains meurtres n'avaient jamais été élucidés, comme cela se produit partout en France et dans le monde entier. Mais cela se comptait sur les doigts d'une main. Son pourcentage de réussite lui avait forgé une belle réputation.

Il était en train de revoir le dossier de l'assassinat de Véra Dévinovitch. Le lendemain, le Commissaire lui demanderait des comptes. Il avait bien sa petite idée sur l'affaire, comme à l'accoutumée, mais aucun indice probant. Il sentait que tout tournait autour de quelques protagonistes, comme dans un manège où l'on revoit passer les visages l'un après l'autre, inlassablement. Il faudrait bien qu'à un instant se produise un arrêt sur image. Mais quand ? Cela n'avait rien d'un joyeux divertissement, il s'agissait d'une sorte de tourbillon qui avait, semblait-il, entraîné tous les membres de cette famille. Et ce tour de manège macabre était de toute évidence orchestré par l'un d'entre eux, mais lequel ?

Plusieurs fois, il avait cru qu'il tenait le bon bout. Mais non... malgré sa logique implacable, la vérité lui filait sans arrêt entre les doigts. Bon, la voiture de la nièce, ce n'était pas elle qui la conduisait. Il avait reçu les conclusions du service d'odontologie. Il l'avait sous les yeux. En principe, Daisy Dévinovitch était donc toujours en vie. Mais jusqu'à quand ? Si sa voiture avait été trafiquée, comme cela semblait être le cas, il ne faisait aucun doute que l'assassin allait revenir à la charge, dès qu'il apprendrait la nouvelle. Celui qui avait eu accès à son véhicule devait roder... Et pour retrouver Daisy Dévinovich avant qu'il ne soit trop tard, la seule piste dont il disposait, était Marie Nolan. Elle était mêlée à tout cela, on la retrouvait à toutes les étapes du scénario : elle était sur les lieux du crime de la tante, elle fréquentait la nièce Dévinovitch et son fils. Mais elle n'avait aucun mobile. Cela arrivait souvent que les pistes fussent ainsi brouillées par un élément extérieur qui revenait sans cesse mettre le trouble dans l'avancement du dossier. Marie Nolan devait certainement savoir ou avoir été témoin de faits plus ou moins importants. Mais elle était entêtée comme une mule ! En fait, il ne savait pas par quel bout la prendre pour arriver à ses fins, et c'était bien la première fois qu'il se trouvait confronté à un individu aussi buté ! Il en avait fait craquer plus d'un dans son genre, mais elle, pas moyen ! A chaque interrogatoire, il pensait qu'il allait y arriver, qu'il était tout près du but comme cela se produisait en général lorsque le contact avec l'individu qu'il questionnait balançait entre menaces et mise en confiance. Mais rien n'y faisait. Elle lui échappait au dernier moment, par un biais ou un autre, et jusqu'à présent il n'avait pas pu identifier la nature du lien qui la reliait à cette famille.

Mais quelle heure était-il ? Ah, tout de même, près de dix heures ! Tant pis, il allait tenter de la joindre. Elle serait heureusement surprise d'apprendre que son amie Daisy n'était pas au volant lorsque le véhicule avait cramé ! Et cela lui donnerait peut-être l'opportunité de mieux cerner la psychologie de la jeune femme.

- Non, Marie, dit Daisy, il ne s'agit pas d'un cambriolage. Je sais qui a fait cela et je crois aussi savoir pourquoi.

- Ne croyez-vous pas qu'il serait bon d'appeler la police ?

- Surtout pas, ma chère ! Le Lieutenant vous manque à ce point ? A moi pas du tout ! Du moins pas pour le moment. Il y a plus urgent à faire. Nous n'avons plus le temps !

A peine avait-t-elle prononcé ces mots que le portable de Marie sonna.

- Bonjour Mademoiselle Nolan.

C'était le Lieutenant !

- Bonjour Lieutenant, répondit Marie. Justement... commença-t-elle.

Mais Daisy, d'un geste vif, ne lui laissa pas le loisir de dire un mot de plus. Elle avait plaqué sa main sur la bouche de Marie et elle chuchotait : « Taisez-vous ! Taisez-vous donc ! ».

- Je vous écoute, dit Rogieri. Qu'y a-t-il ?

Marie, prise au dépourvu, balbutia :

- ...Je voulais savoir ...

- Eh bien oui, je peux vous le dire ! Ce n'était pas Madame Dévinovitch qui était dans la voiture... Mais quelque chose me dit que vous êtes déjà au courant !

- Oui, enfin non ! Je le pensais, je le souhaitais, mais j'attendais votre appel...

- Malheureusement nous ne savons pas encore qui était au volant. Nous n'avons pas l'identité de la victime. A ce sujet, vous ne pouvez pas nous aider Mademoiselle Nolan ?

- Moi, Lieutenant ? Pourquoi cette question ?

- M'est avis que vous avez une petite idée sur la question, Mademoiselle Nolan. Est-ce que je me trompe ?

Daisy agitait la tête. Elle semblait excédée. Elle finit par s'éloigner, posa son cabas sur une chaise, se défit de son poncho. Puis elle sortit son paquet de cigarettes et en alluma une, nerveusement. Marie se taisait. Daisy ne la quittait pas des yeux.

- Allo ? Vous êtes toujours là, Mademoiselle Nolan ?

- Oui.

- Je vous dérange peut-être ?

- C'est que...

- Bon, de toutes manières, nous n'allons pas tarder à nous revoir. Si jamais Madame Dévinovitch vient à vous contacter, n'hésitez pas à m'appeler, n'importe quand, à n'importe quelle heure, cela ne pose aucun problème.

- D'accord, Lieutenant.

- Bonne soirée, Mademoiselle Nolan.

- Bonne soirée, Lieutenant.

Daisy posa sa cigarette sur un cendrier et tapota les coussins du canapé.

- Eh bien, ma chère, vous vous en êtes bien tirée, une fois encore !

- Il vaut mieux que je m'en aille, dit Marie. Je crois que moins j'en saurai et mieux ce sera pour moi et... pour vous aussi.

- Vous ne direz jamais rien, vous ne me trahirez pas. J'ai entièrement confiance en vous. Je sais de quoi vous êtes capable.

Daisy tira sur sa cigarette et sourit. Mais Marie sentait bien que quelque chose avait changé dans le comportement de Daisy. Et son visage aussi avait changé : ce pli au bord des lèvres, les cernes aux yeux...

- Ne voulez-vous pas appeler Richard ? Il se fait tellement de souci pour vous !

- Non, pas pour le moment, Marie. J'ai une ou deux choses à vérifier avant. Mais venez donc vous asseoir près de moi. Je vous dois des explications.

- Je vous remercie, mais je préfère ne pas être au courant,

Daisy. Vous êtes en vie, c'est le principal. Le reste, ce qui est arrivé, je n'en ai pas la moindre idée, mais je ne veux pas le savoir. Cela ne me concerne pas.

Daisy détourna les yeux.

- Détrompez-vous, ma chère. Depuis le début, vous êtres concernée. Croyez-vous vraiment que ce soit par hasard que le destin vous ait mis sur notre route ?

- Mais...

- Il n'y a pas de hasard, Marie. La vie de chacun de nous est orchestrée avec minutie par un grand Ordinateur dont nous ignorons tout. Lui est omniscient, omniprésent. Il nous observe. A chaque instant de notre vie, nous sommes en relation avec lui. Mais nous sommes trop arrogants, trop stupides ou pressés, pour nous en apercevoir. Il en résulte que les relations entre les êtres humains qui se font et se défont selon un ordre préétabli, ne sont jamais, elles aussi, le fruit du hasard. Dès la minute où vous avez mis les pieds dans la maison de Véra, c'en était fait, le processus était enclenché. Et depuis, votre histoire est et sera intimement mêlée à la nôtre...

- Je ne crois pas, non ! l'interrompit Marie.

- Et de la même manière, continua Daisy sans faire cas de la réaction de Marie, lorsque ce qui doit nous échoir à toutes les deux aura cessé de produire ses effets, nous nous éloignerons l'une de l'autre, et... vous serez débarrassée de moi pour votre plus grand bonheur ! Ou peut-être pas... Cela seul dépendra de nous.

Daisy souriait à présent et donnait quelques tapes au coussin sur le canapé pour exhorter Marie à s'assoir près d'elle. L'expression de son regard était redevenue celle que Marie connaissait. Elle écrasait sa cigarette dans le cendrier tout en regardant Marie. Puis elle tourna la tête brusquement.

- Il n'est pas temps de nous attendrir, ma chère. Je suis désolée. Si vous ne voulez rien savoir, soit, je ne vous dirai rien ! Vous pouvez partir, je ne vous tiens pas prisonnière ! Mais avant de nous quitter, j'ai quelque chose à vous dire. Je vous remercie sincèrement pour votre patience. Vous m'avez aidée plus que vous ne le croyez... Vous avez agi comme une amie fidèle alors que vous ne me connaissiez pas. Et vous avez agi sans me demander de compte. Vous avez pu croire que j'étais absolument sûre de moi, que j'exécutais strictement un plan, ou quelque chose de ce genre. Je tiens à vous dire qu'il n'en a rien été. Sachez que je n'ai fait qu'avancer en aveugle depuis la minute où j'ai appris la mort de Véra.

Marie avait baissé les yeux et s'était retournée. Daisy se leva.

- Attendez Marie. Il y a des évènements qui ne vont pas tarder à se produire. Je crains pour mon fils. Tant que nul ne sait que je suis en vie, sa vie à lui est en danger. Il est le troisième et le dernier sur la liste. Je ne veux pas vous en dire plus, non, je ne vous importunerai plus. Mais je vous laisse les cartes en mains. C'est à vous de juger. Je vous laisse entièrement libre à présent. Vous pouvez donner au Lieutenant toutes les informations dont vous avez connaissance. Pour votre sécurité, après tout, il est préférable que la police soit mise au courant, dans la mesure où le besoin se ferait sentir de ne pas être qualifiée de complice... Sans compter, ajouta Daisy, que je vais certainement avoir besoin du Lieutenant. Peut-être plus tôt qu'il ne le pense !

- Oui, dit Marie, c'est sans doute ce qu'il y a de mieux à faire à présent.

Et tout en disant ces mots, Marie se dirigea vers l'entrée. Elle avait la vague impression que le ton de Daisy, sa manière de présenter les choses, étaient empreints de lassitude. Elle n'était plus, semblait-il, la femme que Marie avait côtoyée. Elle avait l'air à présent d'accepter, sans plus se battre, ce qui allait se passer, quoiqu'il se passât. Quelque part, cette sorte de renoncement était comme un adieu. Et, du coup, Marie regretta. Elle regretta de ne pas avoir voulu en savoir plus, de ne pas avoir été plus compatissante. Elle regretta sa froideur, l'indifférence qu'elle s'était imposée.

- La personne qui était dans la voiture, vous la connaissiez, n'est-ce-pas demanda-t-elle ?

Daisy tourna la tête. Elle ne répondit pas.

- Excusez-moi. Je crains d'avoir été indiscrète... Je me rends compte qu'aujourd'hui, je ne vous ai été d'aucun secours.

- Vous en avez bien assez fait, ma chère. Allez, filez !

Je vous appellerai si j'ai besoin de vous, répondit Daisy. Et je vais de ce pas récupérer mon arme.

Elle lança un regard engageant à Marie et lui sourit. Et ce sourire était un vrai sourire, empreint de tristesse, certes, mais aussi de tendresse.

« Calcul ou manipulation encore de la part de Daisy ? » pensa Marie, touchée par ce regard. Non, elle ne le pensait pas. Daisy était lasse. Tout dans son comportement faisait ressortir un certain abattement. Elle se forçait. La merveilleuse énergie dont elle avait fait preuve jusqu'alors avait totalement disparu. Marie, devant la porte, se retourna. Daisy ne la regardait pas :

- Prenez soin de vous, dit Daisy.

- Oui, et vous aussi, répondit Marie. Soyez prudente, Daisy. J'attends votre appel. Je suis sûre que nous n'allons pas tarder à nous revoir.

- Oui, je l'espère aussi, répondit Daisy en se redressant. Et sachez que ce sera avec le plus grand plaisir, ma chère !

Marie allumait l'ordinateur. Ce matin, elle était passée au bureau bien à contrecœur. Après l'entrevue avec Daisy, la veille au soir, en rentrant, elle n'avait pas poussé la porte de chez elle qu'aussitôt Leandro, qui l'attendait de pied ferme, l'avait entreprise et ne l'avait plus lâchée. Il avait dit qu'il n'était pas sorti dîner, qu'il avait tourné en rond dans l'appartement les yeux fixés sur son portable. Et il avait déclaré calmement à Marie :

- Je souhaite que tu t'engages à ne plus faire ça, à l'avenir.

Et Marie avait promis. Tout de suite après, il avait enchaîné :

- Et qu'as-tu appris ?

- Rien, je n'ai rien voulu savoir.

- Mais enfin ! Je ne te comprends pas. Pourquoi ? Tu n'as pas de curiosité ? Moi, je suis curieux ! Jesus Cristo, je me demande comment cette femme arrive toujours à retomber sur ses pieds ?

- Il ne s'agit pas de cela. Quelqu'un cherche à les éliminer, elle et son fils. Il doit y avoir une histoire d'héritage là-dessous. On a failli la tuer. C'est certainement la raison pour laquelle, elle tenait à rentrer chez elle pour récupérer son arme. Et maintenant, elle pense que son fils est le prochain sur la liste.

- Je regrette. On n'a pas une arme chez soi comme ça, pour rien. Qui te dit que c'est une femme honnête, que ce n'est pas elle qui a tué sa tante ?

- Non, ça c'est impossible. Elle dit qu'elle sait qui est l'assassin de sa tante et qui a voulu s'en prendre à sa vie à elle.

- C'est ce qu'elle dit. Il peut y avoir une autre façon de voir les choses.

- Peut-être. Il y a toujours une autre façon de voir les choses...

Je ne suis pas inspecteur de police mais elle a failli y passer. Ça c'est vrai. Si j'ai bien compris, elle connaissait la femme qui était dans la voiture.

- Alors, si on a tenté de la tuer, on va sans doute recommencer. Dès que l'assassin saura que son plan a échoué...

- Oui. Je le pense aussi. Finalement, je crois qu'il faut que je parle au Lieutenant. Elle ne peut pas affronter seule un individu qui la traque.

- Graças à Deus ! Je suis heureux de te l'entendre dire.

Et ils avaient discuté ainsi jusqu'au petit matin. Ils n'avaient dormi que quelques heures.

Sarah tapait à la porte. N'ayant reçu aucune réponse, elle pénétra dans le bureau.

- Bonjour Madame. Vous avez pu lire le projet de compromis ?

- Oui, je l'ai parcouru, Sarah. Asseyez-vous. Vous avez rencontré des difficultés dans la rédaction ?

- Non, j'ai seulement laissé des « blancs » parce que nous n'avons pas toutes les pièces. Il manque le stock et la liste du mobilier. Et nous n'avons pas le montant du dépôt de garantie, non plus.

- Bien. Envoyez tout de suite un mail au vendeur et une copie de l'acte à Monsieur Martins, notre patron, en lui précisant que l'acte n'est pas complet faute de pièces.

Sarah répondit par un « Oui » timide. Elle avait l'air renfrogné.

- Quelque chose d'autre, Sarah ?

- Vous revenez quand, Madame ?

- Je serai là lundi matin.

- J'ai préparé des réponses aux mails que vous avez reçus. Pouvez-vous voir si c'est bon ?

- Non, Sarah. Je vous rappelle que je suis en congés ! Je n'étais pas censée être là aujourd'hui ! Faites comme si vous ne m'aviez pas vue, fit Marie en riant. Prenez vos responsabilités et envoyez vos réponses en mentionnant que vous êtes mon assistante. Je suis persuadée que tout ira bien. Lundi n'est que dans quelques jours, vous savez. Et, s'il-vous-plait, ne m'appelez pas. Dès à présent, je ne suis plus disponible ! Bon, je file.

- Attendez, Madame ! J'ai un courrier pour vous.

Sarah tendait une enveloppe sur laquelle était mentionné « MARIE NOLAN ». Marie, étonnée, déchira l'enveloppe et en sortit une page blanche sur laquelle ne figuraient que ces mots « Tenez-vous vraiment à être la prochaine victime ? ». Marie releva la tête et interpella Sarah :

- Qui vous a remis ce pli ? Pourquoi ne m'avoir rien dit quand je suis arrivée ?

Sarah baissa la tête.

- Excusez-moi, Madame, c'est Chloé qui me l'a donné. Un coursier l'a apporté ce matin tôt, en même temps que les fournitures.

Marie se domina.

- C'est bon, dit-elle. Je vous remercie. Vous pouvez y aller, Sarah.

Puis elle se leva et suivit Sarah qui sortait du bureau. Dans le couloir, elle croisa Jérémy.

- Ah Marie, je venais justement te voir. On déjeune ensemble aujourd'hui ?

- Non, je ne fais que passer, Timoty. Officiellement, je suis en congés jusqu'à lundi.

- Raté ! dit Jérémy en riant. Alors tu me réserves ton déjeuner de lundi ?

- D'accord !

Marie se dirigea vers l'entrée. Chloé n'était pas à l'accueil. Elle ne s'attarda pas à la chercher. Elle quitta le Cabinet.

En revenant chez elle, Marie constata avec surprise que la porte de l'appartement n'était pas fermée à clés. Leandro avait dû partir à la hâte. Elle l'appela, mais il ne répondit pas. Dans la mezzanine, le lit était ouvert, et il régnait un beau désordre. Apparemment, Leandro avait eu du mal à choisir quelle chemise et quel pantalon mettre aujourd'hui. Mais Marie n'avait pas envie de ranger. Elle n'avait envie de rien. Elle était perturbée par ce nouveau message. Elle commença par appeler le Commissariat, mais le Lieutenant était injoignable de toute la journée. Puis une autre pensée l'assaillit. Elle se demanda où en était Daisy, que faisait-elle, quels étaient ses plans. Elle pensa à elle de manière si intense qu'elle fut persuadée que Daisy pensait également à elle à cet instant précis. C'était étrange. Il lui sembla qu'elles se retrouvaient en présence l'une l'autre, comme dans un rêve au cours duquel une amie, dont vous avez perdu la trace et qui vous a manqué, refait surface tout à coup. Elle l'aurait bien appelée, mais elle ne savait plus trop où la joindre. Son ancien numéro ne répondrait certainement pas. Elle fit tout de même une tentative. Et au bout du fil, on décrocha, une voix de femme répondit, mais ce n'était pas Daisy. Marie coupa la communication. Soudain, l'envie lui prit de retourner là-bas. Maintenant, elle voulait savoir. Elle se dit que la veille au soir, elle aurait dû rester. Rester, parler avec Daisy : c'est ce qu'aurait fait une véritable amie. Ne pas laisser l'autre sans soutien, l'écouter, dire quelques mots pour la rassurer. C'était ce dont Daisy avait besoin. Pourquoi avoir réagi comme une étrangère ?

Marie soupira. Elle allait prendre une douche, ce qu'elle n'avait pas eu le temps de faire avant de partir au bureau. Et ensuite, elle contacterait Leandro pour savoir s'il pouvait déjeuner avec elle. Elle avait besoin de le voir.

Avant de rentrer dans la salle de bains, elle alluma la radio et se brancha sur France Musique. Puis elle commença à se déshabiller. Au moment où elle allait passer sous la douche, un signal sur son portable lui indiqua un message. En fait, il y en avait deux. Le premier était de Leandro « Veux-tu qu'on déjeune ensemble ? » et le second de Richard « Pour me joindre à notre résidence secondaire...»... suivait une adresse et un numéro de téléphone. Marie fut parcourue de frissons. Qu'est-ce que cela signifiait ? Il ne l'avait plus rappelée depuis quelques temps. Etait-ce un appel au secours ? Richard n'était au courant de rien. Il ne se doutait sans doute pas qu'il devait être suivi, épié lui aussi, qu'il n'était pas en sécurité. Ou bien était-il parti justement pour s'éloigner de chez lui ? Marie devait elle le contacter ? Daisy ne semblait pas l'avoir fait. Pourquoi ? Peut-être fallait-il faire vite... Et si c'était déjà trop tard ?

Owen roulait sur une route de campagne. De retour d'un déplacement d'ordre professionnel, il rejoignait Richard dans sa maison de campagne. Au passage dans le village, il était allé prendre à la supérette des œufs et du beurre pour se faire une omelette aux champignons. Il avait une faim de loup et il savait qu'il ne trouverait pas grand chose dans les placards de cuisine de cette saleté de baraque, pas même des herbes ou une bouteille d'huile. Lorsqu'ils étaient arrivés avec Richard, il avait fouillé dans le garde-manger. Il n'y avait déniché que quelques oignons germés et des boîtes de conserve non encore périmées - une boîte de champignons émincés entre autres - et c'était en y pensant, ce matin, que l'idée lui était venue d'une omelette pour le petit déjeuner. En acceptant ce court séjour à la campagne, bien que l'air dépollué lui avivât l'appétit, son but n'avait pas été de passer son temps à manger, ni, du reste, de tenir compagnie à Richard dont l'activité se résumait à écouter chanter les oiseaux, se délecter d'airs d'opéras - ce qu'Owen exécrait -, ou encore aller à pieds jusqu'à la rivière et en revenir. Il n'y avait dans ce lieu éloigné pratiquement rien à faire de ses journées. Mais Owen avait conçu un plan et il lui fallait quelques jours encore pour le mettre à exécution.

C'était une belle matinée de printemps. Le soleil brillait, le ciel était complètement dégagé, bien que la météo eut annoncé des averses éparses dans l'après-midi. Owen roulait à faible allure, vitres baissées. L'air était doux et le paysage offrait à la vue d'immenses étendues paisibles, une variété étonnante de couleurs. Mais Owen n'en avait cure.

Toutes ces floraisons, tous ces arbres qui exultaient, tout ce luxe de verts et de jaunes dont se parait la nature ne l'intéressaient pas plus que la compagnie de Richard, une semaine durant, qui lui demandait un effort constant. Ces paysages défilaient lentement de part et d'autre de la route, un vrai décor de carte postale fait pour des vacanciers, malheureux travailleurs de la ville, dont la vie était morose, et qui, matin et soir, s'entassaient dans des rames de métro bondées. Lui, il ne se sentait bien que dans son quartier. La Seine, les quais, les bouquinistes, les commerces en bas de chez lui... Avec Richard, ils étaient arrivés la semaine passée et Owen s'était empressé de prétexter un rendez-vous sur Paris pour regagner les rues grouillantes, l'animation dont il ne pouvait se passer. Il en avait profité pour récolter des nouvelles fraîches qui ne parvenaient qu'au compte gouttes dans ce bled perdu. Il avait acheté plusieurs journaux, mais aucune nouvelle à sensation n'y figurait. Les premiers jours, il s'était ennuyé à mourir. La mise en œuvre de son projet, il l'avait réservée pour la fin de la semaine, après son retour. Son plan, le jour dit, nécessiterait un déroulement minutieux, étudié heure après heure. Il en était tout à fait satisfait et se sentait prêt. Il fallait reconnaître qu'Owen était doué pour l'organisation. Sa mère, qui était pourtant avare en compliments, l'avait bien relevé, il s'en souvenait parfaitement, même si cette remarque à l'époque ne lui avait procuré aucune satisfaction. La reconnaissance de ses mérites par elle ne lui servait en rien. Il n'avait pas rencontré de soutien de cette femme à l'époque où il en avait eu le plus grand besoin. De son père non plus d'ailleurs. L'expression qui s'afficha alors sur son visage, fut l'abattement, teinté de mépris. Il n'avait pu compter que sur lui-même pour se construire. Il en était fier, mais cela ne l'empêchait pas de conserver de la rancune. Et ce que l'on entretient ainsi durant des années, qui vous met en attente et vous permet de faire fi de toutes les déceptions, toutes les humiliations, se renforce tant que lorsque le moment est venu, passer à l'acte se révèle proprement jubilatoire.

Mettre au point les détails de ce qu'il avait conçu depuis que Richard avait décidé de venir ici, n'avait présenté aucune sorte de difficulté. Owen était si doué qu'il ne craignait aucun faux pas. Et encore moins l'imprévu. Bien au contraire, l'imprévu, pensait-il, se révèle toujours aussi excitant que le jeu lui-même. En toutes circonstances, il savait parfaitement qu'il pouvait compter sur sa créativité et sa vivacité d'esprit. Personne ne pouvait se mesurer à lui sur ces points. Il savait tout ce qu'il devait accomplir, il savait, dans les moindres détails, comment réaliser son plan. Rien ne pouvait entraver la marche du destin. Avec Véra, tout avait été si facile ! Il y avait tant de colère accumulée, que cela avait fait voler en éclat tous les obstacles, quels qu'ils soient. Et sa colère avait été considérablement renforcée lorsqu'il l'avait fréquentée régulièrement à l'occasion de la gestion de son patrimoine. Que ce soit par téléphone ou en tête à tête, il l'avait pratiquée mieux que quiconque. Véra était vénale, attachée à l'argent comme à la prunelle de ses yeux. C'était une femme odieuse, égoïste, autoritaire, souvent machiavélique. Owen n'avait jamais compris comment Richard avait pu s'attacher à elle à ce point. Il ne s'agissait que d'une erreur de jugement. C'était l'une des tares de Richard : il était incapable de porter un jugement juste sur qui que ce soit. Pire, bien souvent, il prenait des personnalités absolument indignes pour des gens respectables et vice-versa. C'était le résultat de la grande confusion qui régnait dans son esprit. La preuve en était ce qu'il pensait de lui : Owen. Certes, Richard ne lui avait jamais ouvertement manqué de respect. Mais il ne lui avait jamais accordé l'importance qu'il méritait. Sous jacente, une certaine condescendance s'était faite sentir, au fur et à mesure qu'ils se connaissaient mieux. Comme s'il considérait Owen avec autant de considération qu'un homme de compagnie ou qu'un majordome. Et Owen se réjouissait à l'avance de ce qui allait se passer. Il atteindrait bientôt le niveau supérieur. Il espérait ce moment depuis si longtemps ! Richard allait enfin voir Owen sous son véritable jour. Et pas seulement lui ! L'empire à la tête duquel il allait bientôt se trouver lui attirerait la déférence, le respect de tous. De la même manière que ses plans avaient parfaitement été couronnés de succès jusqu'à présent, le reste suivrait. Les tableaux de Véra étaient en lieu sûr. Ses actions, grâce à la compétence d'Owen, et sans que personne ne s'en doutât, figuraient déjà au patrimoine de plusieurs sociétés offshore dont il maîtrisait le fonctionnement. A présent, il ne lui restait plus que le dernier pas à franchir. Un jeu d'enfant ! Owen allait maintenant pouvoir boucler la boucle !

Il pénétra dans le village à la sortie duquel se trouvait la maison de Richard. Il stoppa le véhicule non loin de l'église et s'épongea le front. Il ne fallait pas qu'il y pense. Il ne fallait pas qu'il s'excite de trop au risque de perdre sa concentration. Il descendit du véhicule et avisa, sur la place, le petit bar du village. Il poussa la porte vitrée et s'installa au comptoir. Il commanda un Ricard.

A quelques kilomètres de là, depuis sa chambre qui donnait sur l'arrière de la maison. Richard contemplait le paysage par la fenêtre ouverte. Après la piscine, la pelouse et le mur d'enceinte, les champs dorés de blé se déployaient jusqu'aux collines voisines. A l'est, la vue ne consistait qu'en une masse imposante, une forêt dense. Ces étendues paisibles qui fumaient au crépuscule, gorgées d'humidité, n'avaient cessé de l'enchanter depuis le premier jour où il avait mis les pieds dans cette maison, dans cette chambre, sa chambre. Elles étaient empreintes de mystère, elles appelaient à l'aventure. Il respirait à pleins poumons les senteurs qui envahissaient la pièce, et il se félicitait d'avoir décidé de s'éloigner de la capitale. Chez eux, il tournait en rond en attendant un signe de Daisy. A présent, il était rassuré : le Lieutenant venait de l'informer des résultats de l'enquête sur la personne qui conduisait la voiture de sa mère. Ils n'avaient pas encore déterminé de qui il s'agissait, mais Daisy était probablement en vie. Cela n'avait été que la confirmation de l'intuition que Richard en avait. Le Lieutenant avait toutefois exprimé son mécontentement à Richard du fait qu'il avait quitté son domicile sans le prévenir. Mais Richard lui avait affirmé qu'il serait de retour en début de semaine prochaine et qu'il lui était possible de rentrer à tout moment, si besoin était.

Avant de partir, Richard avait laissé un message à Daisy sur le répondeur de leur domicile, l'informant qu'il se trouvait à la maison de campagne, mais il avait également envoyé un texto à plusieurs de ses amis, pour le cas où Daisy ne réintègrerait pas le domicile dans l'immédiat. Quant à Owen il ne l'avait pas mis au courant pour Daisy. En tout état de cause, cela n'intéressait pas Owen. Il n'appréciait pas beaucoup Daisy, et Richard n'avait pas envie d'évoquer ce sujet avec lui.

L'idée de passer quelques jours ici lui était venue brusquement afin d'introduire un peu de lumière dans sa vie qui avait été si obscure depuis la mort de Véra. De plus, il avait l'intention de commencer une série de clichés sur Owen pour une nouvelle exposition à la rentrée. Quoi de plus approprié que ce décor superbe qu'il appréciait tant ! Et depuis qu'il avait la certitude que sa mère était en vie, son énergie avait été décuplée. Certes, il y avait encore ces douleurs d'estomac qui le perturbaient depuis pas mal de temps. Mais une endoscopie, qu'il avait subie à la demande insistante de Daisy, n'avait rien décelé d'anormal. Le stress, avait conclu le spécialiste : « Un peu de repos vous ferait du bien ». Et Owen avait insisté pour l'accompagner, ce que Richard avait accepté avec réticence car il ne connaissait que trop bien l'aversion de son ami pour la campagne. D'ailleurs Owen, dès le début de leur escapade, s'était empressé de retourner à Paris pour voir un client, avait-il prétendu. Il devait revenir ce matin même.

Après avoir pris sa douche et troqué son pyjama contre un pantalon blanc et un tee-shirt noir, Richard fourra un mouchoir dans sa poche et il sortit son appareil photo de sa valise. Il se mit à le manipuler comme s'il allait l'actionner mais il ne faisait que visionner ses dernières prises. Il avait déjà réalisé quelques portraits d'Owen dont il n'était pas satisfait. Owen s'entêtait à ne pas coopérer, il le sentait nerveux et assez mal disposé. Rien de grave, un excès de stress, pensait Richard, mais les prises étaient toutes à effacer. Il allait l'emmener visiter un château dans l'après-midi, et Richard était persuadé qu'Owen serait conquis. Il avait aussi l'intention de téléphoner aux Benson, des amis anglais de Daisy, qui possédaient une belle propriété dans le village voisin. Avec un peu de chance, ils seraient invités à dîner. Owen aimait le luxe, les festivités, cela le dériderait sans doute. En fait, c'était bien la première fois que Richard emmenait son ami à la maison de campagne et il le regrettait déjà. Il aurait dû attendre le retour de Daisy et venir avec elle. Elle aurait été heureuse de ce moment d'intimité entre eux, et cela l'aurait distraite de ces jours si difficiles à vivre, si cruels qu'elle venait de passer. Mais il n'était pas trop tard. A la limite, si les choses ne s'amélioraient pas, si Owen continuait à être mal aimable, il le conduirait à la gare, et quand Daisy appellerait, si elle appelait, il lui dirait de le rejoindre. Que de « si » ! Le tempérament inquiet de Richard ne s'épanouissait pas vraiment devant de tels flottements, malgré le relâchement qu'il commençait à ressentir dans le calme et le silence ambiants. Mais l'incertitude l'irritait. Parfois, il en venait à passer des nuits blanches, surtout depuis la mort de Véra et la disparition de sa mère, et parfois il y pensait moins. Par contre ses douleurs d'estomac ne le lâchaient pas.

Avant de quitter la chambre, Richard jeta un coup d'œil dans la glace de la salle de bains. Il ne s'était pas rasé depuis qu'ils étaient arrivés, mais il trouvait que cela ne lui allait pas si mal. Il siffla Quintessence qui était restée vautrée sur le lit à ronfloter, et, l'un suivant l'autre, ils descendirent l'escalier et s'acheminèrent vers la piscine où il tira un matelas et le positionna à l'ombre. Le soleil était vraiment fort aujourd'hui, une véritable journée d'été en plein mois de mai !

Comme il avait laissé ouverte la baie, il entendit Owen quand celui-ci pénétra dans la maison, jeta les clés sur la table de l'entrée et se mit à s'activer dans la cuisine. Il ne bougea pas. Il resta allongé et feignit de dormir afin d'éviter d'avoir à affronter l'éventuelle mauvaise humeur d'Owen. Il l'entendit ouvrir et refermer le frigo, cogner la poêle, remuer des couverts, tirer une chaise. Puis, pendant quelques minutes, le silence se fit. Il devait être en train de manger. Le téléphone sonna et Owen ne répondit pas. Au bout de plusieurs sonneries, la bouche pleine, il cria à l'attention de Richard :

- Alors, tu réponds ?

Richard se leva et se dirigea vers l'entrée. Il saisit l'écouteur :

- Allo, allo ! ...

Il n'y avait personne au bout du fil.

- Qui est à l'appareil ? demanda-t-il.

C'était Daisy qui appelait. Richard n'en doutait pas une seconde. Mais il ne prononça pas son nom.

- Allo, insista-t-il. Vous êtes bien chez les Dévinovitch. Richard à l'appareil !

Owen émit un « psss » en haussant les épaules. A peine Richard eut-il raccroché que le téléphone se remit à sonner, Quintessence qui entrait du jardin au pas de course, entama alors, se contorsionnant comme une forcenée, une série d'aboiements courts et aigus à en perdre haleine.

- Putain de clébard ! s'énerva Owen. Fais la taire, Richard, fais la taire, sinon je l'explose !

Mais Richard ne réagit pas. Il n'entendait plus Quintessence, il n'entendit pas Owen. Il était ravi, il avait l'image de sa mère devant les yeux. Il savait que c'était elle qui appelait. Appeler deux fois de suite, c'était leur code à eux. Rien d'autre n'avait plus d'importance à la minute même. Mais pour Owen, il en était autrement. Furieux, il se leva d'un bond et s'approcha de la chienne. Pour apaiser sa colère, il avait levé le bras et il tenta de frapper l'animal, mais Quintessence réussit à s'écarter à temps. Alors, il lui lança un coup de pied si violent que le petit corps de la chienne, qui ne put pas esquiver le coup cette fois, opéra un vol plané à travers la cuisine pour aller s'écraser contre un mur dans un hurlement déchirant. Cela s'était passé si vite que Richard n'avait pas eu le temps d'intervenir. Il se précipita, s'accroupit près de Quintessence, tâta, remua un peu, souleva la tête. Mais elle ne réagissait plus. Elle gisait sur le sol, inerte, un bout de langue baveux lui pendant des babines.

- Mon Dieu ! s'exclama-t-il. Elle est morte ! Tu l'as tuée, Owen, tu l'as tuée !

- Bon débarras, murmura Owen.

- Il faut l'amener chez le vétérinaire. Va sortir la voiture, je la porte.

- Tu peux la sortir toi, la voiture ! Il n'est pas question que je t'aide. Je t'ai averti, Richard, tu n'as pas bougé. Tu sais parfaitement que je ne supporte plus les cris de cet animal. Je ne souhaite qu'une chose maintenant, c'est qu'elle crève, je te le dis comme je le pense.

- Quoi ? fit Richard, ébahi. Owen, qu'est-ce qui te prend ? Tu ne penses pas ce que tu dis. Tu ne peux pas...t'attaquer à un animal sans défense...Tu n'as pas de cœur, tu es un lâche. Ote-toi de ma vue. Fiche le camp, tire-toi, tire-toi d'ici tout de suite !

Richard haletait. Owen se tut quelques secondes, puis il reprit d'une voix posée :

- C'est de cette manière là que tu me traites, Richard ? Tu ne devrais pas. Non, tu ne devrais pas.

Et se faisant, il lança à Richard un regard si plein de haine que celui-ci prit peur. Il n'eut pas même le temps de se relever que le poing d'Owen atterrissait sur sa tempe et, comme Owen avait frappé de toutes ses forces, Richard chancela et tomba à genoux. Sonné, il essayait de se relever, lorsqu'Owen, toujours calmement, alla chercher une casserole dans la cuisine et revint l'assener sur le crâne de Richard qui s'effondra sur le sol sans bouger. La chienne, réveillée, hargneuse, grondait entre ses dents. Owen, attrapa alors Richard sous les bras, le traîna dehors et le laissa tomber sur son matelas. Il le regarda quelques minutes avec le plus profond mépris, puis s'en retourna tranquillement à la cuisine pour débarrasser son assiette. Quintessence avait posé sa tête sur la poitrine de Richard et gémissait doucement. Owen referma la baie d'un coup sec et disparut de la pièce.

Un peu plus tard, lorsque Richard ouvrit les yeux, il passa aussitôt la main sur son crâne. Il y trouva une grosse bosse qui était très douloureuse. Sa mâchoire aussi le faisait souffrir. Il se leva tant bien que mal du matelas, héla Quintessence, poussa la vitre de la baie et monta dans sa chambre d'un pas mal assuré. L'intermède l'avait tant choqué qu'il était complètement chamboulé. Il avait l'impression que sa tête allait exploser. Owen semblait avoir disparu. La maison était silencieuse. Une fois dans la salle de bains, il se regarda dans le miroir et se passa le visage à l'eau fraîche. Sa joue était couleur lie de vin. Puis il se dirigea vers le lit et s'y laissa tomber. Il resta là un moment à repenser à ce qui venait de se passer. Jamais, il n'aurait pu croire qu'Owen pût être si violent. Au bout de quelques instants, il entendit des pas et Owen apparut dans l'encadrement de la porte.

- Ça va ? demanda-t-il.

Richard ne répondit pas. Il tourna la tête. Il ne voulait pas croiser le regard d'Owen. La rage qu'il y avait vue avant de se faire assommer, l'avait terrorisé. Il ne pourrait pas l'oublier. Jamais.

- Je suis désolé pour ce qui s'est passé, dit Owen. Je ne sais pas ce qui m'a pris. J'étais tellement en colère ! Je t'assure que cela ne se reproduira pas.

Richard répondit la gorge serrée :

- Il y a une telle violence en toi...

- Richard, Il faut que tu admettes une bonne fois pour toutes que cette chienne est odieuse.

Richard releva la tête. Owen affichait, non pas une mine contrite, non pas un sourire ou un air aimable, mais de la froideur et un calme olympien. Richard avala sa salive. Il se sentait à présent vulnérable devant cet homme qui lui paraissait, tout à coup, parfaitement étranger. Quel gâchis ! Qu'était devenu ce garçon raffiné qui lui avait même parlé mariage ? Celui qui lui faisait face n'était pas la personne qu'il croyait connaître. Ils restèrent ainsi quelques instants, l'un en face de l'autre, sans rien se dire. Richard n'avait qu'un souhait, c'était de voir Owen s'en aller. Ou alors de prendre la voiture et de quitter la maison. Il fallait qu'il trouve une solution. Il ne se sentait plus en sécurité ici, seul avec Owen.

- J'avais pensé appeler les Benson ce soir pour passer les voir, tenta-t-il. Qu'en penses-tu ?

- Qui sont ces gens ? demanda Owen.

- Des amis de ma mère. Ils sont très...

Owen l'interrompit :

- Des amis de ta mère ? Non merci ! Je préfère passer la soirée ici. Tu peux y aller si tu en as envie. De toutes manières, je retourne à Paris demain.

- D'accord, fit Richard à voix basse.

Mais Owen avait déjà tourné les talons. Richard l'entendit qui descendait l'escalier et Quintessence lui avait emboîté le pas. Il l'appela une ou deux fois, mais la chienne ne remontait pas. Alors, il se leva, écouta pour voir ce que faisait Owen. Apparemment il avait tiré la vitre de la baie et Quintessence devait être sortie dans le jardin. Il ne l'entendait plus. Il se dit qu'il irait chercher la chienne plus tard. Il referma la porte de sa chambre et tourna la clé dans la serrure.

C'était bien Daisy qui avait appelé deux fois de suite. C'était leur signal à Richard et à elle. S'en est-il souvenu ? Sans doute. Mais pourquoi n'avait-il pas rappelé ? Daisy ne pouvait imaginer une seule seconde que Richard n'attendait pas un signe d'elle. Richard, « son » Richard, aurait réagi immédiatement. Alors qu'est-ce qui avait bien pu l'empêcher de le faire ?

A présent, sans moyen de locomotion, sans possibilité de se faire véhiculer par son fils ou par Marie - les deux seules personnes en qui elle avait entièrement confiance - Daisy était contrariée. Que faire ? Il fallait agir. Prendre un taxi jusqu'à la maison de campagne ? Non ! Il devait bien y avoir une autre solution. Par ailleurs, elle était empêchée de se rendre à l'enterrement de Loriane qui aurait lieu aujourd'hui, dans l'intimité. Pour les mêmes raisons, elle ne pouvait s'y rendre. Elle ne pouvait pas non plus appeler Jean-Marc. Si leur téléphone était sur écoute, elle verrait rappliquer le Lieutenant immédiatement. Prendre contact avec lui était une arme à double tranchant. Lui expliquer tout depuis le début prendrait un temps infini et justement le temps était ce qui manquait le plus à Daisy. Elle avait l'impression que l'étau se resserrait. Pour la première fois de sa vie, elle était désemparée. Elle savait tout à présent. Grâce à un enchevêtrement de faits qu'elle avait réussi à remettre dans l'ordre, une suite logique s'était révélée. L'assassin s'en était pris à Véra en premier, il avait ensuite tenté de l'assassiner, elle, Daisy, et, pour suivre, sa prochaine victime ne pouvait être que Richard. Or Richard était à la campagne. Il semblait ne courir aucun risque. Et pourtant...

Le fait qu'il n'ait pas réagi n'augurait rien de bon. C'était lui qui avait décroché. Sa voix était claire et calme. Mais ses mots inappropriés. Telle qu'il l'avait formulée, sa réponse étrange laissait supposer qu'il ne souhaitait pas qu'on sût que c'était elle qui appelait. Il ne devait donc pas être seul. Et en compagnie de quelqu'un en qui il n'avait pas confiance. Quelqu'un... Mais qui ?

Daisy aurait pu faire appel à un homme dont elle s'était assuré les services, fut un temps, un détective privé, qui demandait des sommes folles, mais possédait une technique imparable. Elle hésitait. Cela risquait de prendre du temps. Y avait-il vraiment urgence ? Comment savoir ? Non, elle ne devait pas hésiter. Il y avait urgence, c'était certain ! Une peur diffuse montait en elle, devant cette menace qui planait sur sa vie, et aussi sur celle de Richard. Jusqu'à maintenant, elle était arrivée à brouiller les pistes pour mener son enquête sans être perturbée par la police. Et brusquement, elle se trouvait bloquée. Le meurtre de Loriane, car il s'agissait bien d'un meurtre, Daisy en était convaincue, même s'il y avait eu erreur sur la personne, elle n'aurait jamais pu l'imaginer. Elle se pensait en sécurité chez ses amis, mais le meurtrier avait un don de double vue. A croire qu'il lisait dans ses pensées ou qu'il la suivait à la trace, bien qu'elle eût pris le plus grand soin de brouiller les pistes. Il semblait doué d'une grande intelligence, d'intuition, et être, en outre, parfaitement au courant des faits et gestes de la famille entière. Elle avait bien pensé à quelqu'un, lorsqu'elle était chez ses amis. Mais, étant éloignée de la capitale, elle n'avait pu mener ses investigations jusqu'au bout. Elle attendait aussi une réponse de la part d'un couple qu'elle n'avait jamais rencontré, mais dont elle avait voulu se rapprocher pour en savoir plus sur le personnage. Malheureusement ils n'avaient pas répondu à ses appels répétés.

Daisy ne savait plus comment avancer dans ses réflexions. Elle se resservit une tasse de café. Elle ferma les yeux, tenta de faire le vide. Ses pensées ne cessaient de la ramener à Richard. Lui et... Assez de tergiversations ! Il fallait qu'elle en ait le cœur net ! Elle grimpa à l'étage et rejoignit la chambre de Richard.

Après avoir compulsé son agenda, Daisy nota un numéro. Elle allait appeler. Elle alla pour décrocher le téléphone mais quelque chose la retint cependant. Non, ce n'était pas possible. Il ne pouvait pas s'agir de lui. Elle faisait fausse route. Elle devait se rendre à la maison de campagne. Peut-être n'était-il pas trop tard. Elle n'avait pas le temps de louer une voiture. Elle redescendit et appela un taxi. On ne lui donna que quelques minutes d'attente.

La chienne grognait derrière la porte de la cave où, dès l'aube, Owen l'avait enfermée pendant que Richard dormait.

Un peu plus tard, lorsque Richard descendit l'escalier pour prendre son petit déjeuner, il demanda tout de suite à Owen.

- Où est Quintessence ?

- A la cave, répondit-il.

- Quoi ? A la cave ?

- Oui. Je l'y ai attachée, et pendant tout le temps que nous serons là, elle n'en bougera pas !

- Tu plaisantes ? demanda Richard.

- Pas le moins du monde ! Je te sers une tasse de café ?

Et comme Richard se dirigeait vers la porte de la cave :

- C'est moi qui ai la clé. Si tu la veux, il va falloir que tu viennes la chercher.

Richard s'arrêta pile. Il fit demi-tour et sans passer devant Owen, sans dire un mot, il se dirigea vers l'escalier et regagna l'étage. Il entra dans sa chambre, referma la porte à double tour et s'assit sur son lit. Les choses prenaient mauvaise tournure. Owen semblait avoir perdu la raison. A ce stade, il pouvait être capable de tout, Richard en avait fait l'expérience la veille. Et maintenant, il se sentait en danger.

Richard s'était levé avec un mal de tête atroce. Dès qu'il bougeait, son crâne le faisait souffrir. Il lui était difficile de tenir les yeux ouverts. Il n'avait pratiquement pas dormi. Il n'avait qu'une envie c'était de rentrer à Paris, mais il hésitait à laisser Owen seul dans la maison. Allez savoir ce qu'il pourrait inventer ! Il n'était pas dans son état normal. Ses réactions montraient clairement qu'il était déterminé à lui faire du tort. Ce qui s'était passé avec Quintessence n'était apparemment qu'un prétexte. Il mijotait un mauvais coup, ça ne faisait aucun doute, il prenait un malin plaisir à jouer avec ses nerfs. Curieusement, Richard d'ordinaire si réservé, si calme, sentit monter la colère en lui, une énorme colère qui lui semblait impossible à contrôler. Il était décidé à se battre, s'il le fallait, Owen n'aurait pas le dessus. Cet homme était un moins que rien. Il n'avait fait que le gruger depuis le début. Richard lui avait fait confiance sans se méfier, sans savoir rien de lui, uniquement parce qu'il l'avait croisé un jour chez Véra. Il avait été stupide. C'était certainement un escroc. De plus, apparemment, il était déséquilibré. Comment Richard n'avait-il pas pu s'en apercevoir plus tôt ? Il ne pourrait jamais physiquement se mesurer à Owen. Celui-ci était plus grand et plus fort que lui. Il entretenait sa forme en fréquentant un club de boxe à Paris. Richard se leva, passa en revue la chambre à la recherche de quoi que ce soit qui pût lui servir d'arme. Mais il ne trouva rien, rien de rien. La seule arme qu'ils avaient dans leur résidence principale était celle de sa mère qui se trouvait dans son secrétaire dont il n'avait même pas la clé. Puis il se souvint qu'il possédait un coupe-papier. Il commença à fouiller dans les tiroirs de sa commode et finit par le dénicher. Il glissa l'objet dans sa poche. Un peu ragaillardi par le fait d'avoir de quoi se défendre, il ouvrit la porte et redescendit dans le salon. Mais la pièce était vide. Owen avait disparu. La clé de la cave était posée sur la table de la cuisine, la baie était grande ouverte et Richard se planta devant en caressant le coupe papier qui était dans sa poche. Un bruit de pas sur le gravier ne tarda pas à se faire entendre et Richard se raidit.

- Alors tu n'es pas allé libérer Quintessence ? demanda Owen avec un sourire dédaigneux.

- Non, répondit Richard, tu peux garder la clé. Je vais prendre mon petit déjeuner.

Il avait prononcé ces mots sur un ton qu'il voulait détaché et il fut lui-même surpris d'entendre sa voix, une voix claire et ferme où ne transparaissait aucune sorte d'appréhension. Ses mains ne tremblaient pas. Il maîtrisait la situation. Comme il ne souhaitait pas que le silence s'installât entre eux :

- Tu m'accompagnes ou tu as déjà pris le tien ? demanda-t-il.

Owen fit le tour de la table et s'assit pendant que Richard faisait réchauffer son café.

- Au diable le petit déjeuner, Richard ! J'ai des choses à te dire.

- Je t'écoute, répondit Richard.

- Non, pas de cette façon là. Assied-toi !

Richard tira une chaise et s'assit. Il posa ses mains sur ses genoux pour qu'Owen ne s'aperçût pas que ses mains commençaient à trembler. Le regard d'Owen était perçant. Instinctivement, Richard recula sa chaise.

- Je suis venu ici avec toi, dit Owen, non pas pour te tenir compagnie ni pour respirer de l'air frais. Je ne supporte pas la campagne, tu le sais.

- Oui, je le sais, dit Richard.

- Tu veux savoir pour quelle raison je suis venu ?

- Je t'écoute, répéta Richard.

- A la vérité, Quintessence, je n'en ai rien à faire.

Richard se taisait. Qu'est-ce qu'Owen avait encore imaginé ?

- Avec la chienne, continua Owen en souriant, j'ai juste voulu te contrarier. Cela m'a beaucoup amusé. Mais je vais te dire la vérité maintenant. Tu as le droit de savoir.

Il marqua un temps d'arrêt et regarda en direction de Richard. Mais son regard ne le voyait pas vraiment. Il était fixe. Il s'adressa à Richard comme s'il parlait à quelqu'un qui serait au-delà de lui, comme si Richard était transparent. Il haussa le ton.

- Il faut que tu saches, Richard, que tu es en train de vivre les derniers instants de ta vie.

Richard fronça les sourcils. Ses cuisses aussi étaient maintenant animées de mouvements saccadés. Il avait peur, très peur. Owen hurla en assénant un coup sur la table :

- Tu entends ce que je te dis ?

Richard sursauta. Sa mâchoire était paralysée. Il articula avec peine :

- Je t'entends, Owen.

- Tu vas mourir, Richard ! reprit Owen. Tu fais partie de ces hommes qui n'ont aucun courage. Aussi, je vais faire vite, non pas pour que tu ne souffres pas. Oh non ! J'ai bien pensé à tout ça. Uniquement, parce que tu risques de te mettre à me supplier, à pleurnicher et je ne veux pas de ça. Mets-toi à genoux, Là, tout de suite !

Richard se ressaisit. Il devait gagner du temps... du temps à tout prix. Pour se confronter à Owen et pouvoir utiliser son coupe papier, il était indispensable de se trouver face à lui. A genoux, il serait complètement démuni. Il mit la main dans sa poche et la referma sur le coupe-papier. Puis il se redressa et dit :

- Owen, rien ne t'oblige à faire ça. Tu es quelqu'un de bien. Si tu le fais, tu vas le regretter. Parle-moi, explique-moi...

- Non, je ne te dirai rien. Je voulais te décrire la manière dont tu allais mourir mais tu ne sauras rien parce que tu ne mérites même pas de le savoir. Tu as toujours éprouvé du dédain pour moi. Tu ne m'as jamais apprécié, tu me détestes !

- Non, Owen, pas du tout, tu te trompes ! Je n'ai peut-être pas répondu à tes attentes, mais...

- Ferme-la ! hurla Owen en abattant à nouveau son poing sur la table. Et surtout, ne finasses pas avec moi, tu m'entends ! Tu ne sais rien de moi, rien de mes sentiments. Tu n'en as jamais rien su. Tu aurais pu être mon frère, mais tu n'en es pas digne, tu n'es pas et n'as jamais été à la hauteur. Dans quelques minutes, tu seras mort, tu ne seras plus rien, je vais t'enterrer dans le jardin, et personne ne trouvera ton corps. Jamais.

Richard fit face, il alla pour se lever.

- Ne bouge pas ! hurla Owen. Je n'ai pas fini !

Il se dirigea vers un tiroir de la cuisine et en retira un couteau effilé.

- Non, Owen, tu ne peux pas faire ça ! articula difficilement Richard. La vue du couteau lui retira ses dernières forces. Tu disais que tu étais mon ami, que tu m'aimais.

La terreur avait fait place à la peur simplement. Son corps entier se mit à trembler. Owen jubilait.

- Oui, je l'ai dit que je t'aimais. Et toi, pauvre imbécile, tu l'as cru !

Il pencha la tête sur le côté, évaluant de quelle manière et où il allait frapper Richard en premier. Il tournait et retournait le couteau dans sa main.

- Mettons qu'un temps j'ai pu croire que je pourrais t'aimer. Oui. Mais c'était au début. J'ai même eu envie d'être là pour toi, pour te protéger, te donner de la force. Aujourd'hui, je n'éprouve que du dégoût envers toi. Envers toi comme envers Daisy. Je vous hais, tous les deux ! Et Véra par-dessus tout. Une famille, ça ! Laissez-moi rire ! Pendant des années et des années, j'ai cru qu'un jour je retrouverais ma vraie famille, ma vraie mère et un frère par-dessus le marché. Le bonheur, quoi ! Foutaise, hurla-t-il ! Cette famille n'en est pas une. Daisy n'est pas ma mère. Vous êtes couverts de boue, tous, vous êtes... Il se mit à rire. Ma mère, Daisy ? Une putain, oui ! Elle n'existe plus. Et Véra, une belle ordure ! Véra qui a tout fait pour que ma mère m'abandonne. Tu comprends ça ? Tu peux le comprendre, toi ? Toi qui es le seul qui reste. Et maintenant tu vas disparaître aussi.

- Mon Dieu, dit Richard ! Est-ce que... tu prétends être mon frère ? Est-ce que j'ai bien compris ? Mais comment, comment cela est-il arrivé ? Et tu as gardé ce secret pendant si longtemps !

- Tais-toi ! s'étouffa Owen. Plus un mot, A genoux, je te dis ! Tu n'es qu'une larve ! Tu n'as rien d'un être humain, tu n'as rien à faire sur cette terre. Ni toi, ni tous ceux de ta race !

Et Owen, écumant de rage, se dressa, le couteau à la main, prêt à frapper.

Au même instant, un taxi se garait à quelques mètres de l'entrée de la propriété.

- C'est parfait. Arrêtez-moi là, je vous prie, dit Daisy. Combien vous dois-je ?

Le chauffeur jeta un regard sur le compteur, il donna le prix de la course à Daisy qui, après avoir ouvert son sac, croisa le regard du chauffeur dans le rétroviseur. Elle sortit un bout de papier de son sac et demanda :

- Monsieur, s'il-vous-plait, pourriez-vous me rendre un service ?

- Un service ? Vous voulez quoi ?

- Je vous dédommagerai, n'ayez crainte. Vous avez un portable ?

- C'est sûr que j'en ai un, Madame !

- Eh bien, voulez-vous composez ce numéro ?

Elle tendait le bout de papier sur lequel elle avait griffonné le numéro de Marie.

- Vous allez dire à cette personne que vous appelez pour lui demander de contacter la police d'urgence et qu'ils se rendent ici, à l'adresse où nous sommes, le plus vite possible.

- C'est quoi ? Une farce ? demanda le chauffeur.

- Non, absolument pas Monsieur ! C'est on ne peut plus sérieux, au contraire. Et une question de vie ou de mort. J'ai perdu mon portable et ce que vous ferez là sera une bonne action, croyez-moi. Mais il faut faire vite. S'il-vous-plait...

- Je ne vous crois pas, dit le chauffeur en haussant les épaules. Vous vous moquez de moi. Réglez-moi et qu'on en finisse.

- Non, je ne plaisante pas. Est-ce que j'ai vraiment l'air de plaisanter ? Regardez-moi !

Le chauffeur se retourna et regarda Daisy. Elle avait des larmes dans les yeux.

- Je vous en prie, répéta-t-elle. Il faut me croire. Appelez tout de suite. Allez !

- C'est quoi c't'embrouille, dit le chauffeur en tirant son portable de la poche de son pantalon.

- Ce serait trop long de vous expliquer. Allez ! Allez !

- C'est bon ! dit-il et il composa le numéro de Marie.

- Mettez le haut parleur, dit Daisy.

Après quelques sonneries, quand on décrocha, ce fut la voix de Marie qu'on entendit. Le chauffeur répéta ce que Daisy lui avait dit. Au bout du fil, Marie demanda :

- Qui êtes-vous et qui est cette personne qui vous a donné mon numéro ?

Le chauffeur se tourna vers Daisy.

- Dites que je suis la nièce de Véra.

Le chauffeur répéta « C'est la nièce de Véra ». Et moi, je suis un chauffeur de taxi, Madame.

- Que se passe-t-il, demande Marie. Passez-moi la personne...

- Non, non, raccrochez, dit Daisy, raccrochez !

- Excusez, dit le chauffeur, on me demande de raccrocher, Madame.

Quand il posa son portable sur le siège à côté de lui, Daisy le remercia. Elle lui tendit des billets, saisit son sac et ouvrit la portière.

- Vous êtes sûre de vouloir y aller, demanda le chauffeur ? qui semblait avoir pris conscience de la situation. Vous préférez pas attendre la police dans la voiture avec moi ?

- Non merci, Monsieur. Vous êtes bien aimable. Ils ne vont sûrement pas tarder.

Daisy descendit du véhicule, fit un petit signe au chauffeur qui la regarda avec une certaine gravité. Elle referma la portière et s'éloigna. Elle avait le cœur qui battait. Qu'allait-elle découvrir à l'intérieur de la maison ? « Mon Dieu, murmura-t-elle, protégez Richard ». Et elle avança à pas rapides vers la porte d'entrée.

Richard n'avait pas même eu le temps de sortir le coupe-papier de sa poche qu'Owen l'avait déjà frappé par deux fois à l'épaule, et Richard était tombé de la chaise et s'était écroulé sur le sol. Il s'était recroquevillé et semblait manquer d'air, la bouche grande ouverte, les yeux révulsés. Sa respiration faiblit rapidement. Owen se pencha, écouta. Richard avait à présent les yeux fermés, les lèvres serrées, il ne respirait presque plus. Le sang coulait de scs blessures. « Bien » dit Owen puis, il se redressa. Il posa le couteau sur la table et regarda autour de lui. Il était calme. Ce qu'il venait d'accomplir lui avait donné chaud au cœur. Il avait cru que ce serait plus pénible, mais tout s'était passé si vite ! Richard avait été parfait. Pour une fois, il avait joué son rôle de manière honorable. Il n'avait pas supplié, il n'avait pas fait de manières. Le contraire eut été déplaisant. Parce qu'Owen n'était pas sadique, non, il avait seulement exécuté son plan de manière efficace. Comme il avait réussi à enfoncer le couteau avec force, Richard allait perdre tout son sang et ce serait terminé pour lui. Il fallait à présent mettre son corps hors de la vue de qui pourrait venir ici. Initialement, il avait pensé le laisser là, tout simplement, ou jeter son corps dans la piscine. On aurait conclu au crime d'un rodeur. Il aurait seulement fallu casser une vitre, mettre un peu de désordre dans la maison, et le tour était joué. Mais, il avait changé d'avis. Cela supposait qu'il dût quitter la maison, et se rendre à la gare à pieds était risqué. On aurait pu le voir. Attendre la nuit et l'enterrer quelque part dans un coin retiré, lui laisserait largement le temps de rentrer à Paris et de faire celui qui n'avait pas bougé de chez lui. Personne n'était au courant du fait qu'il avait accompagné Richard. Et avant qu'on retrouve le corps ! Il allait donc falloir qu'il creuse un trou. Il aurait pu se passer d'un tel effort, mais tant pis. Il allait faire le trou et il l'enterrerait ce soir quand la nuit serait tombée, que Richard serait mort. Pour le moment, il lui fallait ôter ce corps de là. Il devait nettoyer tout ce sang, effacer ses empreintes. Il allait donc dans un premier temps, porter Richard dans le jardin, sur l'herbe. Alors, comme quand il avait assommé Richard la première fois, il se saisit de lui en l'empoignant par les aisselles et commença à le porter vers la terrasse. Une traînée de sang macula le sol et Richard gémit. Il était encore vivant. Owen se dit qu'il aurait dû frapper plus, frapper encore et encore, l'achever. Il regretta maintenant, mais il était trop tard. Richard finirait bien par rendre l'âme. En tirant le corps lentement, il allait pour dépasser la baie, lorsqu'il entendit un véhicule s'arrêter devant le portail. Il réagit aussitôt, fit faire demi-tour au corps de Richard en direction de la cave. Il n'était pas question qu'on le vit depuis la rue. Et si toutefois quelqu'un arrivait et sonnait, il devrait peut-être finir par ouvrir. Ce n'était pas simple, il allait falloir nettoyer le sang qui s'étalait sur le sol de la cuisine et la trace qu'il venait de faire en direction de la terrasse. Il fallait faire vite. Au passage, il attrapa la clé de la cave. Le corps de Richard était lourd. Owen peinait. Il entendit le portail grincer et ensuite le gravier crisser dans l'allée. Quelqu'un venait ! Qui cela pouvait-il être ? Un livreur ? Un voisin ? Des amis de Richard ? Il commença à transpirer. Une fois devant la porte de la cave, il lâcha son fardeau et ouvrit la porte pendant qu'une clé tournait dans la serrure de la porte d'entrée. Owen recula et, de toutes ses forces, il précipita Richard dans l'escalier. Son corps culbuta, roula, et, dans un bruit mat, atterrit sur la terre battue de la cave. Owen était en nage. Il claqua la porte et c'est lorsqu'il releva la tête qu'il aperçut Daisy. Son expression qui était tendue quand il avait refermé la porte de la cave, se transforma en un rictus d'effroi. Il écarquilla les yeux, ouvrit la bouche, tenta de crier, mais aucun son ne sortit de sa gorge. Non, non ! Daisy n'était plus, elle avait brûlé dans son véhicule ! Ce n'était pas possible, cela ne pouvait pas être elle !

Quant à Daisy, d'un seul coup d'œil, elle avait tout compris.

Elle vit Owen éberlué, les poings serrés et le tee-shirt maculé de sang. Elle vit le couteau sur la table, cette traînée rouge sur le sol qui allait d'une chaise de la cuisine à la terrasse et de la terrasse à porte de la cave. Elle dit ;

- Qu'as-tu fait Owen ? Qu'as-tu fait à Richard ? Où est-il ?

Owen ne répondit pas. Il fit quelques pas en direction de la baie. Un pas sur la terrasse. Puis il s'arrêta. Devant lui, s'étendaient la piscine, la pelouse et ensuite les champs à perte de vue : ce spectacle que Richard aimait tant ! Un beau spectacle, oui, sans aucun doute. Richard... Owen fit non de la tête. Il avait mal. Que se passait-il ? Il ne comprenait plus. Puis il pensa à chez lui, il vit sa chambre, le soleil qui pointait le matin quand montait le volet roulant. Il eut une sorte d'éblouissement et le visage de Richard apparût soudain devant ses yeux. Il entendit sa voix. Richard ? Il se retourna, leva les yeux en direction de Daisy comme s'il voulait se confirmer à lui-même qu'il n'était pas en train de devenir fou. Elle était vivante. Daisy était là devant lui et elle était vivante ! Il ne comprenait plus. Il lui lança un regard perdu. Qui était cette femme ? Etait-elle sa mère ? Non, cette femme n'était pas sa mère ! Cette femme qui maintenant brandissait une arme, le bras tendu, déterminée. Ne plus la voir ! Qu'elle en finisse, qu'elle le fasse ! Qu'elle tire ! Si c'était elle qui lui avait donné la vie, qu'elle la lui retire à présent. Il ne s'enfuirait pas. Il ne lui tournerait pas le dos. Il la laisserait décider de son sort, comme elle l'avait fait vingt cinq ans en arrière. Elle avait le choix. Si elle le faisait, il ne lui en voudrait pas. Il ne ressentait plus rien à présent. Peut-être était-ce cela le pardon. Ce devait être cela, un vertige qui se saisit de vous et vous entraîne. Et ensuite, il n'y aurait plus rien. Si c'était cela, qu'elle lui retire la vie, elle, à nouveau. Sa mère. Il était prêt.

Owen rebroussa chemin et vint se planter devant Daisy. Il voulut dire « Allez, vas-y, tire ! Finissons-en » Mais il n'y parvint pas. Des larmes coulaient sur ses joues et il la regarda droit dans les yeux, et, dans ses yeux, Daisy ne vit plus ce qu'elle avait vu tout à l'heure. Plus la haine, la folie. Il n'y avait plus rien. Un vide immense, un puits sans fond.

Ils restèrent là tous les deux, immobiles, l'un en face de

l'autre. Le temps s'était arrêté. Daisy n'appuyait pas sur la gâchette. Owen ne s'enfuyait pas. Il n'y avait que leur silence, et tout entre eux fut dit pendant ces quelques secondes, sans que ni l'un ni l'autre n'eût prononcé une seule parole.

Alors la sirène d'une voiture de police se fit entendre et ce fut comme un déclic qui remit tout en marche. Owen secoua la tête, Daisy recula, pointant toujours son arme, le téléphone sonna et Quintessence se mit à hurler derrière la porte de la cave. Owen se retourna, se précipita en direction du jardin. Daisy tira un coup, deux coups, trois coups, mais Owen était déjà loin. Dans le jardin, un policier hurlait : « Police, Police ! Arrêtez ! Ne bougez plus ! ».

Leandro s'était garé dans le parking de l'hôpital, en sous-sol. Marie et lui descendirent du véhicule et, ensemble, ils franchirent les quelques mètres qui les séparaient de l'ascenseur. Puis, ayant accédé à l'accueil, Marie demanda :

- La chambre de Monsieur Dévinovitch, s'il vous plait.
- Deuxième étage, couloir de gauche. Chambre 244.
- Merci, répondit Marie.

Ils prirent à nouveau l'ascenseur. La main de Marie chercha celle de Leandro. En même temps que celle de Richard, Leandro allait sans doute faire la connaissance de Daisy et Marie appréhendait sa réaction.

- Je ne peux pas ne pas y aller, lui avait-t-elle dit, c'est la moindre des choses. Il faut que je voie Richard. Mais je n'ai pas envie d'y aller seule. Accompagne-moi, veux-tu ?

Lorsque l'ascenseur s'arrêta à l'étage, la main de Marie lâcha celle de Leandro. Sur le mur, face à eux, était placardé un tableau indiquant les numéros des chambres, assorti de flèches qui orientaient les visiteurs, et ils entamèrent le couloir, un long couloir silencieux, à la recherche de la chambre 244. Il semblait qu'ici, le temps se fût arrêté, comme si sa fonction était d'opérer un laborieux passage entre souffrance et délivrance, entre la mort et la vie ou l'inverse. Marie et Leandro longèrent ce couloir qui n'en finissait plus, jusqu'à ce que, brusquement, une porte s'ouvrît. Une infirmière apparut, poussant devant elle un chariot. Marie et Leandro s'écartèrent pour la laisser passer.

- Vous chercher quelqu'un ? demanda l'infirmière.

- Oui, Monsieur Dévinovitch.

- Chambre 244, au bout du couloir, à droite. Vous êtes de la famille ?

Marie jeta un coup d'œil à Leandro.

- Oui, en quelque sorte, répondit-elle. Sa mère nous attend.

- Très bien répondit l'infirmière. Soyez brefs. Il est sorti du coma, mais il est encore très faible. Si vous voulez parler avec sa mère, ne restez pas dans la chambre. Vous pouvez vous installer là, dit-elle en désignant le hall où étaient disposés quelques fauteuils autour d'une table basse.

- Merci Madame, dit Marie.

Lorsqu'ils atteignirent la chambre, Marie jeta un coup d'œil à Leandro. Il semblait détendu. Elle frappa doucement à la porte, mais comme elle n'obtenait pas de réponse, elle tourna la poignée, poussa la porte et passa la tête dans l'entrebâillement. Daisy était assise, tout près du lit de Richard. On ne voyait pas la tête de Richard, elle était dissimulée sous des bandages tout comme son torse. Une de ses jambes dans le plâtre, était soulevée par un relève-jambes. Il y avait un dispositif de perfusion contre le lit dont le tuyau aboutissait à la main droite de Richard qui était posée à plat sur le drap.

En apercevant Marie, Daisy sursauta, se leva, et sortit de la chambre. Elle referma la porte derrière elle avec une infinie précaution. Bien que son visage fût ravagé, Daisy était maquillée et tirée à quatre épingles. Elle portait un tailleur noir cintré et une écharpe rouge à larges fleurs blanches.

- Bonjour, dit-elle. C'est si gentil à vous de vous être déplacés. Elle affichait un sourire mais c'était un sourire de convenance, et Marie se demanda ce qui avait changé en elle. Il semblait qu'il ne s'agissait pas de la même personne mais de quelqu'un qui lui ressemblerait, détachée comme Daisy pouvait se montrer souvent. Aujourd'hui cette sorte d'indifférence n'était pas feinte, comme Marie l'avait souvent ressentie. Elle semblait réelle et douloureuse. Sa voix aussi était différente.

- Daisy, je vous présente Leandro, mon compagnon, dit Marie.

Daisy leva les yeux vers Leandro et lui adressa un sourire. Elle lui tendit la main en disant :

- Je suis enchantée de faire votre connaissance. Voulez-vous que nous allions nous asseoir dans le petit salon?

- Volontiers, dit Leandro.

Lorsqu'ils se furent installés, Daisy expliqua que Richard était sorti du coma, que son pronostic vital n'était plus engagé, mais qu'il était encore très faible. « Le choc a été si violent, dit-elle. Ce matin, il a balbutié quelques mots, mais... Mon pauvre petit ! J'ai tant de peine. Comment n'ai-je pas anticipé ce qui allait arriver ? Pourquoi ne pas avoir agi plus tôt ?» Elle avait la voix qui tremblait. « Tout cela est de ma faute. Je ne me le pardonnerai jamais ».

Marie ne réagit pas. En présence de Leandro, elle se sentait retenue. Si elle était venue seule, elle aurait pris Daisy dans ses bras. C'était la seule chose qu'il lui semblait utile de faire à cet instant précis. Mais elle resta silencieuse. Leandro non plus ne dit rien. A la fin, Marie approcha sa main de celle de Daisy et Daisy la lui saisit.

- Marie, je ne vous remercierai jamais assez pour tout ce que vous avez fait pour moi, dit-elle. Vous ne pouvez pas savoir à quel point son aide m'a été utile, sa présence réconfortante, dit-elle en s'adressant à Leandro.

Comme de bien entendu, lorsque son regard croisa celui de Leandro, celui-ci fut frappé par l'étrange couleur de ses yeux, et par leur expression. Leandro était un homme perspicace. De par sa profession, il avait croisé tant d'individus, des personnages de toutes sortes aux destins complexes, aux parcours douloureux. Mais jamais personne ne l'avait regardé de la sorte. Il fut touché. Il connaissait l'histoire de Daisy, du moins ce que Marie en avait bien voulu lui dire. Il savait qu'à dix huit ans, elle était venue accoucher d'Owen à Paris, parce qu'elle ne voulait pas de cet enfant qui n'était pas désiré, que c'était Véra qui s'était occupée des formalités d'adoption, qu'ensuite elle était retournée chez sa mère aux Etats-Unis, et n'avait plus rien su de ce qu'il était advenu du bébé. Pendant qu'il pensait à cela, Daisy le fixait. Il sembla à Leandro qu'elle lisait à travers ses pensées.

- Marie et moi, dit-il, espérons que Richard va se remettre rapidement, c'est notre vœu le plus cher.

- Je vous remercie, dit-elle, et elle détourna le regard.

Finalement, le plus curieux dans ce regard, mise à part la couleur des yeux, pensa Leandro, c'était la façon dont ces yeux là captaient les vôtres, et ne les lâchaient plus. Il comprit mieux ce qui avait ensorcelé, en quelque sorte, Marie. Il avait ressenti, à travers la distance derrière laquelle se protégeait cette femme, une vérité, une force, une ouverture de cœur sincère.

Ils échangèrent ensuite quelques mots, puis Daisy prît congé. Elle passait ses jours et ses nuits au chevet de Richard, elle était épuisée, leur dit-elle, mais elle ne voulait pas le laisser seul. Elle salua Leandro et prit Marie dans ses bras. Puis ils repartirent chacun de leur côté.

Lorsqu'ils reprirent l'ascenseur, encore imprégnés de la douleur de Daisy et de la vision de Richard couvert de bandages, Marie et Leandro restèrent silencieux. Ils regagnèrent leur voiture. Assis l'un à côté de l'autre, ils étaient tous les deux songeurs. Les évènements qui s'étaient produits avaient donné à Marie la certitude qu'elle avait bien agi. Malgré ses craintes et ses doutes, elle avait vu juste.

Quant à Leandro, le visage impassible, il pensait à ce qui s'est passé pour lui depuis son retour du Brésil. Revoir Marie avait bouleversé sa vie. Il savait maintenant quelle voie il devait suivre. Il savait aussi que l'histoire de Daisy ne cesserait jamais de se mêler à celle de Marie. C'était ainsi parfois. Il y avait des gens qui se croisaient, se liaient d'amitié ou d'amour, et puis un jour, avec ou sans raison particulière, ils s'éloignaient les uns des autres et ne se revoyaient jamais. Et puis, il y en avait d'autres qui se rencontraient, parfois par le biais de curieux hasards et qui, finalement, ne se quittaient plus, malgré les turbulences de la vie. Cette troublante affaire semblait être arrivée à son terme. Il y avait eu deux victimes, Véra et Loriane. Richard, lui, s'en était sorti de justesse. Daisy s'était retrouvée nantie de deux fils, l'un qu'elle allait perdre en quelque sorte une seconde fois, puisqu'il allait passer sa vie derrière les barreaux, et l'autre qui porterait pour toujours le poids du cauchemar qu'il avait vécu. Leandro avait été mêlé à tout cela, bien contre son gré. A présent qu'il avait fait la connaissance de Daisy, il comprenait mieux Marie. Sa confiance en elle s'en était renforcée. Désormais, il la suivrait et il saurait mieux la soutenir.

En sortant du parking, quand ils se retrouvèrent hors de l'hôpital, il se tourna vers elle :

- Alors chérie, ça te dit, ce petit resto au quartier latin ? demanda-t-il.